LA TRAVERSÉE DU MILIEU

DU MÊME AUTEUR

Aux Éditions Gallimard

Une maison pour Monsieur Biswas, 1964 (réédition « L'imaginaire », 1985).
Michel Street, 1967.
Un drapeau sur l'île, 1971.

Aux Éditions Albin Michel

Guérilleros, 1981.
Crépuscule sur l'Islam : voyage au pays des voyants, 1981.
A la courbe du fleuve, 1982 (réédition Le Livre de Poche, nº 5879).
Dis-moi qui tuer, 1983 (réédition Point Seuil).
Sacrifices, 1984.
Mr. Stones, 1985 (réédition Point Seuil).

Chez Christian Bourgois Éditeur

Une virée dans le Sud, 1989.
L'Énigme de l'arrivée, 1991.
Les Hommes de paille, 1991.

Chez Plon

L'Inde. Un million de révoltes, 1992.

Dans la collection 10/18

Le retour d'Eva Peron, nº 2005.
L'illusion des ténèbres, nº 2006.
L'Inde brisée, nº 2014.
L'Énigme de l'arrivée, nº 2282.
Une virée dans le Sud, nº 2301.
Le Masseur mystique, nº 2468.

V.S. NAIPAUL

LA TRAVERSÉE DU MILIEU

Aperçus de cinq sociétés
— britanniques, françaises et hollandaises —
aux Indes occidentales et en Amérique du Sud

Traduit de l'anglais par
Marc Cholodenko

FEUX CROISÉS
PLON
76, rue Bonaparte
Paris

TITRE ORIGINAL

The Middle Passage

Collection Feux Croisés
dirigée par Ivan Nabokov

ISBN (édition anglaise) : Penguin Books 0-14-002920-6
ISBN Librairie Plon : 2-259-02743-1

EXTRAIT DE L'AVANT-PROPOS DE L'ÉDITION ORIGINALE

En septembre 1960, je retournai à Trinidad grâce à une bourse de trois mois qui m'avait été accordée par le gouvernement de Trinidad et Tobago. Alors que j'étais à Trinidad, le Premier ministre, le Dr Eric Williams, me suggéra d'écrire une étude sur les Caraïbes. J'hésitai. Le romancier travaille en direction de conclusions dont il n'a souvent pas conscience. Toutefois, je décidai de prendre le risque. Ce livre doit donc son existence à la suggestion du Dr Williams et à la générosité du gouvernement de Trinidad et Tobago. Ce n'est, toutefois, en aucune façon, un livre « officiel ». Il ne vend rien.

NOTE POUR CETTE ÉDITION

Un journaliste néo-zélandais déclara, dans un article sur un autre de mes livres, que j'écrivais à propos des problèmes d'une culture de clientèle et d'une économie de clientèle. J'aurais aimé que ces mots me vinssent à l'esprit alors que j'écrivais *La Traversée du milieu*. Ils auraient rendu beaucoup de choses plus claires. Le livre aurait peut-être été mieux construit ; et il aurait peut-être été moins romantique quant aux pouvoirs curatifs, dans une telle culture, des revendications politiques ou raciales.

Elles n'étaient appréciées que pour les richesses qu'elles produisaient, et la société n'y a jamais présenté un aspect de quelque noblesse particulière. Il y eut de la magnificence et du luxe, et il y eut des crimes et des atrocités, et des révoltes et des massacres. Il y eut du romantisme, mais ce fut le romantisme des pirates et des hors-la-loi. Les agréments naturels de la vie ne s'épanouissent pas en de telles conditions. Il n'y eut pas de saint aux Antilles depuis Las Casas, pas de héros, à moins que l'enthousiasme négrophile ne parvienne à en faire un de Toussaint. Il n'y a pas là de peuple au sens propre du mot, avec un caractère et un dessein à soi.

James Anthony Froude,
Les Anglais aux Antilles (1887).

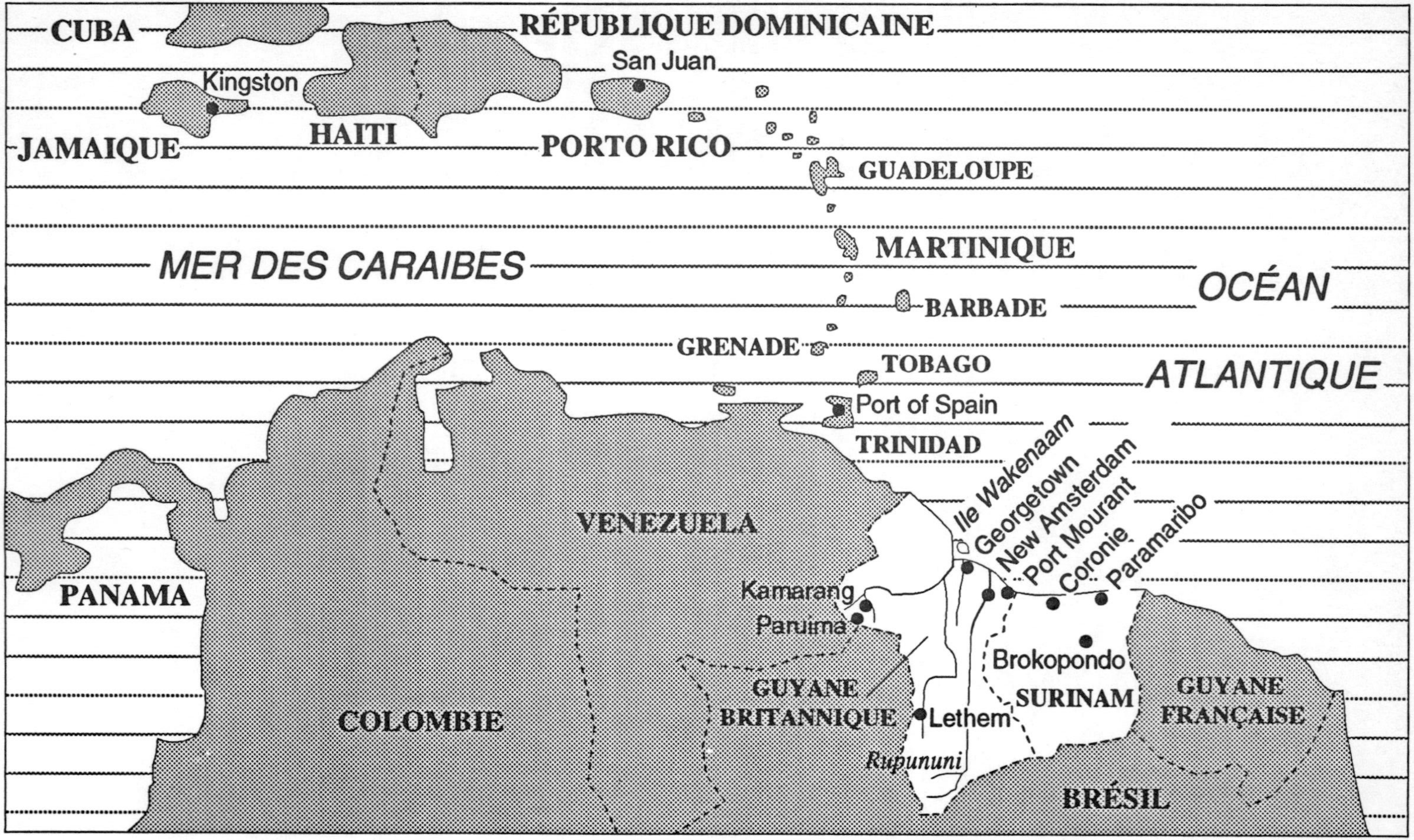

Patrick Mérienne

UN

LA TRAVERSÉE DU MILIEU

> Dans la voiture avec moi il y avait plusieurs gentilshommes ; des officiers allant rejoindre leur régiment ; des planteurs qui étaient retournés au pays pour affaires ; de jeunes chasseurs avec des fusils et des cartouchières qui espéraient tirer des alligators, etc ; tous embarquant comme moi sur le bateau-poste des Antilles.
> Les plus âgés parlaient de sucre et de primes, et de la ruine financière des îles.
>
> James Anthony Froude,
> *Les Anglais aux Antilles* (1887).

Il y avait une telle foule d'Antillais du genre immigrés sur le quai du train-paquebot à Waterloo que j'étais content de faire le voyage aux Antilles en première classe. Ce n'était pas une première classe chère. Les 94 livres qui m'auraient donné droit à une seconde classe sur un bateau français m'avaient procuré une cabine à moi tout seul sur le bateau d'immigrés espagnol, le *Francisco Bobadilla*.

La plupart des gens sur le quai et beaucoup de ceux qui étaient dans le train n'allaient pas jusqu'à Southampton. Mais le compartiment dans lequel j'étais monté demeura bondé. Un homme coiffé comme Nat King Cole berçait un gros bébé coiffé d'un bonnet et empaqueté comme un cadeau dans une profusion de volants et de rubans avec une tétine en caoutchouc fourrée comme un mors et une ultime fioriture dans sa bouche tombante et bavante. Deux dames portant chapeaux de feutre et bas roses étaient affalées sur leurs sièges près de la fenêtre. Elles portaient des robes coupées dans un tissu qui ressemblait à de la gaze sur des jupons d'un rose violent. La poudre sur leurs visages s'était dissoute en plaques, et elles froissaient de minuscules mouchoirs brodés dans de grosses mains brillantes de sueur. Elles avaient l'air gênées et malheureuses. Il y avait des paniers pleins de nourriture et de toutes choses nécessaires aux bébés dans le porte-bagages et par terre.

L'homme avec le bébé parlait à l'homme en face de lui de la dureté de la vie à Londres.

« C'est comme ce Stork à la télé, disait-il. Trois sur cinq se foutent de toi. Pour eux tu comptes pour du beurre. »

Il parlait lentement, avec négligence. Les femmes affaissées regardaient par la vitre sans rien dire. Le bébé, qui avait de grosses joues et de grands yeux, bavait. Londres défilait de chaque côté de la tranchée du chemin de fer : les arrières noirs des maisons, les toits rouges des bus, les publicités fraîchement placardées, les enseignes des petites boutiques, puis des hommes en vêtements de travail blancs sur des échelles ; images qui semblaient déjà des souvenirs ; la terre promise dont nous étions déjà séparés ; le train, un bruit parmi ceux du matin.

« Eh ! Je t'ai raconté l'histoire du contremaître ? » Il parlait sans gêne ; le train n'était pas l'Angleterre. « Un jour il me dit : "Viens ici une minute, Négro." Je le regarde, et je dis : "Bien. J'arrive." Je suis monté et je l'ai frappé *vlan* ! Il est passé à travers la fenêtre. » Il ne gesticulait pas. Il berçait le bébé sur son genou.

Dans le panier du bébé on pouvait voir les choses de l'Angleterre, communes quelques minutes auparavant, maintenant devenues les signes et les souvenirs du voyageur : la bouteille de Lucozade, le biberon en plastique (aux Antilles ç'eût été une petite bouteille de rhum), la boîte en fer-blanc de talc pour bébé.

« Vlan ! Il est passé à travers la fenêtre. »

Le contrôleur, grand et âgé, ouvrit la porte du compartiment. Dans ce train, c'était un étranger, mais son comportement était neutre ; il aurait pu être dans le train de Brighton.

« Heureusement que je tenais pas la clé à molette. Je

serais pas dans ce train avec ce bébé sur mes genoux aujourd'hui. »

Le contrôleur examina et poinçonna, et ferma la porte.

Un Noir très grand et mal bâti sortit du compartiment voisin dans le couloir. La longueur disproportionnée de ses cuisses était révélée par son pantalon léger et déformé. Ses épaules étaient larges et si anormalement carrées qu'elles paraissaient voûtées et lui donnaient une apparence de fragilité. Sa veste grise légère était aussi longue et ample qu'un manteau court ; sa chemise jaune sale et son col élimé déboutonné ; sa cravate desserrée et de travers. Il alla à la fenêtre, ouvrit le vantail de ventilation, y passa la tête, se tourna légèrement sur la gauche, et cracha. Son visage était grotesque. Il semblait avoir été enfoncé par un coup porté à une joue. Un œil avait rétréci ; les lèvres épaisses s'étaient ramassées en une protubérance ronde et bouffie ; le nez énorme était tordu. Quand, lentement, il ouvrit la bouche pour cracher, son visage se déforma encore plus. Il cracha en jets lents et espacés ; et quand il rentra le visage à l'intérieur, son regard rencontra le mien.

Je sentis que j'avais attiré sa malveillance. Et, par la suite, je ne pus éviter ce Noir au visage ravagé. J'allai aux toilettes. Nos yeux se rencontrèrent, deux fois. Je partis à la recherche d'un wagon-restaurant. Je le vis. Il n'y avait pas de wagon-restaurant. En revenant je le vis. A côté de lui était assis un Noir beaucoup plus petit, qui portait aussi un manteau gris, avec de gros yeux vides aussi ternes que des œufs à la coque, de longs bras et de longues mains, maladroitement serrées, posées sur ses genoux. Son pantalon trop petit qui remontait de plusieurs centimètres au-dessus de ses chaussettes lui donnait l'air d'un petit garçon trop grand pour ses vêtements. Il avait la bouche ouverte. Dans le même compartiment il y avait un autre Noir au physique de catcheur, et deux jeunes hommes blancs, un gros, un maigre, tous deux chauves, vêtus de vestes de sport neuves et de pantalons de flanelle froissés en plis nets.

Dans mon compartiment, on donnait le biberon au bébé.

Son nez coulait ; sa bouche bavait ; il déglutissait et suçait à grand bruit et perdait fréquemment le souffle.

« ''Tu veux ton loyer ?'' disait celui qui tenait le biberon. ''Je t'ai dit que je payerai pas plus que ce que je payais avant''. Il a dit : ''Négro, je monte toucher mon loyer ou te virer de cette chambre''. Je l'ai regardé et j'ai dit : « Bien. Monte, *bakra*. » Il monte. Je lui file un coup de pied *bam* ! Il roule dans l'escalier *bop-bop-bop*.

« Je suis passé par là la semaine dernière. Il avait mis une grande pancarte peinte en vert. Pas de Personnes de Couleur SVP. Peint en vert. Je te le dis, mec, c'est comme dans Stork. »

A Southampton, le nombre des passagers se réduisit encore. L'homme coiffé à la Nat King Cole ne faisait qu'accompagner sa femme et son bébé ; il restait pour affronter les propriétaires et les contremaîtres agressifs et les pancartes Pas de Gens de Couleur SVP.

On nous dirigea vers l'une des salles d'attente les moins luxueuses, près des hangars du chemin de fer, dans les sombres profondeurs desquelles nous pouvions voir les immigrants qui étaient arrivés le matin par le *Francisco Bobadilla* : une masse compacte et multicolore parquée derrière des barrières en bois, et aussi silencieuse que s'ils étaient derrière du verre. Nous restâmes debout près des portes, à les regarder. Personne ne passa de la salle d'attente des voyageurs au hangar des immigrants. Il y avait de l'intérêt, de la désapprobation, de la pitié et de la moquerie dans les regards, les anciens jaugeant les vêtements des nouveaux arrivants, vêtements pareils à ceux dans lesquels ils avaient eux-mêmes débarqué quelque temps auparavant : pantalons en flanelle blanche légère, costumes tropicaux bleu ciel, vestes à larges épaules et longues basques, et ces feutres à large bord, inconnus aux Antilles et cependant *de rigueur*[1] pour les Antillais immigrant en Grande-Bretagne. Des valises en carton bon marché étaient marquées d'adresses complètes, toutes se terminant par ANGLETERRE en grosses lettres. Ils restaient debout, immobiles dans l'obscurité ; autour d'eux s'affai-

1. En français dans le texte. *(N.d.T.)*

raient des porteurs en veste sombre et des employés du chemin de fer ; et il y avait le silence.

Le Noir au visage ravagé se tenait debout, immense et pareil à un totem, au centre de la salle d'attente. A côté de lui, le Noir chétif au pantalon court, aux longs bras et aux gros yeux ; de temps à autre il tournait la tête, sans que ses yeux changent jamais d'expression, la bouche ouverte et tombante, tenant ses grosses mains maladroites lâchement serrées l'une dans l'autre. Le gros Anglais donna une cigarette à l'homme au visage ravagé et la lui alluma. Il y avait beaucoup de sollicitude dans ce geste, et je me demandai quelles pouvaient être leurs relations.

Jusqu'alors nous étions restés sans réaction, aussi silencieux que les immigrants. Mais des rumeurs murmurées commençaient à circuler. Sept cents, mille, mille deux cents immigrants étaient arrivés par le *Francisco Bobadilla*. Deux trains les emmenaient à Londres d'où ils se rendraient à ces destinations si fièrement tracées de ces écritures d'illettrés sur leurs valises.

« Vous ne voudriez pas voyager avec tous ces Antillais, m'avait dit l'homme de l'agence de voyages. Même les dockers sont malades quand ils descendent de ces bateaux. »

Le *Francisco Bobadilla* était effectivement dans un état effroyable. L'équipage n'avait pas eu le temps de nettoyer derrière les sept cents immigrants. La peinture était ternie, le métal rouillé. Dans ma cabine de première, si étroite que je ne pus ouvrir ma valise que sur ma couchette, il y avait de la poussière et des moutons partout. La carafe d'eau était embuée de saleté ; l'eau chaude ne coulait pas ; la lumière ne marchait pas. Je sonnai le steward ; et de nombreuses minutes plus tard apparut un homme si vieux et fatigué que je regrettai de l'avoir dérangé. Je ne parlai que de la lumière et de la poussière. Il discuta ; j'insistai ; je parlai de l'eau chaude.

« *Luego, luego* », dit-il.

C'était un mot plus urgent que *mañana*. Quand, un peu

plus tard, je passai devant son réduit, je le vis qui sommeillait sur sa chaise.

Mais il y avait un avantage. Sur ce voyage d'aller, se trouvaient peu de passagers, et la plupart de ceux qui garnissaient les bastingages, tandis que nous descendions le Solent, étaient en classe touriste. Quand résonna le gong du dîner, ils disparurent pour rejoindre leur cantine sous les ponts. Nous n'étions que neuf passagers de première, et nous nous assîmes à trois tables dans un coin de la grande salle à manger miteuse.

Tandis qu'il s'asseyait, un homme de couleur âgé dit, juste pour ouvrir la conversation :

« Beaucoup de ces types noirs de Tobago sont foutrement intelligents, vous savez. »

Nous étions aux Antilles. Noir avait une signification précise ; j'étais parmi des gens qui avaient l'œil pour les nuances de noir. Et l'homme de couleur âgé — c'est-à-dire un homme aux origines européenne et africaine mêlées, avec des traits et une couleur de peau plus proches de l'européenne — était à l'abri. Il n'y avait ni homme ni femme noirs à la table. La femme de l'homme de couleur était, nous dit-on, espagnole. Correia était un Portugais vivant en Guyane britannique. Et Philip, qui venait de Trinidad, où il avait « une petite affaire », aurait pu être blanc ou portugais ou de couleur ou juif.

« Beaucoup de ces types noirs en Guyane britannique ne sont pas des idiots non plus », dit Correia.

L'intelligence des types noirs de Trinidad, de la Jamaïque et de la Barbade était établie ; puis ils tâtonnèrent à la recherche de connaissances communes. Correia et Philip s'en découvrirent dans une équipe de football qui avait fait une tournée des Antilles dans les années vingt.

Correia était un petit homme chauve. Il portait des lunettes, avait un nez fin et crochu et avait perdu ses dents. Mais il avait été gardien de but. Il possédait une voix de stentor.

« Tu te souviens de Skippy ? demanda-t-il.

— Je ne me rappelle pas quand je l'ai vu pour la dernière fois, dit Philip.

— Eh bien, tu ne le reverras plus. Le fils de pute a

attrapé une pleurésie et il est mort. Frankie et Bertie et Roy Williams. Tous morts et bien morts. »

Le garçon, la cinquantaine triste, ne parlait pas l'anglais.

« Regardez-moi ça, tonitrua Correia. Et je vais devoir passer quatorze jours sur ce bateau. Viens voir, mec, viens voir. Je veux des tomates. T'as pigé ? Tomates. J'ai des petits problèmes d'estomac, nous expliqua-t-il. Tomates. T'as pigé ? Moi. Vouloir. Tomates. Moi vouloir tomates. Je ne sais pas où ils ramassent ces gens qui ne parlent pas anglais. »

La dame espagnole ne parlait pas l'espagnol ; Correia ne parlait pas le portugais. Les Antillais sont anglophones et font preuve, à l'égard des étrangers, de l'arrogance de langage de tous les anglophones.

Un jeune couple d'Irlandais du Nord et une bibliothécaire anglaise étaient assis à la table d'à côté. La bibliothécaire était affligée. Elle avait cru que le *Francisco Bobadilla* était un bateau de croisière et elle avait acheté un billet aller et retour. Elle venait juste d'apprendre que nous allions aux Antilles embarquer sept cents nouveaux immigrants.

En descendant, je vis le vieux steward qui sortait de ma cabine avec une pelle et une balayette. Il sourit et s'éloigna en boitant. Mais le sol était toujours poussiéreux ; les moutons toujours sous ma couchette ; la carafe toujours sale ; l'eau chaude ne coulait pas. Je ne pouvais pas me plaindre, pourtant : la lumière marchait maintenant.

Tôt le lendemain matin, je fus réveillé par Correia. Il avait la cabine en face de la mienne de l'autre côté du couloir. Il entra dans ma cabine vêtu de son seul caleçon. Il ne portait pas ses lunettes ; son petit visage était blême ; sa barbe avait commencé à pousser ; ses cheveux clairsemés étaient en désordre ; et il se tenait les bras.

« Salut, mec. T'as bien dormi ? Passe-moi une cigarette. » Il prit une de mes cigarettes et l'alluma. « T'as l'air d'avoir passé une bonne nuit, tu sais. J'ai passé une nuit d'enfer, mon pote. Pas voulu te réveiller plus tôt. Pensé que tu dormirais. Mais je peux pas ouvrir ma valise. Celle avec mon pyjama et mon savon et mon rasoir et mes pilules Eno et tout mon bazar dedans. Tu veux essayer ? »

La valise en toile était bourrée à craquer ; on se demandait comment Correia avait réussi à la fermer.

« J'ai déjà essayé toutes ces foutues clés », dit-il en s'asseyant sur sa couchette, tandis que j'essayais à mon tour.

Nous finîmes par l'ouvrir, Correia en sautant sur la valise, moi en tournant la clé.

« Merci, merci, mec. J'espère que j'ai pas attrapé froid, mon pote. T'aurais pas des Eno ou des Andrews ? Estomac me fait un mal de chien, mon pote. Y suis déjà allé trois fois ce matin. Rien à faire. C'est cette foutue bouffe *mañana*. Premier et dernier bateau espagnol où tu *me* verras. »

Et durant toute la matinée il alla et vint, à pas feutrés, devant les toilettes, fumant, tête basse comme s'il méditait, cravate desserrée, lunettes tombant sur son nez, mains dans les poches. Chaque fois que je descendais, il me tenait au courant de la situation.

« Ça vient, ça vient. Je sens que ça vient. »

A l'heure du déjeuner, pour comble de malheur, il fut pris de mal de mer.

J'en rendis compte à la table.

« Il m'a réveillé à cinq heures du matin pour me demander des Eno », dit Philip.

L'homme de couleur, Mr. Mackay, dit :

« On a deux fous avec nous sur le bateau. Des types noirs. Je parlais à leurs gardiens ce matin. Des types blancs. Le gouvernement britannique leur paie l'aller et retour.

— Je les ai vus faire les cent pas, dit Philip. C'est marrant. Mais on voit toujours les gens dont c'est le métier de garder les autres enfermés. Ils ont cette démarche. Vous avez déjà remarqué ?

— Vous voyez ces types noirs qui vont en Angleterre pour foutre le bordel, dit Mr. Mackay. Je veux dire, si un type noir veut devenir fou, il pourrait rester dans son pays pour le faire. »

Ils parlèrent de la grève du téléphone à Trinidad, qui durait depuis quelque temps. Mr. Mackay dit que c'était une grève raciale. Il en parlait avec chaleur. Soudain il s'identifiait aux types noirs. Il était vieux ; il n'était jamais parvenu au sommet; les supérieurs avaient toujours été importés d'Angleterre.

« C'est ces Potugais qui créent les ennuis, vous savez, dit-il. C'est les premiers à se servir et c'est quand même toujours les premiers à parler de nègre par-ci et de coolie par-là.

— J'ai l'impression que le bateau gîte, dit Philip. Allez voir sur le pont.

— Je dois dire que ces bateaux de sauvetage ne m'inspirent pas confiance. Si quelque chose arrive on se noie à tous les coups. Dès qu'on sera aux Açores je vais essayer d'assurer Mrs. Mackay et moi-même contre les accidents. Je suppose qu'on peut faire ce genre de chose aux Açores ?

— Mais tu ne parles pas la langue, Papa, dit Mrs. Mackay.

— Pourquoi, qu'est-ce qu'ils parlent là-bas ? Une sorte de *patois*[1] potugais ?

— Quelque chose comme ça, dit Philip. Mais je pourrais vous aider.

— Quoi, vous connaissez le potugais ?

— On le parlait chez moi », dit Philip.

Ainsi Philip était portugais.

Mr. Mackay se tut. Il fixait la nourriture espagnole qui était dans son assiette d'un air souffrant.

Philip dit avec vivacité : « Cette Trinidad est en train de devenir une petite Amérique. Toutes ces grèves. Et ces hold-up. Vous avez entendu parler de cet homme chez qui la police a trouvé 83 000 dollars en billets fourrés dans une commode ? »

Mr. Mackay parla longuement de se faire assurer aux Açores. Et durant le reste de la traversée il ne dit rien à propos des Portugais et autres et ne parla que des types noirs. C'était un tic de langage chez lui ; mais aux Antilles, comme dans les couches supérieures de la société, il faut être absolument sûr de ceux avec qui on se trouve avant de parler ; on ne sait jamais qui est quoi ou, plus important encore, qui est apparenté à qui.

1. En français dans le texte. *(N.d.T.)*.

Il faisait chaud. Les passagers de la classe touriste, qui pendant un jour ou deux avaient été enfermés, semblait-il, dans les ponts inférieurs, émergèrent seuls et par paires pour prendre le soleil. Les deux fous sortirent avec leurs gardiens. Le jeune missionnaire baptiste du nord de l'Angleterre qui allait aux Antilles prendre son premier poste et voyageait en classe touriste par sens du devoir, lisait de gros ouvrages théologiques en prenant des notes. Une Noire d'environ quatre-vingts ans, qui portait des vêtements formidablement vieux, allait et venait avec une curiosité allègre. Elle avait quitté St Kitts pour chercher du travail en Angleterre ; la rumeur disait que le gouvernement britannique avait payé son billet de retour.

A cause du très petit nombre de passagers les divisions de classe étaient ignorées. Un boucher indien originaire de la Guyane britannique faisait le tour du pont des premières au petit trot matin et après-midi. Un grand beau Noir, qui ne parlait à personne, se promenait lui aussi sur le pont, des heures durant, fumant une pipe minuscule et tenant à la main une édition populaire des *Dix Commandements*, le livre du film. Cet homme, d'après Mr. Mackay, avait souffert de troubles mentaux en Angleterre et était renvoyé, à sa demande, aux frais du gouvernement britannique.

Nous fouinions tous parmi les passagers de la classe touriste et rapportions des histoires.

Miss Tull, la bibliothécaire, revint affligée. Elle avait rencontré une femme qui avait quitté l'Angleterre parce qu'elle n'avait pas pu trouver une chambre pour elle et son bébé.

« Le propriétaire les a tout simplement mis à la porte quand son bébé est arrivé, dit Miss Tull, et a accroché une grande pancarte peinte en vert. Pas de Gens de Couleur SVP. Vous voulez dire que, dans toute la Grande-Bretagne, ils n'ont pas pu trouver une chambre pour une femme et son bébé ?

— Ils ont trouvé de la place pour beaucoup de monde, dit Mr. Mackay.

— Je ne comprends pas. Ça n'a pas l'air de vous toucher du tout, vous autres Antillais.

— Tous ces discours sur l'intolérance sont très bien, dit Mr. Mackay. Mais il y en a beaucoup parmi vous les Anglais qui oublient qu'il y a une sorte d'homme noir — comme le Jamaïquain — qui est un animal.

— Mais cette femme n'est pas jamaïquaine, dit Miss Tull, concédant la chose.

— Beaucoup de ces types noirs provoquent les Anglais », dit Mr. Mackay, mettant fin à la discussion. Comme tout bon Antillais, il ne voulait rien entendre contre l'Angleterre.

Pour moi, j'avais fait la connaissance d'un gros Grenadin de trente-trois ans à la peau brune. Il me dit qu'il avait dix enfants à la Grenade, dans diverses paroisses, et de diverses femmes. Il était parti pour l'Angleterre pour s'en débarrasser, mais alors il avait commencé à penser qu'il devait revenir assumer ses responsabilités. Il irait même peut-être jusqu'à se marier. Il n'avait pas encore décidé avec qui, mais ce serait probablement la mère de son dernier enfant. Il aimait cet enfant ; les autres ne l'intéressaient pas. Je lui demandai pourquoi, alors, il en avait eu tant. Ils n'avaient pas de contraceptifs à la Grenade ? Il répondit avec indignation qu'il était catholique romain, et ne m'adressa pas la parole du reste de la traversée.

De nos excursions en classe touriste nous revenions avec des histoires, et parfois avec des captifs. Le captif de Correia était un jeune Indien de la Guyane britannique du nom de Kripal Singh, qui se fit tant aimer de la compagnie qu'on l'invita à prendre le thé.

« Si beau, disait sans cesse Mrs. Mackay. Si clair de peau.

— Ce garçon, dit Correia, appartient à l'une des meilleures familles de Guyane britannique. Vous n'avez jamais entendu parler d'eux ? Les gens les plus importants dans les fruits et légumes. Les Frères Singh, mec. Singh, Singh, et Singh. »

Kripal Singh afficha une modestie d'usage, son attitude suggérant que Correia disait vrai mais qu'il ne voulait pas s'en faire gloire. Il était grand et mince ; ses traits étaient fins, sa bouche aussi délicate que celle d'une fille. Il fumait avec une élégance nerveuse.

« Parle-leur de ta famille, Kripal », dit Correia.

Kripal, s'inclinant légèrement, offrit des cigarettes à la ronde. Il était un peu soûl. Correia aussi.

« Ils ne font pas la culture, vous savez, dit Correia en prenant une des cigarettes de Kripal. Ils font que l'achat et la vente. Dis-leur, Kripal.

— Si clair de peau », dit Mrs. Mackay.

Durant le reste de la traversée, Kripal demeura attaché à la première classe, ne faisant que dormir et manger avec les touristes. Il ne trouvait personne avec qui boire qui fût à son goût parmi eux ; et il partageait une cabine avec le boucher de la Guyane britannique dont il avait horreur.

« I-il a dit qu'il allait en vacances en Angleterre, dit Kripal, ramené au sujet par la vue du boucher courant sur le pont. E-et i-il a passé s-ses s-sept semaines à t-toucher le chômage. »

Kripal était allé en Angleterre pour étudier. Les études en Angleterre font partie des activités étranges de la jeunesse antillaise, chez les Indiens aisés en particulier. Elles peuvent durer jusqu'à la trentaine. Kripal avait beaucoup étudié en Angleterre et sur le Continent jusqu'à ce que son père, effrayé par la dépense, le rappelle au pays afin de travailler et de se marier. Avec ce voyage en classe touriste, Kripal s'offrait sa dernière virée subventionnée ; ses études étaient presque terminées.

Un matin, peu après que nous eûmes quitté les Açores, je trouvai Correia d'excellente humeur.

« Comment va, mec ? T'es un fils de pute, tu sais. Tu m'avais jamais dit que tu avais fait des études. On va s'en jeter un. »

Correia avait eu de la chance de me rencontrer. Il avait le mal de mer : j'avais des pilules Marzine. Il avait mal à la tête : j'avais des comprimés de Disprin. Il avait un cor au pied : j'avais des emplâtres du Dr Scholl. Quand il avait envie de boire et ne trouvait pas Kripal Singh, il venait me voir. Boire avec lui n'était pas sans danger. Il buvait rapidement et devenait soûl en quelques minutes. Et il avait rarement de l'argent sur lui : il préférait régler plus tard.

« Tu sais, me dit-il au bar, j'ai fait un sacrément bon lavement ce matin. Du premier coup. » Cela expliquait l'humeur. « T'écris foutrement bien mon pote. Ouais, mec. Je t'ai regardé à la poste aux Açores. T'écrivais ces cartes si foutrement vite que je ne pouvais même pas lire ce que t'écrivais. »

Philip se joignit à nous. Il avait lu le *Kama Kalpa* dans sa cabine. Je croyais qu'il s'était trompé de livre, mais il dit :

« Cette philosophie indienne, c'est un truc formidable.

— C'est un truc formidable, et comment, dit Correia, déjà soûl. C'est quoi la première chose que tu vas faire en arrivant chez toi, Philip ?

— Je crois qu'il faut que je m'occupe d'assurer la voiture, avant tout.

— Moi, je vais me faire une sacrée bonne purge avec des Sels Epsom, mon pote. »

Correia et Philip avaient tous deux une fille mariée en Angleterre. La fille de Correia était mariée depuis peu ; Philip venait d'assister au mariage de sa fille.

« Tu sais ce que ça fait à un père de perdre sa fille, Naipaul ? me demanda Correia. Tu sais ce que ça lui fait quand elle crie sur le quai : ''Ne pars pas, Papa ''? Tu sais pas, Naipaul. ''*Ne pars pas, Papa. Ne me laisse pas.*'' Sa seule et unique fille. Il frappa des pieds le barreau de son tabouret et éclata en sanglots. Il sait pas, Philip.

— Non, mon vieux. Il sait pas.

— Où elle vit, ta fille, Philip ? La mienne vit dans un endroit à la mords-moi-l'nœud qui s'appelle Dudley. »

Philip ne répondit pas. Il quitta le bar et revint quelques instants plus tard avec un album sur la couverture en cuir blanc duquel était frappé : Le Mariage de Notre Fille. Philip était inquiet pour sa fille et maintenant, comme je feuilletais l'album, reconnaissant au passage les visages, les vêtements et l'environnement de la classe ouvrière, je comprenais pourquoi. Ce qui avait semblé désirable aux Antilles apparaissait différemment en Angleterre.

Il semblait que chacun pensât à ses enfants ce jour-là. Les Mackay avaient laissé leur fils en Angleterre. Mr. Mackay avait fait son dernier voyage ; il ne reverrait plus jamais son fils.

« Il prend toutes sortes d'habitudes anglaises, dit Mrs. Mackay avec fierté. Pour lui tout est *flipping* ceci et *flipping* cela. Je n'arrive plus à le comprendre avec son argot anglais et son accent anglais. »

Mr. Mackay sourit, il se souvenait.

Il est possible pour un condamné anglais en fuite d'être bien accueilli par la communauté blanche de Trinidad et de monter une affaire. L'Antillais, qui ne connaît que la valeur de l'argent et de la race, est perdu dès qu'il quitte sa propre société pour une autre aux critères plus complexes.

Le capitaine, au visage et à l'allure aristocratiques, n'invitait pas de passagers à sa table. Il dînait avec ses officiers supérieurs. Je ne savais pas si c'était la coutume sur les navires espagnols ou sur les bateaux d'immigrants. Je penche pour la seconde hypothèse. Par l'officier des transmissions et le commissaire, les seuls officiers qui nous laissaient les approcher, nous apprîmes que juste avant d'embarquer les immigrants que nous avions vus à Southampton, le navire avait emmené plusieurs centaines de pèlerins marocains à La Mecque. Certains étaient morts pendant la traversée et avaient dû être jetés par-dessus bord ; ensuite il avait fallu épouiller le bateau.

A mesure que s'éloignait l'Angleterre, les passagers se préparaient plus activement pour les Antilles. Ils formaient des groupes de couleur, de race, de territoire, d'argent. Les Antilles étant ce qu'elles sont, les groupes n'étaient pas exclusifs ; un homme pouvait appartenir à tous. Un petit groupe d'Indiens, après s'être mesurés en parlant de Londres, Paris, Dublin, et des brillantes études que faisaient leurs enfants en Angleterre, au Canada et en Amérique, se mit à discuter de la situation politique à Trinidad. Ils parlèrent du racisme noir et s'échauffèrent à plusieurs reprises jusqu'à l'hystérie au sujet du métissage. Les Indiens de Guyane britannique, dont l'un passa une grande partie de la traversée à jouer au Monopoly et à lire le premier volume de *La Philosophie indienne* de Radhakrishnan, étaient moins passionnés. Pensant que la coexistence raciale, sinon la coopération, est d'une importance urgente pour les Antilles, les idées de ces Indiens m'inquiétaient et je désirais en savoir plus. Mais je dus quitter le groupe à cause des mauvaises relations que j'avais avec Mr. Hassan.

Mr. Hassan m'avait prêté un numéro de *Time* magazine. Je l'avais prêté à Philip (en échange de son *Kama Kalpa)*, et quand, le lendemain, Mr. Hassan me demanda son magazine, il resta introuvable. Dès lors, quatre, cinq, six fois par jour, Mr. Hassan me demanda son magazine. Il m'attendait sur le pont. Il m'attendait avant et après la projection du film. Il m'attendait à la porte de la salle à manger. Il m'attendait dans le bar. Je lui offrais verre sur verre. Mais pas un instant il ne se laissa fléchir. Je promis de lui en acheter un exemplaire à Trinidad. Mais il voulait son exemplaire à lui de *Time*. Je lui dis qu'il était perdu. Ça ne faisait rien. Il voulait son *Time*. Après trois jours de cette persécution, j'allai fouiller au plus profond de la classe touriste et, par miracle, trouvai quelqu'un qui avait un exemplaire du magazine. C'est alors, évidemment, que l'exemplaire de Mr. Hassan réapparut. Le principal sujet de conversation de Mr. Hassan avait été sa fortune et les persécutions que lui faisaient subir l'administration, les douanes, les transporteurs, la famille de sa femme et les professeurs de ses enfants. Du plus profond de mon cœur je souhaitai à ses persécuteurs une puissance accrue et une longue vie.

Un jour, on passa tout près d'un incident racial, au bar. Il semble qu'un groupe de passagers de la classe touriste, rendus nerveux par la longueur du voyage et l'approche de leurs patries respectives, et exaspérés par le vide relatif du bar des premières, avait décidé de faire une entrée en force. Le groupe fit irruption ce soir-là, en chantant. Ils passèrent bruyamment commande. Le barman refusa de les servir. Le groupe, tout d'un coup immobile et découragé, demeura en silence devant le bar pendant quelques secondes. Un homme se retira. Les autres suivirent. Ils s'éloignèrent ensemble sur le pont, puis revinrent. Ils restèrent sur le pas de la porte, à murmurer. Enfin, un homme se détacha et, boutonnant sa veste, alla jusqu'au bar et dit : « Donnez-moi un paquet de cigarettes, s'il vous plaît. » Le barman lui tendit le paquet. L'homme regarda les cigarettes, surpris. Pendant un instant il hésita. Puis, d'un pas chaloupé qui marquait bien la décontraction, il sortit. Le groupe, ayant remporté moralement la victoire, se précipita au bar des touristes, en chantant bruyamment.

La pauvre Miss Tull s'inquiétait de plus en plus quant à son voyage de retour. Personne ne pouvait la consoler. Philip suggéra qu'elle abandonne sa croisière ensoleillée à Trinidad et prenne l'avion pour l'Angleterre.

« Je ne veux pas vous mentir, dit Mr. Mackay. Quand j'ai vu cette bande d'orangs-outangs descendre du bateau à Southampton, je ne me suis pas senti bien. Ça faisait foutrement peur à voir. On ne peut pas en vouloir à certains de refuser de se dire antillais.

— Angus dit toujours qu'il est brésilien, dit Mrs. Mackay. D'ailleurs il pourrait très bien passer pour. »

Angus était son fils, qui parlait l'argot anglais avec un accent anglais.

*

Nous étions proches de St Kitts. Un verre, un coucher de soleil aussi flamboyant qu'on eût pu le désirer ; les contours gris-pastel des îles Sous-le-Vent autour de nous, les eaux où les marines d'Europe avaient acquis leur métier aux XVIIe et XVIIIe siècles : tout cela ne suffisait pas à nous ôter de l'esprit l'horreur qui allait bientôt fondre sur nous. Le soir même nous embarquerions notre premier lot d'immigrants. St Kitts, la colonie-mère des Antilles britanniques, « la première et la meilleure des terres [d'après un habitant de 1667] qui fût jamais habitée par les Anglais parmi les cannibales païens en Amérique », aujourd'hui île surpeuplée de cent-dix kilomètres carrés qui produit un peu de coton à longue soie, a du mal à vendre son sucre, et ne pratique plus la culture du tabac — première récolte des colons, que Thomas Warner rapporta en Angleterre, en 1625, comme preuve du succès de son entreprise. Le romantisme de cette histoire — Warner et sa maîtresse amérindienne, leur fils Warner « l'Indien » — est enterré. N'en subsistent que les souvenirs de la brutalité : les esclaves amenés sur l'île par ruse, leurs descendants abandonnés quand la prospérité s'en fut allée, et maintenant leurs descendants, leurs affaires emballées, leurs adieux faits, fouillant la mer du regard à la recherche du panache de fumée noire du *Francisco Bobadilla*, prêts à une autre traversée du milieu.

Il faisait nuit quand nous jetâmes l'ancre, loin au large. Nous ne vîmes rien de St Kitts, si ce n'est les lumières éparses de sa capitale. Nous cherchâmes des chaloupes ; plusieurs lumières nous trompèrent. Rien ne bougeait, à part des phares de voitures.

« Eh ! dit Mr. Mackay. Ils ont des voitures ici aussi ? »

Classe touriste, première classe, nous faisions un maintenant, accoudés au bastingage, regardant les lumières de la capitale miniature où les gens se prenaient suffisamment au sérieux pour aller d'un point à un autre en voiture.

Mr. Mackay, qui nous rejoignit au bar, nous apprit qu'un des fous avait été débarqué. Une chaloupe l'avait emmené avec son gardien ; le gardien était revenu seul. A ce moment le gardien lui-même fit son apparition. En dépit de la gravité de ses fonctions, il était venu préparé pour le climat tropical, et nous avions observé sa dégénérescence de l'état de fonctionnaire en flanelle grise et semelles de crêpe, à celui de touriste en chemise rouge et sandales.

Un choc et quelques cris nous apprirent que les immigrants étaient arrivés.

Une partie du pont bâbord avait été isolée par des cordes ; la passerelle avait été abaissée. De puissantes lumières rendaient le pont aveuglant, de puissantes lumières jouaient sur l'eau noire. Ils étaient là, se balançant sur l'eau, dans trois grands bateaux à rames. Des hommes assis sur les plats-bords stabilisaient les bateaux à l'aide de longs avirons. Les policiers étaient déjà montés à bord. Des tables avaient été placées juste en face de l'échelle de coupée, et là le commissaire et ses subordonnés étaient assis, consultant de longues feuilles écrites à la machine. En dessous, les bateaux se balançaient. Nous ne pouvions voir que des chemises blanches, des visages noirs, des chapeaux de nombreuses couleurs, des paquets, des valises, des paniers. De temps à autre, les hommes aux avirons criaient, leur voix mourant rapidement dans l'obscurité. Mais, des passagers, nous n'entendions nul son. Parfois, pendant une seconde ou deux, un visage se levait, examinant le bateau blanc. Nous voyions des femmes et des enfants, habillés comme pour aller à l'église. Ils avaient tous l'air un peu abattus ; cela faisait un certain temps qu'ils étaient habillés. Les lumières jouaient sur eux, comme pour les passer en revue. Au-delà, régnait l'obscurité. Nous entrevoyions des costumes, des feutres à large bord neufs, des cravates dont le nœud avait glissé, des visages luisants.

« Ils auraient pu au moins les amener dans des bateaux à moteur, dit Miss. Tull. Au moins des bateaux à moteur ! »

Les passagers de la classe touriste regardaient en dessous d'eux, bavardant, riant chaque fois qu'un bateau à rames frappait la coque ou qu'un émigré essayait d'accéder à l'échelle de coupée et était repoussé.

Maintenant ils commençaient à monter. L'échelle de coupée fut bientôt bondée, câble humain reliant bateau à navire. Ils avaient l'air fatigués ; leurs vêtements étaient tachés de sueur, leurs visages inexpressifs et luisants. Flanqués d'un policier de chaque côté, ils produisaient billets et passeports flambant neufs. Séparés d'eux par des cordes, nous restions là à les regarder. Les hommes d'équipage en bleus de travail, penchés sur le bastingage, s'exclamaient devant la beauté des femmes noires et les montraient du doigt. Nous ne les avions jamais vus si animés.

Le pont fut bientôt bondé. Des passagers reconnaissaient un émigrant de-ci de-là.

« Quoi, tu reviens déjà ?

— J'ai juste pris un peu de vacances, mec.

— Je veux aller tenter ma chance. Tu as vu Ferdie ou Wallace ou les autres là-bas ? »

Mais la plupart gardaient le silence. Un ou deux essayèrent de passer sous les cordes avant de présenter leurs papiers. La classe touriste, avec une soudaine autorité, les refoula brutalement. Le pont était bourré de sacs en plastique écossais, de colis entourés de papier marron, de boîtes en carton fermées avec de la ficelle.

La foule grossissait. Nous perdîmes de vue le commissaire et sa table. La foule se pressait contre la corde. Un homme portant un costume bleu, une cravate qui avait glissé et un chapeau, se retrouva poussé contre moi. Il approcha son visage effrayé aux yeux rougis du mien. Il dit d'une voix rauque et anxieuse :

« Monsieur, c'est bien le bateau qui va en Angleterre ? » La sueur coulait sur son visage ; sa chemise lui collait à la peau. « C'est bien ça ? Il y va direct ? »

Il se dégagea du groupe derrière la corde, fit le tour jusqu'au pont tribord où tout était immobile, sombre et silencieux, et regarda les lumières de l'île.

« Eh bien ! » dit quelqu'un d'une voix forte.

Je me retournai et vis un touriste. Nous ne nous étions pas parlé jusque-là.

« Les vacances sont terminées, dit-il. Les bêtes sauvages montent à bord. »

Il parlait sérieusement. Et qui était-il, ce touriste ? Un petit fonctionnaire, peut-être, un instituteur. *Les bêtes sauvages montent à bord*. Il n'y a pas d'attitude qui soit nouvelle aux Antilles. Deux cents ans auparavant, à l'époque où il aurait été un esclave, le touriste aurait dit la même chose. « Les esclaves créoles, écrivit-on en 1805, regardaient les Africains nouvellement importés avec mépris, et essuyaient à leur tour celui des mulâtres, dont le teint était plus brun ; tandis que tous étaient tenus à l'écart des Blancs. » Sur ce bateau, seul le Portugais et les Indiens étaient des éléments étrangers. Mr. Mackay et ses types noirs, le touriste et les animaux sauvages : ces relations avaient été fixées des siècles auparavant.

Les émigrants couraient partout sur le bateau. Ils regardaient à la fenêtre du bar, se tenaient sur le pas de la porte. Le bateau fut soudain bondé. Le bar des premières était le seul lieu de refuge et un grand nombre des touristes venus avec nous de Southampton y entraient maintenant. Personne n'y fit d'objection. Il n'y avait plus maintenant que deux classes : les voyageurs et les émigrants.

Le barman passa sa colère sur deux petits émigrants qui avaient dérivé jusque-là, encore dans leurs habits du dimanche. Il souleva le battant du bar, les chassa jusqu'à la porte, et, insensible à leur charme, les déposa avec fermeté et une expression de dégoût sur le pont.

Parfois, durant jusqu'à trois mois d'affilée, un vaisseau négrier allait de mouillage en mouillage le long de la côte ouest de l'Afrique, embarquant sa cargaison. Le *Francisco Bobadilla* n'allait mettre que cinq jours. Il irait de St Kitts à la Grenade, puis à Trinidad, puis aux Barbades : un voyage répondant à l'autre : le point culminant et l'inutilité de l'aventure antillaise. Car rien ne fut créé aux Antilles britanniques, pas de civilisation comme en Amérique latine, pas de grande révolution comme en Haïti ou dans les colonies d'Amérique. Il n'y eut que plantations, prospérité, déclin, abandon : la taille des îles n'appelait rien d'autre.

Quels sont les points de repère dans l'histoire d'une île telle que la Jamaïque ? « Cette île, nous dit-on en 1597, dans *Un récit véridique du voyage entrepris par Sir Anthony Shirley*, est une île merveilleusement fertile, et sert de jardin ou de magasin à divers éléments de la flotte. Nous n'avons pas trouvé aux Indes un endroit plus agréable ni plus salubre. » De là, à Trollope en 1859 : « Si nous pouvions, c'est volontiers que nous oublierions complètement la Jamaïque. Mais elle est là, point à la surface de la terre, qu'il ne faut ni perdre de vue ni oublier tout à fait, souhaitons-lui qu'il en soit toujours ainsi. » De Trollope, en 1859, au Ras Tafarien de 1959, qui rejette totalement la Jamaïque et désire retourner en Afrique, au paradis qui a pour nom l'Éthiopie : « La Jamaïque était une île agréable, mais ma terre a été polluée par des siècles de crimes. »

Quand Colomb exposa ses idées au roi Jean II de Portugal en 1482, le roi Jean, sans rien dire à Colomb, envoya un navire sur l'Atlantique. A quelques semaines de la découverte du Nouveau Monde, en 1492, Pinzon, le compagnon de Colomb, déserta avec la *Pinta* pour aller chercher de l'or sur une mer inconnue. Et là, dans la trahison du roi de Portugal, dans le courage de Pinzon, trahison et avidité, se trouvent les éléments de l'aventure européenne dans cette partie du Nouveau Monde.

Les États sudistes ont donné naissance au mythe de la culture élégante de la société esclavagiste. Dans les îles des Antilles, l'esclavage et les latifundia ne créèrent que la grossièreté, des hommes qui mangeaient « comme des cormorans » et buvaient « comme des pourceaux de mer » ;

une société sans valeurs, sans aspirations nobles, nourrie par l'avidité et la cruauté ; une société dont les administrateurs métropolitains se plaignirent continuellement de l'analphabétisme jusqu'au milieu du siècle dernier ; analphabétisme qui encouragea le gouverneur de la Jamaïque Vaughan à suggérer le dépôt de collections de livres en langue anglaise « dans des endroits où les membres de la noblesse enclins à l'étude puissent toujours se rendre, attendu qu'il n'y a rien de plus ridicule que l'ignorance chez une personne de qualité » ; grossièreté dont voyageur après voyageur témoigne et qui fit dire de la Barbade à un observateur du XVIIe siècle : « Cette île est le tas de fumier où l'Angleterre rejette ses déchets : coquins et filles de joie et gens de cette sorte sont ceux qui sont généralement amenés ici. Un coquin en Angleterre fera ici un piètre tricheur ; une harengère fait belle figure, une prostituée, pour peu qu'elle soit jolie, sera une parfaite épouse pour un riche planteur[1]. »

Comment l'histoire de cette inutilité antillaise peut-elle être écrite ? Quel ton adoptera l'historien ? Sera-t-il aussi académique que Sir Alan Burns, protestant de temps à autre contre quelque brutalité, et plaçant la brutalité antillaise dans le contexte de la brutalité européenne ? Mettra-t-il en balance, comme Salvador de Madariaga, un ensemble de brutalités avec un autre, pour conclure que l'un n'a pas été décrit dans toute sa noirceur, et que cela est injuste pour l'Espagne ? Fera-t-il preuve, comme les historiens antillais, qui commencent juste à pouvoir envisager leur histoire, du détachement le plus froid pour raconter l'histoire de la traite des esclaves comme si ce n'était qu'un aspect parmi d'autres du système mercantile ? Il ne pourra jamais y avoir de manière satisfaisante de raconter l'histoire des îles. La brutalité n'est pas la seule difficulté. L'histoire se bâtit autour de ce qui est accompli et créé ; et rien ne fut créé aux Antilles.

1. Ces citations, et beaucoup d'autres, sont tirées de l'*Histoire des Antilles britanniques* de Sir Alan Burns.

*

Le lendemain matin, j'étais plus calme. Les émigrants avaient quitté leurs habits de voyage et étaient assis au soleil dans des vêtements plus simples et moins contraignants, de sorte que le pont ressemblait à une rue de taudis antillais un dimanche. Même une femme ou deux avaient mis des pantalons ; l'étoffe était neuve, pas encore lavée, et on y voyait les plis qu'elle avait pris dans la valise.

J'engageai la conversation avec un homme qui portait un pantalon kaki, une chemise bleue et des chaussures en toile blanche délacées. Il était grand et large, avec des mains épaisses, et une élocution lente et pâteuse. Il était boulanger. Une bonne semaine pouvait lui rapporter 30 dollars. Cela me semblait un excellent salaire pour les Antilles et je me demandai pourquoi il avait abandonné son métier pour aller en Angleterre.

« Hé, écoute, dit-il. J'ai demandé à Dieu, t'entends. Je me suis mis sur mes deux genoux et j'ai demandé à Dieu. Et je fais toujours ce que Dieu me dit. Rien à foutre des Jamaïquains qui viennent foutre le bordel en Angleterre. Je réussirai. Matin et soir je me mets sur mes deux genoux et je consulte Dieu. » Ses yeux se rétrécirent, fixés sur l'horizon, et il éleva lentement ses énormes mains en ce qui aurait pu être un geste de supplication ou de strangulation.

J'essayai de mettre la conversation sur la boulange.

Il ne m'écoutait pas. Il parlait en langage biblique de ses expériences religieuses et de ses entretiens avec Dieu. Puis, soudain, il demanda :

« Tu connais Sloughbucks ?

— Slough, Bucks ?

— C'est là que je vais. Tu crois qu'il y a des boulangeries là-bas ? Combien tu crois qu'ils me donneraient pour commencer ?

— Je ne sais pas. Tu fais du bon pain ?

— Avec l'aide de Dieu. »

Il m'inquiétait. Mais nombre des émigrants à qui je parlai avaient consulté Dieu et Il leur avait conseillé d'abandonner leur travail — aucun de ceux à qui je parlai n'était au chômage — et d'aller à Sloughbucks. A Sloughbucks, les salaires étaient hauts. Et une fois qu'ils auraient fait comprendre qu'ils n'étaient pas Jamaïquains, ils seraient traités avec considération. Seuls les Jamaïquains étaient frappés durant les émeutes raciales, et à juste titre, car ils étaient ignorants et ingrats et provoquaient les Anglais [1].

Le jeune missionnaire baptiste, qui avait mis son col, travailla dur ce matin-là, expliquant dans quelle direction se trouvait l'Angleterre, où était Londres, et débrouillant le nom apocalyptique de Sloughbucks. Il dessina d'innombrables plans du métro londonien et déconseilla à un homme de prendre un taxi de Southampton à Sloughbucks.

Extrait du *Labour Spokesman* de St Kitts (« Une parole sensée qu'on ne saurait condamner », Titus II,8) du 14 septembre 1960 :

> Les difficultés considérables auxquelles donna lieu le ramassage de la récolte 1960 de la canne à sucre prirent fin lundi dernier au moment où la sucrerie de Basseterre donna le signal que les concasseurs avaient cessé les opérations...
>
> La baisse d'intérêt de la part de certains travailleurs devint évidente au début de la récolte du fait (a) de la possibilité d'émigrer au Royaume-Uni et (b) de la difficulté

1. Dans sa série d'articles pour l'*Evening Standard* de Londres intitulée : « J'ai voyagé avec les immigrants », Anne Sharpley donne le point de vue d'un Jamaïquain :

« Ces petits nègres sont des cons [il voulait dire ceux qui sont originaires des petites îles]. *Moi* j'ai voté pour la Fédération, mais depuis que je suis sur ce bateau j'ai vu les va-nu-pieds de nègres que c'est. Quand on a dit non à la Fédération ça m'a fait si mal que j'ai pas pu manger pendant toute une journée.

« Mais maintenant ils m'ont tellement insulté — tous ceux de ces petites îles, St Kitts, Montserrat, Antigua — elles sont si petites que si on court dessus et qu'on prend un peu de vitesse on atterrit dans la mer.

« Ils vont pas à Londres, ils vont à un rêve, ils savent pas où ils vont, mais quand ils leur demanderont à Londres d'où ils viennent, à ces petits nègres, ils seront forcés de dire la Jamaïque, parce que personne a entendu parler de leurs îles. » (La nuit où les couteaux sortirent, 26 octobre 1961.)

évidente de recruter de jeunes ouvriers agricoles dans l'industrie sucrière... Sans être sérieusement affectés par le nombre de ceux qui partirent pour l'Angleterre, les chiffres stables de la production furent maintenus au niveau de ceux d'avril après que les responsables eurent appris l'intention de certains ouvriers de partir pour le Royaume-Uni.

En mai le nombre des départs fut plus important et certaines plantations éprouvèrent des difficultés évidentes à ramasser toute la récolte.

La seconde année d'existence du Comité de production, créé par le Syndicat et l'Association, fut quelque peu désastreuse du fait que certains responsables négligèrent l'importance du travail du Comité, et que son fonctionnement demeura dès lors sans résultat. Ceci se révéla toutefois préjudiciable à la plupart des plantations du fait que responsables et ouvriers eurent du mal à combler certaines failles dans les relations industrielles. C'est sur la plupart de ces plantations qu'une quantité substantielle de canne reste [*sic*] sur pied lundi dernier...

Deux cent vingt ouvriers ont été recrutés à la Barbade...

NOTRE BOITE A QUESTION

Est-il vrai que le responsable de la plantation qui ne s'intéressait qu'à son salaire mensuel essaie maintenant d'accuser le Syndicat pour les 600 tonnes de canne non récoltées ?

Encouragé par l'exemple du missionnaire, j'allai parmi les émigrants après le déjeuner — ils étaient servis à de longues tables, groupe après groupe : « *Son buena gente*, ce sont de braves gens », me dit un membre de l'équipage — pour découvrir ce qui les avait poussés à quitter St Kitts, ce qu'ils espéraient trouver en Angleterre. Je n'avais pas de statut officiel, pas de col ecclésiastique, et j'attirai l'attention du chef des émigrants, un jeune homme grand, au teint sombre, aux fesses hautes.

« Lui dites rien, fit-il, en accourant, une partie de son troupeau à ses talons. Lui dites rien. Qu'est-ce qui veut ? »

C'était un homme instruit. Il voyageait en première. Il parlait très rapidement.

« Qu'est-ce que vous voulez ? Pourquoi vous découragez les pauvres ? »

Il ne me laissa pas la possibilité de parler.

« Les pauvres viennent d'arriver sur le bateau et vous les découragez ?

— Je faisais rien, et il est venu et il a commencé à me poser un tas de questions. Pourquoi j'allais en Angleterre et des trucs comme ça. » C'est le boulanger inspiré par Dieu qui parlait.

« T'en fais pas pour lui, dit le chef. C'est un propagandiste. »

Ce mot semblait être une insulte bien connue des émigrants.

« Qu'est-ce qui s'est passé, mec ?

— On a déniché un propagandiste.

— Un propagandiste ?

— Vous venez du Kenya, hein ? dit le chef. Je parie que vous venez du Kenya.

— Il m'a traité de nègre, dit un homme. J'avais noté des détails le concernant sur le *Labour Spokesman* que m'avait donné un émigrant : 3, 90 dollars par jour durant la saison de la récolte, 2, 82 dollars durant la morte-saison. Sa destination était Sloughbucks. Il n'avait pas consulté Dieu.

— Qu'est-ce qui se passe ? Qu'est-ce qui se passe ?

— Un propagandiste du Kenya a traité Boysie de nègre.

— Il m'a traité de nègre, dit Boysie, dont la voix était maintenant empreinte d'une peine réelle.

— Eh bien, on n'est pas au Kenya, compris, dit le chef. Je pourrais bien demander à mes gars de vous filer une raclée. Le gouvernement anglais vous a envoyé ici pour faire de la propagande, hein ? Qu'il prouve qu'il vient pas du Kenya. »

Je fus sauvé par le missionnaire.

« Je connais ce genre de provocateur, dit le chef, s'adressant à son troupeau. Il se fout des pauvres. Il se fout qu'un ouragan a emporté Anguilla. »

Je décidai que l'attitude de Mr. Mackay, de Philip, Correia et de la plupart des passagers de la classe touriste était plus saine. Ils avaient totalement ignoré les émigrants, et se trouvaient au bar. Je les rejoignis.

« Ce petit baptiste est affairé comme tout, dit Correia. Il doit aimer le travail.

— Il a dit qu'il aimerait aller en Angleterre avec eux, dit Philip.

— Je préfère que ce soit lui plutôt que moi, dit Mr. Mackay. Demain après-midi, s'il plaît à Dieu, je quitte ce bateau, et voilà tout. »

C'est du chef des émigrants que j'appris l'existence de l'ouragan Donna, qui avait frappé Anguilla et causé de nombreuses morts. Le *Labour Spokesman* donnait des détails : les câbles reçus et envoyés et un compte rendu des opérations de sauvetage. Les câbles m'intéressaient ; pour leur style tout d'abord : prolixes au début, ils n'exprimaient l'urgence que vers la fin, par l'omission de quelques prépositions ; et parce qu'ils montraient le plaisir que prenaient les hommes politiques antillais à leurs nouveaux titres. St Kitts fait cent deux kilomètres carrés, Montserrat cinquante et un.

> Du Premier ministre, Montserrat. Au Premier ministre, St Kitts. Envoyé le 9 septembre 1960. Je vous prie d'accepter et de faire part au peuple d'Anguilla dans la détresse la sympathie du Gouvernement et du peuple de Montserrat dommages causés ouragan Donna. Premier ministre.

> Du Premier ministre, St Kitts. Au Premier ministre, Montserrat. Envoyé le 10 septembre 1960. Merci beaucoup votre sympathie exprimée dans télégramme du 9. Premier ministre.

Et ainsi continuait l'échange de salutations. Mr. Manley, de la Jamaïque, était plus positif :

> De Manley, Premier ministre de la Jamaïque. A Southwelle, Premier ministre, St Kitts. Envoyé le 8 septembre 1960. Ma profonde sympathie pour le désastre qui vous a frappés. Veuillez nous faire savoir de quelle aide vous avez besoin. Manley.

Le Premier ministre de St Kitts était déterminé à faire plus d'honneur à Mr. Manley que Mr. Manley ne lui en avait fait :

> Du Premier ministre, St Kitts. A l'Honorable Manley, Premier ministre, Jamaïque. Envoyé le 8 septembre 1960. Merci aimable sympathie. Nourriture, vêtements, argent liquide utiles. Southwell.

Un autre câble comblait les omissions.

> Du Premier ministre, St Kitts-Nevis-Anguilla. A l'Honorable Manley, Premier ministre, Jamaïque. Envoyé le 9 septembre 1960. Additif à mon câble. Reconnaissant joindre bâches si possible. Premier ministre.

Le compte rendu était complété par un article sur les secours. Son auteur était Mr. John Brown qui, d'après une annonce parue dans le même journal, faisait une conférence, à l'heure même où les barques chargées d'émigrants se balançaient dans l'ombre du *Francesco Bobadilla,* sur « Dialecte, théâtre et culture antillaise » et inaugurait un club littéraire.

> Ce qui était moins encourageant, écrivait Mr. Brown, est qu'il y avait peu d'apparence d'une organisation d'ensemble. Il y avait des organisateurs de toutes sortes au travail — trop, en réalité, et trop peu qui travaillaient effectivement... Il va de soi qu'une organisation centrale de planification des secours en cas d'ouragan est nécessaire à la colonie... et il est essentiel que la nature exacte de ses relations avec les organisations de volontaires — Croix-Rouge, JC, etc. — soit très clairement définie afin d'éviter la confusion des responsabilités et de l'action.

J'avais une idée de l'identité des « etc. ». Mais les JC étaient nouveaux pour moi. Il était difficile, sur ce bateau d'immigrants, d'associer les Antilles à de jeunes hommes d'affaires bien habillés, à de jeunes épouses bien habillées et actives, et à des actes de dévouement civique bien médiatisés.

Le chef des émigrants prit le thé dans la salle à manger des premières. Il avait d'excellentes manières et n'omit aucune partie du rituel. Derrière les fenêtres, ses disciples l'observaient d'un regard approbateur. Il se concentrait sur son thé. Assis à l'écart, et sans possibilité de parler, il semblait un peu embarrassé. Mais je sentais qu'il irait loin et qu'un jour lui aussi enverrait des câbles. Dès qu'il eut terminé son thé et pressé délicatement une serviette en papier sur ses lèvres, il rejoignit ses disciples et se remit à jacasser, allant et venant sur le pont. Nous voyions de temps à autre ses fesses hautes monter et descendre devant les fenêtres. Puis les barrières qui séparaient les classes sur le pont furent abaissées et ses allées et venues furent écourtées. Il resta avec ses disciples dans leur réserve.

Quelqu'un cependant n'approuvait pas les barrières. C'était le Noir fumeur de pipe qui était resté seul durant toute la traversée et avait lu *Les Dix Commandements*. Il avait pour habitude d'arpenter le pont pendant des heures. Maintenant il faisait tomber les barrières qui étaient devant la salle à manger et le bar. Le barman releva la barrière ; l'homme à la pipe la fit de nouveau tomber. Une querelle s'ensuivit. L'homme à la pipe continua à marcher, en criant par-dessus son épaule. Le maître d'hôtel l'attendait à la barrière de la salle à manger. Il éleva la voix ; le maître d'hôtel répliqua. Avec colère, le fumeur de pipe souleva la barrière en la tordant, brisant la mince corde, et la laissa retomber par terre. Il passa devant le maître d'hôtel ; il hurlait maintenant des paroles que la colère rendait incohérentes. Des émigrants, dont les visages se vidaient d'expression comme au moment où ils étaient montés sur le bateau, commencèrent à se rassembler par groupes. On appela des officiers. Le fumeur de pipe allait sur le pont à pas mesurés, cassant des barrières, sa démarche calme contrastant avec son discours hystérique, qui portait loin sur le bateau. Quand il se retrouva devant la barrière de la salle à manger, une foule d'émigrants effrayés se tenait derrière lui. Le chef des émigrants accourut avec empressement, comme il avait accouru vers moi ; ses disciples lui frayèrent un chemin ; mais il s'arrêta et cessa de jacasser. Le fumeur de pipe s'avança seul. Avec une fureur redoublée il brisa la barrière. D'un côté de la barrière, le pont était noir d'émigrants. De l'autre côté, officiers et stewards formaient un cercle calme et blanc. Le fumeur de pipe, en noir, s'approcha d'eux d'un pas assuré.

« Il est devenu fou », dit Mr. Mackay.

Les émigrants commençaient à murmurer.

« Ne le traitez pas brutalement, cria le commissaire. Ordre du capitaine. Ne le traitez pas brutalement. »

Le fumeur de pipe continua à s'avancer.

« Je t'aurai ! » dit le maître d'hôtel. Son ton n'était

pas menaçant. Il ne faisait que répéter une expression américaine.

« Terrible, terrible, dit Mr. Mackay au dîner. De voir cette magnifique bête prise au piège. » Son cœur n'allait pas bien ; l'incident l'avait perturbé et il ne put que grignoter une feuille de laitue. Ses mots sortaient par habitude, ils n'avaient pas de rapport avec l'affliction perceptible dans sa voix. « Je lui ai parlé une ou deux fois, vous savez. Ce n'était pas un mauvais type. Un si beau Noir. Terrible, terrible. » Sa bouche était tordue par la douleur. « Il a dû passer un sacré mauvais moment en Angleterre. Maintenant ils le ramènent chez sa mère.

— Ils lui ont fait une piqûre et ils l'ont mis à l'infirmerie, dit Philip. Je dois dire que je ne m'attendais pas du tout à ça. Insulter ces officiers espagnols devant tout le monde.

— Ils font des économies sur la nourriture, si vous voulez mon avis, dit Correia. J'aimerais bien qu'ils me fassent une piqûre. J'ai pas dormi sur ce bateau. C'est la nourriture. Tous ces trucs et ces machins hispanol. »

Après le dîner je descendis à l'infirmerie. Les portes étaient ouvertes. Tous les lits étaient vides sauf un, dans le coin, sur lequel le fumeur de pipe était étendu, portant encore son pantalon de serge noire et sa chemise bleue, un emplâtre sur le front. Il n'y avait pas besoin de portes pour le retenir ici.

Très tard ce soir-là ou très tôt le lendemain matin nous devions embarquer de nouveaux émigrants à la Grenade, l'île aux épices. C'était notre dernière nuit à bord et nous fîmes une petite fête au bar. Le barman ne s'était pas préparé pour nous et nous épuisâmes rapidement ses réserves de cognac et de champagne espagnol. Nous alertâmes commissaire et stewards mais ne pûmes obtenir davantage à boire. Tandis que nous parlions à un steward un émigrant de St Kitts nous dit qu'il pourrait nous aider, si nous voulions du cognac.

« Laissez-le à ce pauvre type, dit Mackay, qui était toujours d'humeur compatissante. C'est probablement la première et dernière bouteille qu'il achètera jamais. Quand le froid commencera à lui faire éclater la peau en Angleterre, il sera foutrement content d'avoir son cognac. »

Mais l'émigrant insistait. Petit et gros, il avait la quarantaine environ, des lunettes et la peau grêlée.

Kripal Singh et moi le suivîmes jusqu'à sa cabine, descendant toujours plus bas, marchant avec précaution parmi les bébés le long de couloirs rutilants et chauds ; apercevant des petites cabines étouffantes, des têtes sous des draps, l'une au-dessus de l'autre, des valises ouvertes, entendant les bruits d'une épaisse activité assourdie tout autour de nous, voyant des hommes et des femmes se presser pour aller aux toilettes et en revenir. L'émigrant ne nous laissa pas entrer dans sa cabine. Il entrouvrit sa porte — quatre couchettes, chacune pointée d'une tête émergeant des draps, et de nombreuses valises —, se glissa à l'intérieur, ferma la porte, et ressortit avec une bouteille dont il ne restait plus de l'étiquette qu'un coin sur lequel était écrit « cognac ».

Kripal Singh, que je considérais comme un expert en la matière, parut satisfait. Il donna 5 dollars à l'émigrant, qui referma sur lui la porte de sa cabine.

Nous remontâmes au plus vite sur le pont, où l'air frais nous ranima.

Philip dit : « C'est du rhum. Même le cognac espagnol n'a pas cette couleur. Ça, c'est ce qu'ils appellent du cognac de canne à sucre. »

Nous redescendîmes tous trois dans les ponts inférieurs surchauffés et sans air. Nous frappâmes. L'émigrant ouvrit. Il était en maillot de corps et caleçon, sans ses lunettes. Il nous rendit notre argent et reprit sa bouteille sans un mot.

« Vous voyez ce que je veux dire, Miss Tull, dit Mr. Mackay. Vous voyez comment ces animaux traitent leurs propres congénères ? Et il est même pas arrivé en Angleterre. Une fois que quelques types blancs lui auront mis le cul en purée il se mettra à brailler à propos des préjugés raciaux. »

Nous quittions la Grenade dans son immobilité matinale quand je me levai. Le soleil n'était pas apparu. La mer était d'un gris éclatant, le ciel bleu pâle, les collines d'un vert froid projetaient leur ombre sur l'eau immobile à leur pied. On aurait dit un dimanche matin. Après le petit déjeuner le soleil était haut et chaud, et les émigrants se pressaient à la proue du bateau. Jupes et robes battaient au vent ; ils bavardaient et se montraient des choses du doigt ; ils auraient pu être en excursion pour la journée.

Mr. Mackay était maintenant reconnu comme notre expert en Antillais. Philip lui demanda :

« Et ces Grenadiens ? Ils s'entendent avec ceux de St Kitts ?

— Là, vous me posez une colle. Les gens de St Kitts n'aiment pas ceux d'Antigua. Mais je ne sais pas pour les Grenadiens. J'espère seulement qu'ils ne se battront pas avant qu'on arrive à Trinidad. »

Soudain, à l'heure du déjeuner, la couleur de l'eau vira du bleu sombre au vert olive, et le nouveau courant de couleur était festonné d'écume blanche. Nous étions dans les eaux du fleuve Orénoque. Je ne savais pas qu'elles allaient si loin au nord ; et je me demandai s'il est vrai, ainsi que le dit Colomb, qu'on peut trouver de l'eau douce d'un côté de la ligne blanche et de l'eau salée de l'autre.

Nous approchions de l'Amérique du Sud : une chaîne basse de collines grises dans le lointain. Il était impossible de dire où finissait l'Amérique du Sud et où commençait Trinidad. Les collines auraient même pu être une autre île. Il n'y avait rien, si ce n'est la couleur de l'eau, pour nous signaler que nous étions proches d'un continent. Les collines s'élevèrent, ce qui était une déclivité devint une coupure, et nous vîmes la passe. C'est Colomb qui la baptisa Bouches du Dragon, la dangereuse entrée nord du golfe de Paria. Le Venezuela était sur notre droite, une brume grise. Trinidad était sur notre gauche : quelques hauts îlots rocheux négligemment couverts de chaume vert, et au-delà les montagnes de la chaîne nord brouillées par la pluie.

C'est par le sud, en passant par ce qu'il appela les Bouches du Serpent, que Colomb pénétra dans le golfe de Paria en 1498. Les puissants courants créés par les eaux de l'Orénoque à l'endroit où elles se frayent un passage dans le golfe de Paria le retardèrent et faillirent couler son bateau. Les courants faisaient entendre un rugissement continu, écrit-il ; et, au milieu de la nuit, alors qu'il se trouvait sur le pont, il vit « la mer rouler d'est en ouest comme une montagne aussi haute que le bateau, et approcher lentement ; et au sommet de cette mer arriva une puissante vague rugissante... Aujourd'hui encore je peux ressentir la peur que je ressentis alors ». Quand il parvint enfin dans le golfe, il se rendit compte que l'eau était douce. C'est cela qui l'encouragea à annoncer sa découverte la plus étonnante. Il avait entrevu, écrivit-il à Ferdinand et Isabelle, les abords du paradis terrestre. Il ne pouvait y avoir de rivière aussi profonde et large que le golfe de Paria ; et, d'après les lectures qu'il avait faites des géographes et des théologiens, il conclut que la terre à cet endroit avait la forme d'un sein de femme, avec le paradis terrestre au sommet du téton. L'eau douce du golfe de Paria provenait de ce paradis qui, à cause de sa situation, ne pouvait pas être approché par bateau et certainement pas sans la permission de Dieu.

Nous restions proches de la côte de Trinidad. Nous entendions le tonnerre tonner autour de nous sous le ciel bleu en regardant les éclairs jouer sur les collines. Le bateau vira lentement en un long arc de cercle sur la gauche, de sorte qu'en se tenant au milieu du bateau sur le pont bâbord on pouvait voir notre sillage disparaître rapidement en ondulations miroitantes.

Les émigrants gesticulaient.

« J'espère que l'Immigration garde un œil sur ces types, dit Mr. Mackay. Trinidad est une sorte de second paradis pour eux, vous savez. Donnez-leur l'occasion et la moitié sautent à l'eau tout de suite. »

Nous embarquâmes le pilote. Nous embarquâmes les fonctionnaires de l'immigration.

« Qu'ils regardent, dit Mr. Mackay, en parlant des émigrants. Nous avons des bateaux à moteur ici. Pas des foutus bateaux à rames. »

Drapeau flottant avec raideur, la vedette marquée POLICE en grosses lettres blanches rassurantes filait à nos côtés, ses occupants vêtus d'uniformes immaculés.

« C'est pas une mauvaise petite île, vous savez, dit Mr. Mackay.

— J'ai entendu dire qu'ils prenaient des garçons qui sortaient du collège maintenant dans la police », dit Philip.

Port of Spain est une ville décevante vue de la mer. On ne voit que des arbres contre les collines de la chaîne nord. La tour du Collège Royal de la Reine perce la verdure ; de même la masse bleue de l'immeuble Salvatori. A la station de chargement de bauxite, à Tembladora, l'air était jaune de poussière de bauxite.

Nous abordâmes à quai. Les émigrants se massaient sur le pont et obstruaient la passerelle pour apercevoir Trinidad (et quelques-uns, selon Mr. Mackay, pour y rester).

« Laissez les habitants des petites îles descendre les premiers, dit-il.

— Le prop, mec, quelqu'un me murmura à l'oreille. Le vieux propagandiste. »

C'était Boysie.

Dans mon costume de débarquement, ma machine à la main, j'en avais effectivement tout l'air.

Correia était en colère. L'agent du bateau ne lui avait pas pris son billet d'avion pour la Guyane britannique. Sa voix tonitruante l'accompagna sur la passerelle ; et je continuai à l'entendre alors même qu'il eut disparu dans une baraque de la douane, Kripal Singh sur ses talons, l'air respectable et malheureux dans son costume, fumant nerveusement, son époque étudiante terminée. C'est la dernière fois que je les vis. Philip disparut. Les Mackay disparurent. Miss Tull disparut ; dix-sept jours avec les émigrants l'attendaient.

Le ciel était couvert de tons pastel écarlate et or spectaculaires, d'où les palmiers se détachaient en noir. Le bar était aussi vide et étranger qu'il l'avait été cet après-midi-là à Southampton. Le barman voulait que quelqu'un lui achète une chemise à manches courtes Aertex. Il était en train de négocier avec le gardien du fou qui, le visage déjà rouge, était vêtu en touriste : chemise rouge, chapeau de paille, pantalon kaki, sandales, une appareil photo en bandoulière.

Nous sortîmes en voiture de la zone des docks. La

route était bondée d'émigrants, dont beaucoup étaient des Indiens qui étaient venus en avion de la Guyane britannique. Partout des émigrants, et partout ceux qui étaient venus leur dire au revoir. Partout des voitures. Nous allions au pas. A la sortie, nous fûmes arrêtés, nos passeports contrôlés.

Un policier dit : « Voulez-vous éteindre votre cigarette, s'il vous plaît ? »

Je l'éteignis.

DEUX

TRINIDAD

> Parce que plusieurs de leurs générations avaient vécu dans un pays de transition, plantant leurs tentes entre les maisons de leurs pères et la véritable Égypte, c'étaient maintenant des âmes à la dérive, vacillant en esprit et sans doctrine assurée. Ils avaient beaucoup oublié ; ils avaient assimilé à moitié quelques pensées nouvelles ; et parce qu'ils n'avaient pas d'orientation réelle, ils ne faisaient pas confiance à leurs propres émotions. Ils ne faisaient pas même confiance à l'amertume que leur faisait éprouver leur esclavage.
>
> Thomas Mann, *Les Tables de la Loi.*

> Le dégoût de la langue latine fit place à la passion de la maîtriser. De la même façon, notre costume national devint à la mode et on voyait la toge partout. Et ainsi les Bretons furent progressivement amenés aux agréments qui rendent le vice agréable — arcades, bains et banquets somptueux. Ils parlaient de nouveautés telle que la « civilisation », quand en réalité elles n'étaient qu'un trait de l'asservissement.
>
> Tacite, *Agricola.*

Dès que le *Francisco Bobadilla* eut touché le quai, flanc contre défenses en caoutchouc, je me mis à ressentir toute ma vieille peur de Trinidad. Je ne voulais pas rester. J'avais quitté le refuge du bateau et je n'avais aucune assurance que je quitterais jamais l'île à nouveau. Je n'avais rien oublié : les maisons en bois, avec leurs jalousies à moitié baissées, leurs pignons et leurs avant-toits ornés d'un travail ajouré, à la mode avant l'ère du béton ; les maisons en béton avec leurs vérandas en L et leurs chambre en avancée donnant sur le devant, à la mode dans les années trente ; les maisons syriennes à deux étages identiques, avec des blocs de pierre dessinés sur le béton, à la mode dans les années quarante. Il y avait plus d'enseignes au néon. L'ambition — une main qui versait du liquide dans un verre — était plus grande que l'habileté, et l'effet était trinidadien : vigoureux, d'une modernité légèrement défectueuse. Il y avait plus de voitures. D'après les numéros sur les plaques, je compris que maintenant presque cinquante mille véhicules étaient en circulation ; quand j'étais parti ils étaient moins de vingt mille. Et la ville palpitait au rythme des *steel bands*. Un bon début pour un romancier ou un auteur de récits de voyage ; mais le *steel band* était considéré comme une manifestation supérieure de la culture antillaise, et c'était un son que je détestais.

Quand on arrive pour la première fois dans une ville, et particulièrement si on arrive de nuit, les gens dans les rues ont, un bref moment, une qualité particulière : ce sont des adeptes d'un rituel que le voyageur ignore ; ils se déplacent d'un mystère à l'autre. Mais tandis que je traversais Port of Spain en voiture, passant des groupes arrêtés aux coins des rues autour d'étalages et de charrettes de noix de coco éclairées aux flambeaux, cette excitation me manquait, et j'étais angoissé, non tant par la familiarité que par le sentiment de continuité. Les années que j'avais passées à l'étranger avaient disparu et je n'étais pas sûr de ce qui était réel dans ma vie : les premières dix-huit années à Trinidad ou les années suivantes en Angleterre. Je n'ai jamais voulu rester à Trinidad. Quand j'étais en quatrième, je fis par écrit, sur la dernière page de garde de ma *Grammaire élémentaire de latin révisée* de Kennedy, le vœu de partir dans les cinq années qui suivraient. Je partis au cours de la sixième ; ensuite, durant de nombreuses années en Angleterre, lorsque je m'endormais dans ma chambre d'étudiant avec le chauffage électrique allumé, j'étais réveillé par le cauchemar que j'étais de nouveau sous les tropiques, à Trinidad.

Je n'avais jamais analysé cette peur de Trinidad. Je

n'avais jamais voulu le faire. Dans mes romans, je n'avais fait qu'exprimer cette peur ; et ce n'est que maintenant, au moment d'écrire, que je suis capable de tenter de l'examiner. Je savais que Trinidad était sans importance, sans créativité, cynique. Les seules professions libérales étaient celles du droit et de la médecine, parce qu'il n'y avait pas besoin d'autres ; et les gens qui réussissaient le mieux étaient les commissionnaires en marchandises, les directeurs de banque et ceux qui travaillaient dans la distribution. Le pouvoir était reconnu, mais la dignité n'était accordée à personne. Quiconque occupait une position élevée était tenu pour malhonnête et méprisable. Nous vivions dans une société qui se refusait les héros.

C'était un endroit où les histoires n'étaient jamais des histoires de succès mais d'échec : des hommes brillants, collectionneurs de diplômes, qui étaient morts jeunes, devenus fous, ou s'étaient mis à boire ; des joueurs de cricket prometteurs dont la carrière avait été brisée par des désaccords avec les autorités.

C'était aussi un endroit où une injure courante était « vaniteux », épithète qui exprimait le ressentiment que provoquait quiconque avait des capacités hors du commun. De telles capacités n'étaient pas requises par une société qui ne produisait rien, n'avait jamais à prouver sa valeur, ni à être efficace. De telles personnes, il fallait les faire rentrer dans le rang ou, pour employer l'expression de Trinidad « les faire rétrécir au lavage ». La générosité — l'admiration d'égal à égal — était donc inconnue ; c'était une qualité que je ne connaissais que par les livres et ne trouvai qu'en Angleterre.

Au talent, chose inutile, le Trinidadien substituait l'intrigue, dans l'exercice de quoi il passa maître, que ce fût pour les petites ou les grandes choses. De l'admiration, il en avait : pour les garçons qui réussissaient à l'école, car ce genre de succès, sans mesure avec la vie de tous les jours, procurait la fierté à la communauté en son ensemble sans la menacer d'aucune manière ; pour ceux qui obtenaient des diplômes jusqu'à ce qu'ils deviennent vaniteux ; pour les chevaux de course. Et pour les joueurs de cricket

Le cricket a toujours été plus qu'un sport à Trinidad.

Dans une société qui n'exigeait aucun talent et n'offrait aucune récompense au mérite, le cricket était la seule activité qui permettait à un homme de développer pleinement ses capacités et d'être mesuré aux critères internationaux. Seul sur un terrain, au-delà de l'intrigue qui obscurcit tout, la vraie valeur du joueur de cricket pouvait être vue par tous. Sa race, son éducation, sa fortune ne comptaient pas. Nous n'avions ni savants, ni ingénieurs, ni explorateurs, ni soldats, ni poètes. Le joueur de cricket était la seule image de héros que nous ayons. Et voilà pourquoi, aux Antilles, le cricket est joué avec un tel panache ; voilà pourquoi, pour longtemps encore, les Antillais seront incapables de jouer en équipe. La performance individuelle était ce qui comptait. C'était cela que nous venions applaudir ; et à moins que le joueur n'eût des qualités héroïques nous ne voulions pas le voir, quelle que pût être sa valeur. Et c'était pourquoi, de ces histoires d'échec, celle du joueur de cricket qui a raté sa carrière était la plus horrible. C'est un personnage récurrent dans le folklore de Trinidad ; il apparaît dans la pièce écrite par Errol John sur Trinidad, *Moon on a Rainbow Shawl*.

Bien que nous sachions que quelque chose n'allait pas avec notre société, nous ne faisions rien pour y remédier. Trinidad avait trop peu d'importance et personne n'aurait jamais pu nous convaincre de l'intérêt de lire l'histoire d'un endroit qui n'était, ainsi que chacun le disait, qu'un point sur la carte du monde. Notre intérêt portait entièrement sur le monde extérieur ; et plus il était loin, mieux c'était. L'Australie était plus importante que le Venezuela, que nous pouvions voir par temps clair. Notre propre passé était enterré et personne ne songeait à le déterrer. Cela nous donnait un étrange sens du temps. L'Angleterre de 1914 était l'Angleterre d'hier ; la Trinidad de 1914 appartenait aux temps immémoriaux.

De temps à autres une protestation raciale s'élevait, mais sans provoquer d'émotion profonde, car elle ne représentait qu'une petite partie de la vérité. Chacun luttait pour se faire une place dans la communauté. Cependant il n'y avait pas de communauté. Nous étions de races, religions, bandes et clans différents, et nous nous étions trouvés par hasard sur la même petite île. Rien ne nous liait si ce n'est ce lieu de résidence commun. Il n'y avait pas de sentiment nationaliste ; il ne pouvait y en avoir. Il n'y avait pas de réel sentiment anti-impérialiste ; en réalité, ce n'était que notre appartenance à l'empire britannique qui nous donnait une identité. Ainsi les protestations ne pouvaient être qu'individuelles, isolées, ignorées.

Ce n'est que vers la fin de la guerre que des histoires de succès relatifs commencèrent à circuler, des histoires d'hommes qui s'étaient distingués dans la RAF, d'hommes qui étaient devenus maîtres de conférences dans des universités anglaises et américaines, de chanteurs qui étaient reconnus à l'étranger. Tous ces gens avaient fui. « Vaniteux » chez eux, ils avaient réussi à se distinguer à l'étranger ; et comme leur importance n'avait pas la qualité méprisable de l'importance locale, Trinidad les acceptait d'autant plus généreusement et exagérait leur valeur.

La menace de l'échec, le besoin de fuir : telle était la motivation que cette société offrait à ses membres.

Extrait du *Trinidad Guardian* :

LA LITTÉRATURE EST NOTRE HÉRITAGE

Au rédacteur en chef du *Guardian*.

Dans le *Trinidad Guardian* du 22 octobre, le titre de l'article sur la chute du prix de l'or est ainsi rédigé : « L'or perd de son brillant », et ceci me rappela le fameux dicton : « Tout ce qui brille n'est pas d'or. » *All that glitters is not gold.*

Pour ceux que la littérature intéresse, cette citation est fautive, il faut lire en réalité : *All that glisters is not gold.* Elle est tirée du *Marchand de Venise.* Certes, *glitters* et *glisters* ont le même sens, mais, si je puis me permettre, *glitters* n'est pas shakespearien. *Glisters* est le mot qui nous a été légué et il nous incombe de le léguer à notre tour sans changement ni altération.

Cela ne doit pas être compris comme un reproche à ceux qui ont pris un mot pour un autre.

C'est plutôt un plaidoyer en faveur de la préservation de ces mots et de ces phrases qui constituent, en partie, notre héritage littéraire.

Norman A. Carter, St Augustin.

Personne ne s'intéressait vraiment aux émigrants sur le *Francisco Bobadilla*. On s'inquiétait plus du nombre d'immigrants à Trinidad. La population était passée de 560 000 en 1946 à 825 000 en 1960. Les immigrants provenaient d'Angleterre, d'Amérique, du Canada et d'Australie aussi bien que des autres îles antillaises. Deux nouvelles banlieues blanches avaient poussé, mais Trinidad réservait toutes ses vexations aux immigrants antillais, et aux Grenadiens en particulier. La Grenade, depuis des temps immémoriaux, est un mot aussi drôle à Trinidad que l'est Wigan en Angleterre ; et l'expulsion occasionnelle de Grenadiens et autres ressortissants des petites îles est un sujet de calypsos.

Peu avant mon arrivée, avait eu lieu une nouvelle campagne de la police, dont on rapporte qu'elle fut d'une rigueur exceptionnelle, contre les immigrants en situation illégale. L'attitude envers les immigrants est la même partout dans le monde — les histoires qu'on raconte sur les Antillais en Angleterre (« vingt-quatre par pièce ») sont le pendant exact des histoires touchant les Grenadiens et autres à Trinidad — et il y eut un grand enthousiasme public lorsque les Grenadiens, terrorisés, s'éparpillèrent dans l'île pour se cacher. (Beaucoup furent abrités par leurs employeurs qui appréciaient le bas prix de leur travail. Dans le lointain district d'Ortoire je devais tomber sur un nid de Vincentiens qui détachaient les huîtres des racines de palétuviers pour un entrepreneur local.) Lord Blakie, chanteur de calypso, chantait :

Pousse-toi, laisse-moi ma part
On passe des Grenadiens à tabac dans le Square
Laisse-moi écorcer un bâton, laisse-moi prendre ma part.
On passe des Grenadiens à tabac dans le Square.
Depuis qu'ils savent qu'on est une Fédération
Ils viennent tous s'entasser dans cette île.

On ne parlait que des Grenadiens. La dernière vedette en date à Trinidad était un Grenadien de vingt-quatre ans qui avait épousé une Trinidadienne de quatre-vingts ans. On voyait souvent leurs photographies dans les journaux ; les directeurs des salles de cinéma leur proposaient de monter sur scène ; et une rumeur, qui provenait peut-être des milieux gouvernementaux, disait que le chef de l'opposition avait demandé au Grenadien de se présenter aux prochaines élections. Dans une interview donnée au *Sunday Guardian* — où l'épouse était photographiée en train de donner du grain à ses poules et le mari dans ses fonctions de juge de ligne au cours d'un match de football — le Grenadien déclarait qu'il avait quatre enfants à la Grenade (démentant ainsi une rumeur persistante). Il avait quitté leur mère parce que celle-ci et sa famille le pressaient de l'épouser.

On en discutait, un matin, dans un taxi de Port of Spain.

« Elle a trop de vice dans sa vieille queue, si vous voulez que je vous dise, dit la grosse femme qui était assise à côté de moi. Dieu ! A quoi qu'elle peut ressembler le matin ? J'en ai pas cinquante, et ça me fout une trouille de tous les diables de voir ma tête quand je me réveille.

— Quand mon homme commence à s'énerver, dit la femme assise devant, je serais folle de le laisser tirer son coup. Y me prend que par-derrière, je vous dis. Et moi je respire fort pour qu'y croie que je dors.

— T'as raison, petite. Une voisine me disait que ce Grenadien, ce qu'y veut, c'est s'en aller étudier. Il s'en va pour aller faire l'étudiant et elle reste à la maison, à donner du grain à ses poules. Vous l'avez vue dans le *Guardian*, en train de donner du grain à ses poules ? »

Extrait du *Trinidad Guardian* :

DÉFILÉ DE MODE

Le cinéma *drive-in* Starlite et Pollyanna, une nouvelle boutique de vêtements pour enfants, ont organisé un charmant défilé de mode dimanche après-midi au cinéma avant la première séance. Mis à part les très jolies robes, et elles étaient adorables, les petits mannequins, garçons et filles, dont un n'avait pas deux ans, étaient tout simplement étonnants, pleins de sang-froid et de prestance. Les vêtements présentés allaient du maillot de bain « Ballon », de style Brigitte Bardot, mais certainement BB n'aurait pas mieux rendu justice à son maillot que ne le firent Christine Cozier et Renata Lopez ; sans parler de Master

> Barry Went dans son bikini Marlon Brando... Parmi les spectateurs ravis on comptait Mrs. Isaac Akow et ses grands-parents, Mr. et Mrs. A. Dickson, Mr. et Mrs. Dennis Crooks et leurs enfants, Mr. et Mrs. Frank de Freitas et leur famille.

Trinidad se juge, et est jugée par les autres territoires antillais, moderne. Elle possède des night-clubs, des restaurants, des bars climatisés, des supermarchés, des buvettes, des cinémas *drive-in* et une banque *drive-in*. Mais la modernité à Trinidad signifie un peu plus que cela. Elle signifie une vigilance constante, une avidité de changement ; un empressement à accepter tout ce que les films, les magazines et les bandes dessinées semblent indiquer comme étant américain. Les reines de beauté et les défilés de mode sont modernes. La modernité se trouve peut-être aussi dans un prénom comme Lois, arrivé dans l'île dans les années quarante avec Lois Lane, l'héroïne de *Superman*. La radio toute simple n'est pas moderne. La radio commerciale l'est : dans mon enfance, ignorer le dernier *jingle* publicitaire, c'était être primitif.

Être moderne, c'est ignorer les produits locaux et acheter ceux dont on voit la publicité dans les magazines américains.

L'excellent café cultivé à Trinidad n'est consommé que par les très pauvres et quelques expatriés anglais de la classe moyenne. Tout le monde boit du Nescafé ou du Maxwell House ou du Chase and Sanborn, qui sont plus chers mais font de la publicité dans les magazines, ce qui les rend acceptables. Les élégants et confortables fauteuils à dossier réglable réalisés dans un bois local par les artisans locaux ne sont pas modernes et ont disparu, sinon chez les pauvres. Les meubles tubulaires en acier importés, les fauteuils à cannage plastique faits à Hong Kong et les maigres chaises en fonte ont pris leur place.

Dans un article paru dans le *Caribbean Quarterly*, journal publié par l'Université des Antilles, le Dr Alfred P. Thorne étudie les conséquences économiques de ce « trait psychologique apparent ». « Un grand nombre d'habitants des îles de la classe moyenne et supérieure, écrit-il, évitent de consommer régulièrement un grand nombre de fruits et légumes locaux, et préfèrent des produits importés de valeur nutritive correspondante (et généralement plus coûteux). » Il suggère que les dirigeants politiques et la nouvelle élite donnent l'exemple, ce qui serait plus efficace que « les imprécations et exhortations vigoureuses ».

> Y a-t-il une bonne raison pour laquelle, dans le système du prestige, la patate douce et autres légumes du même genre soient exclus de la consommation des classes moyenne et supérieure de la communauté ? Les élégants barons et comtes anglais et jusqu'aux très gracieuses princesses royales ne partagent-ils pas la commune pomme de terre « irlandaise » avec les dockers anglais ? Pas même le fait que les Cockneys aient rebaptisé ces humbles racines *spuds* n'en a détourné le consommateur aristocratique.

C'est un vieux problème antillais. Trollope s'en plaignait à la Jamaïque en 1859 :

> Mais il est à remarquer partout dans l'île que les gens sont friands des mets anglais et qu'ils méprisent, ou affectent de mépriser, leurs propres productions. Ils vous serviront de la soupe à la queue de bœuf quand de la tortue serait beaucoup moins chère. Le bœuf rôti et le beefsteak sont présents quasiment à chaque repas. On consomme une immense quantité de bière. Alors qu'on peut avoir pour rien les avocats, les choux, les bananes, et vingt autres légumes délicieux, les gens tiennent absolument à manger de mauvaises pommes de terre anglaises ; et le goût pour les conserves au vinaigre anglaises est une vraie passion.

Charles Kingsley, qui passa un hiver à Trinidad dix ans plus tard, raconte dans *At Last* l'histoire d'un Allemand qui, parce que Trinidad produisait du sucre, de la vanille et du cacao, décida de faire du chocolat à Trinidad. Il le fit, et son prix était inférieur d'un quart à celui du chocolat importé. « Mais les créoles à la peau claire ne l'achetaient pas. Il ne pouvait pas être bon ; ce ne pouvait pas être le vrai article s'il n'avait pas traversé deux fois l'Atlantique, aller et retour de ce centre de la mode, Paris. » A la Jamaïque, les touristes se plaignent de ne pouvoir obtenir de la nourriture jamaïquaine. Et comme un jour, dans un petit club d'intellectuels de Port of Spain, je demandais de la confiture de goyave, on me répondit qu'il n'y avait que de la confiture de reine-claude.

La modernité, à Trinidad, se révèle donc traduire l'extrême susceptibilité de gens qui manquent d'assurance et, n'ayant ni goût ni style propres, sont avides de s'instruire. En Angleterre et en Amérique, il y a des magazines pour de tels groupes ; à Trinidad aujourd'hui, l'instruction est assurée par des agences de publicité, qui ont été bien accueillies par les gens non seulement pour cette raison mais aussi parce que l'agence de publicité est en soi une chose moderne.

Il fut un temps où Trinidad n'avait pas d'agences de publicité et où ce que nous faisions de mieux en la matière était la publicité pour Limacol : « La Fraîcheur d'une Brise dans une Bouteille » et le : « Si vous ne buvez pas de rhum, c'est votre affaire ; mais si vous en buvez, c'est notre affaire », de Mr. Fernandes. Pour le reste, nous nous débrouillions avec la liste des articles à prix sacrifiés des magasins et l'habituelle saga de la mauvaise haleine dispensée par les marques de dentifrice. Aujourd'hui, cela a changé. On a dit qu'on pouvait juger un pays sur ses publicités et celles de Trinidad sont révélatrices. On utilise un homme avec un bandeau noir sur l'œil non pour faire la publicité des chemises Hathaway, mais celle d'une boisson alcoolisée. Les biscuits Bermudez sont décrits comme une « Famille de délicieux crackers », avec le biscuit « Grimaçant » pour ceux qui sont « jeunes de cœur », ce qui est aussi étonnant que le slogan pour le Jus de Pamplemousse de Trinidad : « Le sourire de la bonne santé — en boîte ». « Crix » (de la famille Bermudez) est un « repas à lui tout seul ». Si l'on cherche quel est le but du texte publicitaire, il semble qu'il soit de persuader les Trinidadiens que les biscuits Bermudez sont vraiment des crackers, choses américaines que les Américains mangent dans les films et les bandes dessinées. Pour faire connaître le rhum Old Oak, on a choisi une épreuve de dégustation. Dans cette épreuve, on voyait un certain nombre de Trinidadiens hilares et bien habillés, soigneusement choisis pour leurs races debout devant un bar. Aucun n'était ostensiblement noir. On a pris un homme vraiment noir pour jouer le rôle du mécanicien dans la publicité « Je roule bien, je roule Shell » ; les visages noirs ne sont habituellement utilisés que dans des publicités pour des choses comme les bicyclettes ou la bière brune.

Tout cela est l'œuvre de publicitaires expatriés, de quoi Trinidad est humblement reconnaissante. A une époque où, en d'autres pays, le concept même de la publicité moderne est sous le feu de la critique, Trinidad lui offre un havre : il est officiellement reconnu que les Trinidadiens n'ont pas la capacité de diriger des agences de publicité. Et, de fait, sans assistance extérieure, la radio commerciale n'aurait peut-être pas été aussi facilement établie. A sept heures et quart, en ces temps reculés, Dough Hatton était là avec son *Shopping Highlights*, émission musicale et « d'information ». Parfois il téléphonait à des auditeurs pour leur demander s'ils connaissaient le titre de la chanson qu'il était en train de passer ; un prix récompensait les gagnants, offert par une marque désireuse de contribuer aux réjouissances publiques. A huit heures, Hatton quittait l'antenne, pour faire place à quelques nouvelles locales, encore un peu d'information et aux annonces de décès. Mais à huit heures et demi, l'associé de Hatton, Hal Morrow, faisait son apparition, avec *Morrow's Merry-Go-Round*, une émission d'information et de musique. Elle durait jusqu'à neuf heures, et pour le restant de la journée il n'y avait plus ni Hatton ni Morrow jusqu'à ce qu'ils reparaissent le soir avec un jeu-concours, peut-être, un concours de chant, des disques et encore de l'information. Ils prirent une retraite, Hatton et Morrow, quelque peu prématurée ; mais Trinidad n'a jamais cessé de les honorer comme les gens simples qu'ils furent, dont l'œuvre restera ignorée du reste du monde, qui renoncèrent au succès et à la renommée métropolitaines pour vouer leur énergie au service d'un peuple colonial.

Ainsi Trinidad, bien qu'abandonnée par une grande part du talent qu'elle produit, a toujours eu la chance d'attirer des hommes à l'esprit aventureux.

« Je suis un homme de second ordre, dit un jour un

homme d'affaires américain qui avait réussi à un Anglais, qui me le répéta. Mais nous sommes dans un endroit de troisième ordre, et je me débrouille bien. Pourquoi partirais-je ? »

L'importance donnée à l'Amérique fait que tout ce qui est anglais est considéré comme démodé et provincial. L'un des côtés les plus agréables de la modernité de Trinidad est qu'il est possible de trouver un grand nombre de bons restaurants étrangers. Je me retrouvai moi-même un jour dans un restaurant anglais. La remarque de Trollope à propos des pommes de terre est toujours valable ; et le restaurant, qui était du genre *and chips*, attirait les expatriés déprimés et une partie de l'élite anglophile de Trinidad. Les serveurs étaient en smoking. A ma morosité faisait pendant celle du serveur jusqu'à ce que je lui demande ce qu'il y avait comme dessert. Il eut l'air gêné, et lorsque enfin il dit : « Du pudding », sa voix se brisa en un demi-rire qui rejettait toute responsabilité pour une pareille absurdité.

Ainsi Trinidad donne-t-elle l'impression d'une petite île prospère, vigoureuse, et même frénétique. Avec l'aide d'une série d'incendies, les rues principales du centre de Port of Spain ont été rebâties, et l'immeuble Salvatori est un parfait exemple de ce qui est moderne. Ailleurs les maisons en pierre à façade plate demeurent : maisons d'habitation transformées en boutiques pour répondre aux besoins d'une ville en pleine expansion. La circulation se traîne dans les rues bouchées ; on se gare avec difficulté. Dans les magasins, la qualité des produits sans marques n'est pas bonne, les prix extravagants ; la marge va de cinquante à cent pour cent et peut atteindre, pour certains produits comme les bibelots japonais, jusqu'à trois cents pour cent : les Trinidadiens n'achètent pas ce qui n'est pas cher. En décembre 1959, après une nouvelle hausse des salaires dans la fonction publique, on ne trouvait plus un réfrigérateur à vendre à Port of Spain. Dans les officines de paris, on peut parier sur les courses du jour même en Angleterre. De nombreuses courses ont lieu à Trinidad même ; lorsque j'étais enfant, il n'y en avait que trois par an. Les courses de chevaux, un des rares divertissements de l'île, ont toujours été populaires et, aujourd'hui qu'il circule plus d'argent, le jeu est devenu universel. Il est respectable, c'est presque une industrie et je me suis laissé dire que bon nombre de fonctionnaires sont à la merci d'usuriers.

Nous allâmes aux courses, quittant Port of Spain par la route à quatre voies de Wrightson qui passe entre la ville et le site asséché de Docksite, anciennement base de l'armée américaine. Nous longeâmes le Collège Technique, encore en construction — en retard de quelques années sur celui de la Guyane britannique, mais néanmoins promesse de l'avenir ; nous longeâmes le siège moderniste du Syndicat des marins et dockers, le nouveau quartier général des pompiers. Puis nous empruntâmes la route de Beetham, récemment construite sur des marais asséchés pour soulager la grand-route de l'est surchargée. Sur notre droite se trouvait la décharge de la ville, fumante de détritus brûlant à l'air libre. Sur notre gauche se trouvait le bidonville, qui commence aux portes mêmes de la ville et escalade les collines. La beauté étrange de ses cabanes, projetant chacune son ombre noire sur la terre rouge, donnait envie de peindre la scène sur une grosse toile mouillée. Des corbeaux patrouillaient sur la route. Ces vautours noirs ne sont jamais loin à Trinidad ; ils perchent sur les branches gracieuses des cocotiers des plages ; et quand, ainsi que nous le vîmes, un des innombrables chiens parias de la ville est écrasé sur la route, les corbeaux se précipitent pour nettoyer ce corps affamé, évitant de temps à autre, à lourds coups d'ailes, une voiture qui passe. Des ibis rouges survolaient avec une grâce maladroite la mangrove sur notre droite. Et à intervalles réguliers des panneaux routiers de style anglais exhortaient les automobilistes à garder leur gauche sauf pour doubler.

Nous écoutions de la musique sur les deux stations de radio. Avec leurs chansons, leurs publicités, leurs constants bulletins météorologiques (comme si le temps était susceptible de changer radicalement à tout moment) et leurs nouvelles « toutes les heures à l'heure », elles suggéraient que nous nous trouvions dans une grande métropole pleine de richesses et d'événements palpitants, vivant sur un vaste et prospère arrière-pays. Bientôt apparut cet arrière-pays : quelques charrettes tirées par des chevaux, de petites maisons, des gens travaillant dans de petits potagers. Avec notre auto-radio sur la grand-route nous étions dans un monde ; eux se trouvaient dans un autre.

Une voiture nous fit un appel de phares en nous croisant.

« La police, dit mon ami. Contrôle de vitesse. »

Chacune des voitures que nous croisâmes nous prévint. Et bientôt, effectivement, nous dépassâmes un policier inconsolable vêtu ostensiblement en civil, assis sur le bas-côté, qui regardait quelque chose qu'il tenait à la main.

Des gens de la campagne, pour la plupart des Indiens vêtus de couleurs brillantes, se dirigeaient à pied vers le champ de courses. En quittant la route principale, nous trouvâmes la voie bloquée, aussi loin que nous pouvions voir, par des voitures, neuves, de nombreuses couleurs différentes, scintillant au soleil. Cela ne ressemblait en rien à la Trinidad que je connaissais.

Quand Charles Kingsley se rendit aux courses de Port of Spain en 1870, il vit un cheval mourant entouré d'un groupe d'hommes de couleur à qui il conseilla « en vain » de couvrir le cheval avec une couverture, « car la pauvre bête avait attrapé une insolation ». Kingsley n'était pas allé aux courses pour parier — c'était la première fois qu'il allait aux courses en trente ans — et il ne parle pas de jeu. Il parle d'un manège français en mauvais état (« un immense assemblage d'appareils étranges »), de gens assis sur l'herbe (« de vrais lits de fleurs »), et de « l'abominable » odeur de rhum nouveau. Il était allé aux courses, dit-il, pour « se promener *en mufti*[1] parmi la foule ». Il fut fortement impressionné par la variété des races et la gravure qui accompagne le chapitre montre un groupe de Trinidadiens — Noirs, Indiens et Chinois — aux courses. Le garçon et l'homme noirs portent des chapeaux de paille, des chemises amples sans col et des pantalons s'arrêtant au mollet, abrégé tropical du costume européen du

1. En français dans le texte. *(N.d.T.)*

XVIIIe siècle qui a été remis à la mode dans les night-clubs comme costume folklorique. Une femme noire porte un turban et de nombreux jupons soigneusement amidonnés, pareils à ceux qu'Anthoy Trollope, en débarquant du vapeur des Antilles sur l'île de St Thomas à la fin de l'année 1858, vit sur la marchande de fleurs qui se tenait sur le quai ; ces jupons « donnaient à sa silhouette, dit-il, cette apparence de volume aisément compressible qui, quoi que puisse faire *Punch*, charme aujourd'hui notre regard ». Les Indiens sont en turban, veste indienne et dhotis, et portent le bâton ; l'Indienne porte la longue jupe des Provinces Unies et le *orhni*. Les Chinois portent des vêtements de paysans chinois ; l'homme a une queue de cheval et porte une ombrelle ouverte.

Aujourd'hui on ne trouve pas de chevaux mourants entourés d'hommes volubiles et impuissants sur un champ de course de Trinidad. Pas de queues de cheval ; pas de costumes folkloriques ; et les turbans sont rares. Le vêtement est uniforme, les goûts nationaux n'émergeant que dans les couleurs. Les trois groupes de la gravure de Kingsley se tiennent dans trois cultures isolées. Aujourd'hui ces cultures, en se rapprochant, se sont modifiées. L'une d'elles, la chinoise, a presque disparu ; et le modèle suivi par tous se rapproche du modèle de ceux qui sont absents sur la gravure : les Européens.

Devant le Royal Victoria Institute à Port of Spain, on voit une ancre, encore en bon état, prise dans un bloc de béton où une plaque nous apprend que c'est peut-être l'ancre que Colomb perdit durant sa difficile traversée du golfe de Paria. La même chose peut être dite de l'histoire de Trinidad durant les quelque trois cents ans qui suivirent sa découverte. Les Espagnols s'intéressaient plus aux riches territoires de l'Amérique du Sud, et l'île ne fut jamais sérieusement colonisée. L'abondance des noms amérindiens qu'on y trouve aujourd'hui est un indice de cette absence de colonisation : Tacarigua, Tunapuna, Guayaguayare, Mayaro, Arima, Naparima. A Trinidad on ne trouve pas les Scarborough et Plymouth de Tobago, les Hampstead et Highgate de la Jamaïque, les Windsor Forest et Hampton Court de la région côtière de la Guyane britannique.

Il y eut un peu de remue-ménage en 1595. Le gouverneur espagnol, Berrio, utilisait l'île comme base de sa quête de l'El Dorado. Raleigh vint ; utilisa le bitume du Lac à Bitume pour calfater ses navires, le déclarant meilleur que celui de Norvège ; goûta les petites huîtres qui poussaient en grappes rocailleuses sur les racines des palétuviers, les aima ; et comme « j'aurais été un âne de laisser sur mes arrières une garnison intéressée à la même entreprise », il mit à sac la petite colonie espagnole et emmena Berrio pour qu'il le guide dans sa navigation sur l'Orénoque.

C'est en 1783, alors que l'île était peuplée de 700 Blancs, Noirs et hommes de couleur et de 2000 Amérindiens, que l'immigration commença sur une certaine échelle. Les immigrants venaient des Antilles françaises, royalistes fuyant la Révolution et la révolte des esclaves en Haïti. L'île ne devint espagnole que de nom et, même après la conquête britannique de 1797, conserva son caractère français, que désapprouvait tant Trollope en 1859.

> Trinidad étant une colonie anglaise, la première idée qu'on a à l'esprit est que les habitants parlent anglais ; et la seconde, une fois que celle touchant la langue anglaise est tombée par terre, est qu'ils devraient parler espagnol, puisque le nom de l'île est espagnol. Mais le fait est qu'ils parlent tous français... L'île étant une colonie conquise, ses habitants ne sont pas autorisés à avoir une voix aussi puissante en ce qui concerne leur propre gouvernement. Mais il est clairement visible que, ces gens étant français de langue et de coutumes, et catholiques romains de religion, ils en feraient un gâchis pire encore que ne le font les Jamaïquains à la Jamaïque.

En dépit de ce qu'on raconte des Espagnols dans le Nouveau Monde, le code de l'esclavage espagnol était le moins inhumain. C'est sans doute pour cette raison qu'il fut rarement appliqué. Quelque temps après la conquête anglaise, l'île continua à être administrée selon la loi espagnole, et le premier gouverneur anglais, Picton, suivit scrupuleusement le code espagnol. (Il utilisa même un peu la torture, admise par le code, ce qui ruina sa réputation en Angleterre.) Il était plus facile pour un esclave d'acheter sa liberté sous le code espagnol et, en 1821, il y avait 14 000 hommes de couleur libres à Trinidad. Les propriétés étaient petites : en 1796 il y avait 18 000 hectares cultivés, divisés en 450 propriétés. Les latifundia n'eurent jamais la possibilité de s'établir. Et en 1834 l'esclavage fut aboli. De sorte qu'à Trinidad la société ne se durcit jamais autour de l'institution de l'esclavage ainsi qu'elle le fit dans les autres îles des Antilles ; il n'y avait pas de souvenirs de révoltes durement réprimées.

Après l'abolition de l'esclavage, la loi espagnole fut remplacée par la loi anglaise. Celle-ci établissait les droits fondamentaux de l'individu ; et parce que l'île, en tant que colonie conquise de la Couronne, était gouvernée directement depuis Londres, où le gouvernement subissait la pression constante des sociétés anti-esclavagistes, le groupe des planteurs put être contrôlé. Il est difficile à Trinidad, aujourd'hui, de trouver des traces de l'esclavage ; en Guyane britannique, au Surinam, à la Martinique, à la Jamaïque, le passé ne peut être évité. En 1870, Kingsley pensait que le Nègre de Trinidad vivait mieux que l'ouvrier en Angleterre. Froude, en 1887, « voyant toujours le bonheur sans limites de la race noire », ne pouvait que craindre que « les puissances qui envient la trop parfaite félicité des êtres humains ne trouvent moyen de s'attaquer à celle du Nègre antillais ».

Tout au long du siècle l'immigration continua. Dès 1806, des tentatives avaient été faites pour amener des manœuvres chinois, le gouvernement anticipant sans doute l'émancipation et étant peu désireux d'accroître la population noire. Des manœuvres français furent importés du Havre, des Portugais de Madère. Après l'abolition de l'esclavage, les Nègres refusèrent de travailler sur les domaines, et le manque de main-d'œuvre qui en résulta fut pallié par l'importation de main-d'œuvre engagée à long terme de Madère, de Chine et d'Inde. Les Indiens se révélèrent les plus compétents ; et, avec quelques interruptions, l'immigration indienne continua jusqu'en 1917. En tout, 134 000 Indiens vinrent à Trinidad ; la plupart étaient originaires des provinces de Bihar, Agra et Oudh.

Ainsi Trinidad était et demeure une société matérialiste d'immigrants, s'accroissant et changeant sans cesse, sans se fixer jamais, conservant toujours une atmosphère de campement ; unique dans les Antilles par l'absence d'une histoire d'une brutalité durable, par l'absence d'une histoire ; toutefois non pas une société en expansion mais une société coloniale, dirigée avec bienveillance mais de manière autocratique, avec les limitations supplémentaires imposées par sa petite superficie et son éloignement. Tout cela a contribué à lui donner son caractère particulier, son effervescence et son irresponsabilité. Plus encore : une tolérance qui est plus que de la tolérance : une indifférence à la vertu aussi bien qu'au vice. La Patrie du Calypso n'est pas une invention de publicitaire. C'est un aspect de la vérité, et c'est cette gaieté, si inexplicable pour le touriste, qui voit les baraques du Bidonville et les corbeaux patrouillant sur la grand-route moderne, et inexplicable pour moi qui me souvenais d'elle comme de la patrie de l'échec qui, maintenant, à mon retour, m'assaillait.

Extrait du *Trinidad Guardian* :

> Les habitants de Fisher Avenue, à St Ann's, ont dû se demander qui diable pouvaient être leurs nouveaux voisins du n° 1 samedi soir, tandis que les accents de la musique de Choy Aming diffusée par un magnétophone troublaient la quiétude de la petite banlieue. Ils étaient loin de savoir que quatre joyeux célibataires — bien connus de la bonne société — Jimmy Spiers, Nick Proudfoot, David Renwick et Peter Galesloot venaient d'emménager et pendaient la crémaillère. Parmi ceux qu'ils avaient invités à vider les bouteilles se trouvaient Malcolm Martin, Eddie de Freitas, Pat Diaz, Maureen Poon Tip, Joan Rawle, Gillian Geoffroy, Joan Spiers et bien d'autres. Vous auriez dû voir le plancher le lendemain matin.

Port of Spain est la ville la plus bruyante du monde. Pourtant il est interdit de parler. « Laissez le parlant parler », disaient les écriteaux dans le vieux London Theatre de mon enfance. Et maintenant ce sont les radios et les appareils de rediffusion qui parlent, chantent et carillonnent ; les *steel bands* grondent et claquent ; et les orchestres, en direct ou enregistrés, et les gramophones et les tourne-disques. Dans les restaurants, les orchestres sont là pour libérer les gens du besoin de parler. Assommé, les tempes palpitantes, vous rongez et mâchez, vous concentrant sur le travail des muscles de vos mâchoires. Dans les maisons, dès que quelqu'un commence à parler, on allume la radio. Elle doit jouer fort, fort. S'il y a plus de trois personnes, on se met à danser. Suez-suez-dansez-dansez-suez. Fort, fort, plus fort. Si la radio n'a pas assez de puissance, on invite un *steel band* qui passe. Sautez-sautez-suez-suez-sautez. Dans chaque maison une radio ou un appareil de rediffusion est allumé. Dans la rue, les gens se parlent à une distance de quinze mètres ou plus ; et même quand ils sont près de vous leurs voix ont des vibrations de diapason. Vous ne vous en rendrez compte qu'une fois que vous aurez quitté Trinidad : les voix en Guyane britannique vous paraîtront anormalement basses et, pendant un jour ou deux, chaque fois qu'on vous adressera la parole, vous vous pencherez d'un air de conspirateur, car ce qu'on vous murmure là est, vous semble-t-il, très secret. Entre-temps dansez, dansez, criez pour couvrir le bruit des pieds. Si vous vous taisez, le bruit s'élèvera en grondement autour de vous. Vous n'arrivez pas à crier assez fort. Vous avez l'impression que vos paroles viennent de derrière vous. Cela ne fait qu'une heure que vous êtes là, mais vous vous sentez aussi épuisé que si vous aviez passé un jour entier dans une auto tamponneuse. Votre tête éclate. Il n'est que onze heures ; la soirée ne fait que commencer. Vous êtes grossier, mais vous devez partir.

Tandis que vous roulez sur la nouvelle Lady Young Road, l'atténuation du bruit vous donne l'impression qu'il fait moins chaud. Vous arrivez au sommet et vous regardez la ville qui scintille à vos pieds, jaune avec des explosions de bleu sur le noir, les bateaux dans le port en arrière-plan, les flammes orange sortant des derricks au loin dans le golfe de Paria. Pendant un instant, tout est silencieux. Puis, au-dessus des crickets, dont vous n'aviez pas remarqué la stridulation, vous commencez à entendre la ville :

les chiens, les *steel bands*. Vous attendez que les stations de radio s'arrêtent pour la nuit — mais les appareils de rediffusion, qu'on loue à un prix forfaitaire, ne sont jamais fermés : ils restent ouverts, pour attendre la première coulée de bruits du matin — et puis vous redescendez dans la ville, vous noyant dans le vacarme. Toute la nuit les chiens ne cesseront d'aboyer, suivant des milliers de lignes de relais inextricablement mêlées, le bruit enflant et retombant, d'une rue à l'autre et de retour, d'un bout de la ville à l'autre. Et vous vous demanderez comment vous avez pu supporter cela pendant dix-huit ans, et s'il en fut toujours ainsi.

*

Le dimanche après-midi, dans mon enfance, les habitants de Port of Spain mettaient leurs plus beaux habits et allaient se promener autour de la Savannah. Ceux qui avaient des voitures roulaient autour au pas. C'était une parade rituelle qui établissait la position de ses participants. C'était aussi une promenade agréable. Au sud se dressaient les beaux immeubles des riches et le Queen's Park Hotel, fins mots pour nous du luxe et de la modernité. Au nord se trouvaient le jardin Botanique et le parc de Government House. Et à l'ouest il y avait Maraval Road.

Maraval Road est une des merveilles architecturales du monde. C'est une longue rue avec peu de maisons : c'était la rue des très riches. Au nord elle débute par un château écossais. Puis vient Whitehall, étrange immeuble corsicomauresque ; avant d'être occupé par les bureaux de l'administration — il s'appelait déjà Whitehall, toutefois —, ses murs étaient tendus de tapisseries représentant des bergers et des bergères et il était agrémenté de fausses cheminées garnies de bûches en papier mâché. Après Whitehall se trouve un palais abondamment décoré de fer forgé ; s'il dégage un fort parfum oriental, la tradition veut que ce soit la copie d'un château français. Puis se trouve une immense maison ocre et rouille de style colonial espagnol. Et la rue se termine avec l'italianisant Queen's

Royal College dont le carillon est identique à celui de Big Ben.

Tel était le goût de l'ancienne Trinidad : individuel, anarchique, créé non par l'environnement — en dépit de ses cheminées chaque bureau de Whitehall a besoin de deux ou trois ventilateurs — mais par le souvenir. Il n'y avait pas de modèle local. Les raffinements du comportement, comme l'architecture, dépendaient des caprices de l'individu. Dans la société des immigrants, les souvenirs s'estompant, il n'y avait pas de goût directeur. A mesure que vous vous éleviez vous faisiez évoluer vos propres modèles, et c'étaient généralement ceux de la modernité.

Il n'y avait pas de goût directeur parce qu'il n'y avait pas de goût. A Trinidad, l'éducation n'était pas une chose que l'argent pouvait acheter ; c'était quelque chose dont l'argent vous libérait. L'éducation était uniquement pour les pauvres. Le jeune Blanc quittait l'école tôt, « en comptant sur ses doigts », ainsi qu'aime à dire le Trinidadien ; mais c'était un des signes de ses privilèges. Il allait travailler dans une banque, à la compagnie du télégraphe ou dans une grosse maison de commerce ; et pour beaucoup de Trinidadiens, être employé de banque ou représentant était donc le sommet de l'ambition. Les membres de la communauté blanche qui éprouvaient le désir excentrique de faire des études quittaient presque toujours l'île. La communauté blanche ne fut jamais une classe supérieure au sens où celle-ci possède un langage, un goût, des connaissances supérieures ; elle n'était enviée que pour son argent et ses plaisirs. Kingsley, en dépit de l'affection qu'il avait pour ses hôtes blancs à Trinidad, observait : « La civilisation française signifie pratiquement, à coup sûr dans le Nouveau Monde, peu de chose hors les danseuses, les tables de billard et des bottes fines. La civilisation anglaise, peu de chose hors les courses de chevaux et le cricket. » Soixante-dix ans plus tard, James Pope-Hennessy répéta et développa cette observation. « Les gens instruits d'origine africaine lui parlaient de sujets dont il avait l'habitude de converser dans son propre pays : de livres, de musique ou de religion. Les Anglais en revanche parlaient surtout de tennis, du country-club, de whisky, de préséance ou de pétrole. » L'éducation était uniquement pour les pauvres ; et les pauvres étaient invariablement noirs.

Avec l'ouverture de la société coloniale, la communauté blanche se trouve en désavantage, et l'attitude envers l'éducation a changé. Elle est considérée non plus comme déshonorante, mais peut-être même comme utile, et la communauté blanche a décidé de s'y exposer. Un nouveau pensionnat, qui semble être plutôt blanchâtre d'intention, a été ouvert. Alors que j'étais là, le directeur, amené d'Angleterre pour diriger ce dernier carré des braves, tenait des propos irréalistes sur la formation des caractères. Irréalistes parce que venant trop tard : le goût de la société s'est durci.

Les cultures représentées par les constructions de Maraval Road et les personnages de la gravure de Kingsley ne se sont pas fondues pour former ce goût. Elles ont toutes été abandonnées sous la pression de toutes les méthodes de persuasion possibles : les journaux de second ordre, les radios et les films.

On aurait pu s'attendre à ce que le journalisme fournisse un débouché aux talents qui ne pouvaient pas trouver leur expression autre part. Mais le talent local, comme la célébrité locale, était automatiquement condamné. On importait continuellement des experts, les Hattons et les Morrows anglais ; et le journaliste à Trinidad demeura sous-estimé et sous-payé, sans jamais atteindre à la dignité du vendeur d'automobiles. Les journaux comptaient largement, pour remplir leurs pages, sur les articles achetés à la presse américaine et anglaise, les bandes dessinées, les potins de Louella Parson sur Hollywood et les conseils de beauté pour préserver les teints de pêche et de rose.

On en revient sans cesse au trait principal et dégradant de la société coloniale : elle n'a jamais requis l'efficacité, elle n'a jamais requis la qualité, et ces choses, parce qu'elles étaient non requises, devinrent non désirables.

La radio vint plus tard, et ce fut pire. L'Amérique envoya Hatton et Morrow. L'Angleterre envoya la Rediffusion. Une génération a été élevée dans la croyance que la radio, la radio moderne, c'est une chanson suivie d'un *jingle*, des feuilletons de cinq ou quinze minutes, continuellement interrompus par des publicités, de sorte que, dans un feuilleton matinal de cinq minutes comme *The Shadow... of... Delilah !* que suivait avec passion tout Trinidad quand j'arrivai, deux minutes, d'après mes calculs, étaient consacrées à la publicité. Ce type de radio commerciale, avec son entrain de colporteur, a imposé ses valeurs avec un tel succès que l'enthousiasme fut unanime lorsque Trinidad, non contente d'avoir une radio de ce genre, en acquit deux.

Les journaux et la radio n'étaient, toutefois, que les auxiliaires du cinéma, dont l'influence est incalculable. Le public trinidadien participe activement à ce qui se passe sur l'écran. « D'où venez-vous ? » demande-t-on à Lauren Bacall dans *Le Port de l'angoisse*. « Port of Spain, Trinidad », réplique-t-elle. Et le public crie avec ravissement : « Menteuse ! Menteuse ! » Ainsi le public hurle-t-il sans cesse conseils et commentaires ; il grogne à chaque coup donné dans une bagarre ; il rugit de plaisir quand le héros, jadis méprisé, revient, riche et impeccablement habillé (cela est important), tirer vengeance de celui qui fut son bourreau ; il exprime bruyamment son ironie quand le héros finit par rejeter et va peut-être jusqu'à gifler la « mauvaise femme » de type hollywoodien. Bref, il réagit à chacune des situations stéréotypées du cinéma américain.

Presque tous les films, mis à part ceux des cinémas d'exclusivité, sont américains et vieux. Ceux que le public préfère passent et repassent sans cesse : *Casablanca,* avec Humphrey Bogart ; *Till the Clouds Roll By* ; les films d'Errol Flynn, John Wayne, James Cagney, Edward G. Robinson et Richard Widmark ; les classiques du western, comme *Dodge City* et *Jesse James* ; et tous les films tournés par Bogart. Certains films sont célèbres pour leurs bagarres. La publicité de *The Spoilers* repose entièrement sur le fait que le film comprend la plus longue bagarre de l'histoire du cinéma (Randolph Scott et John Wayne, je crois). *The Brothers* fut un des rares films anglais à avoir du succès ; il y a dedans une bonne bagarre et il ne fut pas peu aidé par la scène où Maxwell Reed se prépare à battre Patricia

Roc avec une corde (« Il faut que tu sois châtiée ») : l'humiliation des femmes est chose importante pour le public de Trinidad. Et il y a des séries — *Daredevils of the red Circle, Batman, Spycathcher* — qui sont destinées aux enfants dans leur pays d'origine mais qui figurent à Trinidad parmi les principaux sujets de divertissement. Elles ne sont pas montrées une par une mais toutes ensemble ; leur longueur est un argument publicitaire et on va souvent jusqu'à afficher le nombre de bobines. Celui qui est arrivé en retard demande : « Combien de bobines sont passées ? » Alors que j'étais là-bas, on repassait *The Shadow*, une série des années quarante ; on invitait la nouvelle génération à « y frémir comme votre papa l'a fait avant vous ».

Chez ses stars, le public de Trinidad recherche une qualité de style particulière. John Garfield avait ce style ; Bogart aussi. Quand Bogart, sans se retourner, repoussa froidement une Lauren Bacall empressée d'un : « Vous me respirez dans le cou », Trinidad l'adopta comme l'un des siens. « Ça, c'est un homme ! » cria le public. Des « Aïe-aïe-*aïe* » d'admiration accueillirent la réplique de Garfield dans *Dust Be My Destiny* : « Ce que je vais faire ? Ce que je fais toujours. Courir. » « A partir de maintenant je suis comme John Garfield dans *Dust Be My Destiny* », déclara un jour un prévenu devant le tribunal, ce qui lui valut la première page d'un journal du soir. Son rôle dans *Scarlet Street* gagna à Dan Duryea la faveur du public. Richard Widmark, qui mangeait une pomme tout en abattant ses adversaires dans *The Street With No Name*, avait du style ; son terrifiant rire froid était un autre de ses atouts. Pour le Trinidadien le style d'un acteur consiste à réaliser certaines aspirations du public : la virilité de Bogart, le romantisme de l'homme pourchassé de Garfield, l'air marlou et menaçant de Duryea, le sadisme glacé de Widmark.

Après trente ans de participation active à ce genre de cinéma, le Trinidadien, qu'il soit à l'orchestre, aux loges ou au balcon, ne peut réagir qu'aux formules hollywoodiennes. Rien n'est compris au-delà de la formule, même provenant d'Amérique ; et rien de ce qui provient d'autre part que de l'Amérique n'est digne d'être considéré. Les films anglais, jusqu'à ce qu'ils acquièrent un vernis américain, étaient projetés dans des salles vides. C'est mon professeur de français qui me poussa à aller voir *Brève Rencontre* ; et nous étions deux dans le cinéma, lui au balcon, moi à l'orchestre. Trinidad étant anglaise, les cinémas étaient obligés de projeter un certain quota de films anglais, et ils se conformaient au règlement en passant quatre films anglais dans la même journée ; *Brief Encounter* et *I Know where I'm Going* l'après-midi, par exemple, et *The Overlanders* et *Henry V* le soir.

Cette attitude envers les films anglais est compréhensible. J'avais beaucoup aimé *Our Man in Havana* à Londres. Lorsque je le revis à Trinidad, j'étais moins enthousiaste. Je vis à quel point il était anglais et narcissique, provincial, et à quel point les plaisanteries anglaises sur les Anglais étaient vides de sens pour le public. Celui-ci resta silencieux durant toute la partie comédie et ne se réveilla que lorsqu'on passa au drame. Il y eut même quelques cris d'approbation durant la partie de dames jouée avec des bouteilles d'alcool miniatures, où chaque pièce était bue dès que prise : ça, pour le Trinidadien, c'était du style.

Un Comité de censure, qui sait à quoi s'en tenir quant aux Français, interdit les films français. Les films italiens, russes, suédois et japonais sont inconnus. On peut voir les mauvais films indiens ; mais la trilogie bengali de Satyajit Ray ne trouve pas de distributeur. Les Nigériens, je crois, sont aussi fous de films indiens que de films hollywoodiens. L'Antillais — et ceci est révélateur de son caractère — est moins catholique en matière de cinéma, et à Trinidad, les salles bondées et enthousiastes qui assistent à la projection de films indiens sont, mis à part un excentrique occasionnel, entièrement indiennes.

Si la curiosité est une caractéristique du cosmopolitain, le cosmopolitanisme dont se targue Trinidad est frauduleux. Dans la société coloniale composée d'immigrants, dépourvue de modèles propres, assujettie durant des années à une presse, une radio et un cinéma de second ordre, les esprits sont hermétiquement fermés ; et les Trinidadiens de toutes races et de toutes classes se refont à l'image du héros des séries B hollywoodiennes. Tel est le vrai sens de la modernité à Trinidad.

Extrait du *Trinidad Guardian* :

UN SPECTACLE ENCHANTEUR
Par Jean Minshall

Ce n'est pas une reprise de « Dance Time 1960 » dont la première a eu lieu jeudi soir au Queens's Hall. C'est la seule façon dont je puisse exprimer ma gratitude, et celle des spectateurs avertis qui étaient présents, pour la soirée enchanteresse de divertissement délicieux que j'ai passée.

Quel était le meilleur numéro ? Il n'y en eut pas — ils étaient tous parfaits.

Quoi de plus charmant que le « Ballet des poupées enchantées » auquel participaient plus de 100 des jeunes élèves — les poupées, les petits canetons jaunes duveteux, les petits pandas noir et blanc rebondis, les ours en peluche brun doré, les élégants soldats de plomb, les petites poupées françaises et les petites mendiantes.

Peut-on imaginer rien de plus délicieux que les adorables petites poupées japonaises, les toupies Mopsy et Dinah avec leurs banjos, toutes dansant avec un bonheur évident, dans des costumes dessinés et exécutés avec le plus grand soin ?

Quant au « Mariage de la poupée peinte » aucune des « Broadway Melodies » d'Hollywood ne le surpassa jamais !

Les délicates mariées pirouettant dans leurs tutus bouffants arc-en-ciel. Le Petit Chaperon Rouge et Buster Brown, et les jumeaux Halsema en mariés — comment les décrire sans me répéter ?

La campagne était moins bruyante, sauf quand une camionnette munie d'un haut-parleur dont le volume était poussé à fond parcourait lentement les routes pour annoncer un film indien. J'allais souvent à la campagne, et pas seulement pour le silence. Il me semblait que je voyais le paysage pour la première fois. J'avais détesté le soleil et l'immuabilité des saisons. Je croyais que le feuillage était partout le même et n'arrivais pas à comprendre ce que le mot « tropical » avait de romantique pour tant de gens. Maintenant j'étais séduit par le banal cocotier, le cliché des Caraïbes. Je découvris ce que tout enfant de

Trinidad sait, que si on regarde l'arbre par en dessous, les nervures coniques couleur de chrome des palmes sont comme les rayons d'une roue parfaitement circulaire. J'avais oublié la grandeur des feuilles et la variété de leurs formes : la feuille digitée du jaquier, le tannia sauvage en forme de cœur, la feuille de bananier en forme de rasoir incurvé que le soleil rend presque transparente. Passer en voiture devant une plantation de cocotiers, c'était voir un enchevêtrement rapidement changeant de troncs courbes et élancés, blanc-gris dans une pénombre verte.

Je n'avais jamais aimé les champs de cannes à sucre. Plats, sans arbres et écrasés de chaleur, ils représentaient tout ce que j'avais détesté dans les tropiques et les Antilles. *La canne est amère,* titre d'un roman de Samuel Selvon, pourrait faire une bonne épigraphe à une histoire des Caraïbes. C'est une plante brutale qui ressemble à de l'herbe, haute avec des feuilles rugueuses aux bords en fil de rasoir. Je savais qu'elle était la base de l'économie, mais je préférais les arbres et l'ombre. Maintenant, dans la région accidentée du centre et du nord de l'île, je voyais que même la canne à sucre pouvait être belle. Dans les plaines, juste avant la moisson, on passe entre des murs d'herbe ; mais en terrain valonné on voit les flancs des collines couverts de hautes cannes à sucre : plumes bleu acier dansant au-dessus d'un tapis gris-vert, gris-vert parce que chacune des longues feuilles se recourbe sur elle-même, révélant sa face inférieure plus pâle.

Les bois de cacaotiers étaient bien différents. C'étaient des bois de contes de fées, sombres, ombragés et frais. Les cabosses, pendant au bout de courtes tiges épaisses, semblaient en cire, verts, jaunes, rouges, pourpres et violets brillant. Un jour, comme je roulais en fin d'après-midi vers Tamana, je trouvai les champs inondés. De l'eau jaune et plate qui gargouillait dans l'obscurité s'élevaient les troncs noirs des arbres rabougris.

Chaque fois que je retournais à Port of Spain, je passais le Bidonville, le marais des palétuviers, le brouillard orange de la décharge fumante, les chèvres, les corbeaux en attente, tout cela sur fond d'un crépuscule qui faisait rougeoyer les eaux miroitantes du golfe.

Chacun doit apprendre à voir les tropiques antillais par lui-même. Le paysage n'a jamais été représenté, et une visite à l'exposition du Cercle d'Art de Trinidad montre à quel point les peintres locaux y ont peu aidé. Les expatriés y contribuent de quelques aquarelles, les Trinidadiens de beaucoup de couleur locale. *Fruit tropical* est le titre d'un tableau, titre qui aurait eu un sens dans la zone tempérée. Un autre, surprenant, est *Hutte indigène*. Les pittoresques personnages et coutumes indigènes y sont représentés, comme vus par des touristes, à qui la plupart de ces tableaux indigènes semblent destinés. Les scènes de plages sont rendues par des couleurs tout droit sorties du tube, sans effort pour capturer la brillance de la lumière, la profondeur du ciel, l'immatérialité de la couleur sous les tropiques. Les peintres les plus doués ont cessé de représenter le paysage : le dessin des feuilles est trop séduisant. En art, comme en presque tout le reste, Trinidad est passée directement du primitivisme au modernisme.

Il y a de nombreuses années, à la Jamaïque, des dessins et des tableaux furent soumis à l'appréciation de Mrs. Edna Manley. Pas un seul, raconte-t-elle, ne représentait un visage jamaïquain. « Pire encore, il y avait une petite étude ou esquisse d'une scène de marché jamaïquain et, croyez-le ou pas, les femmes, sous leurs mouchoirs écarlates, avaient les cheveux blonds, le visage rose, et même des yeux bleus. » Il pourrait sembler, au premier abord, que cela a changé car, à Trinidad, même les publicités représentent des visages noirs. Mais l'impulsion qui poussa l'artiste jamaïquain à donner des cheveux blonds et des visages roses à des gens qu'il savait être irrémédiablement noirs existe encore aujourd'hui et elle est même, si on peut dire, plus forte.

C'étaient les visages noirs des publicités qui me gênaient. Je suppose que j'étais trop habitué à voir les gens avoir plus de confiance en eux après s'être brossés les dents avec Colgate et conserver leur teint de jeune fille avec Palmolive. Le problème, paradoxalement, était que les visages n'étaient pas noirs, mais noirâtres. Les gens qui faisaient le test de dégustation pour le rhum *Old Oak* n'étaient pas vraiment noirs ; leurs traits n'étaient pas remarquablement non européens et l'éclairage les faisait presque blancs. Le seul vrai Noir était le mécanicien de la publicité Shell. Qui, alors, étaient ces gens de la classe moyenne à qui ces publicités étaient destinées, qui seraient offensés par l'image noire d'eux-mêmes ?

Ils allaient dans les night-clubs et ils applaudissaient à la fin d'une chanson, exactement comme les Américains dans les films, particulièrement les vieux films musicaux où l'héroïne se met tout d'un coup à chanter en plein milieu du restaurant et a l'air surprise et gênée quand les applaudissements commencent. Ils avaient des cinémas *drive-in*. Ils faisaient des barbecues — coutume et mot provenant des Indiens Caraïbes, qui revenaient, après quelques changements, aux Caraïbes. Leurs maisons, le décor de leurs vies, leurs passe-temps et leur nourriture étaient copiés des magazines américains. C'était le monde des séries B hollywoodiennes. Avec une différence.

Un nouveau magazine fit son apparition à Trinidad alors que j'y étais. Il s'appelait *La Maison et la Famille antillaises* et se proclamait « le magazine antillais pour les femmes... *votre* magazine, créé et imprimé ici même à Trinidad. » Déjà dans le premier numéro, « un psychologue qualifié répond aux questions posées par les problèmes familiaux ». Trinidad a deux psychiatres, je crois ; et, à l'évidence, les problèmes et les psychologues de ce magazine provenaient d'Amérique sous forme d'un article reproduit. « Les rêves sont interprétés par Stephen Norris qui écrit sur ce fascinant sujet depuis plus de vingt ans. » Cet article est un peu plus difficile à placer. « J'ai rêvé, écrit Mrs. J.H., que mon mari et moi étions attaqués par des Arabes en Égypte... » Le feuilleton romantique *Latin Love Song* a pour héroïne Marcy Connors, une chanteuse de cabaret américaine, une brune « élancée, avec des tresses sombres enroulées sur le sommet de la tête... une image de la véritable beauté patricienne ». Tout cela dans un magazine pour les femmes, « créé et imprimé ici même à Trinidad ».

Certaines concessions ont été faites. Une femme noire est en couverture ; mais l'éclairage lui donne un teint cuivré. Dans la publicité pour les cuisinières Valor — *Ma Maman a une belle Valor* — il y a deux enfants noirs avec, toutefois, de « bons » cheveux (non crépus). La publicité pour Texgas — *Comment est-ce que tu fais pour rester si fraîche... en faisant la cuisine ? Pourquoi le lui dire ? De petits secrets comme celui-ci donnent aux maîtresses de maison très occupées une captivante touche de mystère ! Pourquoi détruire l'illusion ? Mais nous, nous savons qu'elle utilise Texgas* — est plus révélatrice. Le texte est agrémenté d'un dessin de ce qui est censé être une famille antillaise heureuse — Papa riant, un bébé sur l'épaule agitant la main, Maman remuant une sauce en souriant — mais on a pris soin, par le dessin, la couleur et le choix des vêtements, de suggérer une famille blanche américaine, légèrement hâlée, peut-être par ces « longues vacances d'été » dont parle le texte de la publicité pour *Avon Moisturized Skin Care*, qui « exposent votre peau aux attaques du soleil et du vent ».

Quand James Pope Hennessy était à Trinidad juste avant la guerre il jugea « répugnante » la vue de petites Noires chantant *Loch Lomond*. Et pendant longtemps à Trinidad il y eut une campagne contre les poèmes qui parlaient de jonquilles — de jonquilles en particulier : le poème de Wordsworth semble être le seul poème connu de la plupart des Trinidadiens — parce que la jonquille est une fleur inconnue des écoliers de Trinidad. Pour moi, je ne vois pas pourquoi quiconque devrait se priver des plaisirs de quelque littérature ou chanson que ce soit. L'absurdité serait seulement que les petites filles qui chantent *Loch Lomond* prétendent être écossaises. Les Trinidadiens le savent : ceux qui désirent porter le kilt ne le font qu'en Écosse. Pour l'esprit trinidadien, toutefois, il n'y a pas d'absurdité à se prétendre américain à Trinidad ; et cependant qu'on a dépensé beaucoup d'énergie dans la campagne contre Wordsworth, personne ne s'est élevé contre le fantasme que les Trinidadiens vivent chaque jour de leur vie.

Ils ne peuvent jamais s'identifier totalement avec ce qu'ils lisent dans les magazines ou voient dans les films. Leur frustration ne peut alors qu'augmenter car leurs esprits sont fermés à tout le reste. La réalité est toujours séparée de l'idéal ; mais à Trinidad ce fantasme est une forme de masochisme et il est infiniment plus trompeur que celui qui permet aux pauvres de trouver du plaisir dans les films sur les riches ou qui fait prendre l'accent américain à un chanteur anglais. C'est la différence entre le conseil donné par l'*Emily Post Institute* dans le *Trinidad Guardian* sur les rendez-vous amoureux (« L'homme doit aller chercher la femme chez elle ») et le calypso que chante Sparrow :

Dis à ta sœur de descendre, petit.
J'ai quelque chose pour elle.
Dis-lui que c'est Mr. Jean Labite,
Celui qui habite Sangre Grande.
Elle me connaît. Elle l'a déjà tâtée.
Mmm. Elle doit se rappeler. Allez, allez.
Dis-lui que Mr. Labite est ici.

Le Noir du Nouveau Monde était, jusqu'à une époque récente, peu enclin à se retourner sur son passé. Il lui semblait naturel d'être aux Antilles, de parler français ou anglais ou néerlandais, de s'habiller à la manière européenne ou selon une adaptation de cette dernière, et de partager la religion et la nourriture avec les Européens. Les auteurs de récits de voyages ignorants le qualifiaient d'indigène et il l'acceptait : « C'est mon île sous le soleil, chante Mr. Harry Belafonte, où mon peuple a peiné depuis que le temps a commencé. » L'Afrique était oubliée. Ce qui était plus étonnant est qu'elle avait été, depuis les débuts de l'esclavage et bien avant que s'y ruent les Européens, un sujet de honte, alors qu'on aurait pu s'attendre à ce qu'elle fût, dans des légendes transmises secrètement, un pays mythique de liberté et de félicité. Mais telle était la vision de Blake, pas celle des Noirs du Nouveau Monde, quelques-uns exceptés, tel le soldat rebelle Dagga à Trinidad en 1834, qui voulait marcher vers l'est jusqu'à ce qu'il retrouve l'Afrique. En 1860, vingt-six ans après que l'esclavage eut été aboli, Trollope écrivait :

> Mais combien étrange est la race des Nègres créoles — des Nègres, c'est-à-dire, nés hors d'Afrique ! Ils n'ont pas de pays à eux et cependant ils n'ont pas jusqu'à présent

> de pays d'adoption. Ils n'ont pas de langue à eux, pas plus qu'ils n'ont encore aujourd'hui de langue d'adoption ; car ils parlent leur mauvais anglais comme les étrangers sans instruction parlent toujours une langue étrangère. Ils n'ont pas d'idée de pays, et pas de fierté de race. Ils n'ont pas de religion à eux et on ne peut pas dire qu'ils aient, jusqu'à maintenant, en tant que peuple, une religion d'adoption. Le Nègre antillais ne sait rien de l'Afrique sinon que c'est un mot d'opprobre. Si des immigrants africains viennent travailler sur la même propriété que lui, il refusera de manger avec eux, de boire avec eux, ou de marcher avec eux. C'est à peine s'il travaillera à leurs côtés, et il se considère comme une créature incommensurablement supérieure au nouveau-venu.

Le plus grand tort causé au Noir par l'esclavage fut de lui apprendre le mépris de soi. Il lui inculqua les idéaux de la civilisation blanche et lui fit mépriser tout autre. Privé en tant qu'esclave du christianisme, de l'instruction et de la famille, il se mit en devoir, après l'émancipation, d'acquérir ces biens ; et chaque pas sur le chemin de la blancheur aggravait l'anomalie de sa position et augmentait sa vulnérabilité. « Il brûle d'apprendre, observait Trollope, avec une insensibilité inhabituelle chez lui, s'étourdit de beaux mots, s'adonne à la religion pour l'apparence, et prend le plus grand plaisir à singer les agréments mineurs de la civilisation. » Tout, dans le monde blanc, devait être appris en partant de rien, et à chaque étape le Noir s'exposait à la cruauté de la civilisation qui l'avait dominé et à laquelle il était en train de s'initier. « Ces gens se marient maintenant », dit une dame à Trollope à la Jamaïque. « Au ton de sa voix, commente-t-il, je crus comprendre qu'elle pensait qu'en agissant ainsi ils empiétaient sur les privilèges de leurs supérieurs. »

Toutefois, aux yeux de l'Antillais, il n'y eut jamais d'anomalie.

> Il est nécessaire, écrit le Dr Hugh Springer dans un récent numéro du *Carribean Quarterly*, de nous considérer dans une perspective aussi lointaine que possible, et de reconnaître que notre civilisation n'est pas isolée, mais qu'elle fait partie de ce grand rameau de la civilisation qu'on appelle la civilisation occidentale. Du moins est-ce

> là que commence notre vie nationale. Notre culture est enracinée dans la culture occidentale et nos valeurs, pour la plupart, sont les valeurs de la tradition chrétienne-hellénique. Quelles sont les caractéristiques de cette tradition ? Elles peuvent être résumées en trois mots — vertu, savoir et foi — les idéaux grecs de la vertu et du savoir et la foi chrétienne.

Ces lignes, dans leur ironie involontaire, leur ignorance de l'histoire sordide de la région, feraient un bon discours pour la Journée de l'Empire. Cela n'est pas surprenant, car cet empressement à oublier et ignorer fait partie du fantasme antillais. Nul doute que les paroles de Trollope et de la dame de la Jamaïque ne donnent à l'Antillais une meilleure perspective de sa situation.

> Ma Maman a une belle Valor. Comment est-ce que tu fais pour rester si fraîche... en faisant la cuisine ?

Vingt millions d'Africains firent la traversée du milieu, et c'est à peine s'il subsiste un nom africain dans le Nouveau Monde. Jusqu'à hier, la vue d'un Africain en pagne sur un écran provoquait chez les Antillais des rires méprisants ; le comique nègre (dont les valeurs étaient celles de la tradition chrétienne-hellénique) provoquait plus d'admiration. Dans la poursuite de la tradition chrétienne-hellénique — que certains pourraient considérer comme une paraphrase du monde de l'homme blanc — le passé doit être nié, le soi méprisé. Le noir deviendra blanc. On dit que dans les camps de concentration, après un certain temps, les déportés croyaient vraiment qu'ils étaient coupables. A la poursuite de la tradition chrétienne-hellénique, l'Antillais a accepté sa noirceur comme une faute, et a divisé les hommes en blanc, blanc-jaune, blanc-vert, blanc-gris, thé, café, chocolat, noir clair, noir sombre. Il n'a jamais sérieusement mis en doute les préjugés de la culture à laquelle il aspirait. Dans les territoires français, il visait à la francité, dans les territoires hollandais à la hollandicité ; dans les territoires anglais, il ne visait qu'à vivre en homme blanc et moderne, l'anglicité étant impossible.

*

Vivant dans une culture empruntée, l'Antillais, plus que d'autres, a besoin d'écrivains qui lui disent qui il est et où il se trouve. En cela les écrivains antillais ont échoué. La plupart, jusqu'ici, n'ont fait que refléter et flatter les préjugés de leur groupe de race ou de couleur. Nombre d'écrivains se sont efforcés — ceci n'étant peut-être visible que pour les Antillais — de montrer à quel point leur propre groupe était loin de la négritude et proche du blanc. Les limites de cette absurdité sont atteintes dans un roman où un Noir à la peau claire (ou bien, ainsi que l'auteur préfère appeler les membres de son groupe, « un homme de bonne couleur ») prêche pour la tolérance envers les Noirs noirs. Dans le contexte, ce n'est pas le prêche qui compte, mais l'attitude : les Noirs à la peau claire, est-il dit implicitement, ont les mêmes sentiments et les mêmes préjugés que les Blancs, et se comportent exactement comme les Blancs dans un certain genre de roman. Ainsi l'écrivain brun donnera-t-il à ses héros bruns un comportement blanc, sinon louable, et ils assureront encore leur position en se voyant donner la permission de parler aussi injurieusement que possible des autres groupes. Ce désir de se voir considéré comme différent et estimable n'est pas nouveau. Il y a cent ans, Trollope découvrit que les « les jeunes filles de couleur mal définie » prenaient grand plaisir à parler de manière méprisante des Nègres. « J'ai entendu ceci de la bouche d'une jeune fille que j'avais sans hésitation prise pour une Négresse, et qui, sans mots excessifs ni injurieux, parlait avec douceur d'une classe inférieure. » Aujourd'hui, bien sûr, l'écrivain noir est autorisé à riposter ; il peut parler, ainsi que le fit l'un d'eux de « soldats anglais qui sentaient le kaki et leur race ». Pour l'initié, tout un pan de la littérature antillaise a peu à voir avec la littérature, et beaucoup à voir avec la guerre raciale.

Celui qui n'est pas sûr de lui veut qu'on le peigne en héros. L'ironie et la satire, qui pourraient être d'un plus grand secours, ne sont pas acceptables ; et aucun écrivain ne désire trahir son groupe. Pour cette raison, le dialecte plein de vie et d'invention de Trinidad, qui a valu à la littérature antillaise beaucoup d'amis et autant d'ennemis à l'étranger, n'est pas apprécié par certains Antillais. Ils n'ont rien contre son utilisation locale ; la rubrique la plus lue à Trinidad est une rubrique écrite en dialecte dans l'*Evening News* par le journaliste d'esprit et de talent qui signe Macaw. Mais ils s'opposent à son utilisation dans des livres qui sont lus à l'étranger. « Peut-être que c'est comme ça qu'ils parlent pour vous, me dit une femme, mais c'est pas comme ça qu'ils parlent pour moi. » Le Trinidadien attend de ses romans qu'ils aient, comme ses publicités, une action détergente, et c'est en grande partie pour cette raison que beaucoup se plaignent qu'on écrive peu sur ce qu'on appelle la classe moyenne.

En réalité on écrit beaucoup aux Antilles sur la classe moyenne, mais les personnages tendent à être si peu distincts des Blancs et sont en fait si souvent authentiquement blancs que la classe moyenne ne peut pas se reconnaître. Il n'est pas facile d'écrire sur la classe moyenne antillaise. Il faudrait de rares dons d'ironie et peut-être même de malveillance pour empêcher les personnages de glisser dans une blancheur sans traits distinctifs. Il faudrait les traiter comme des gens avec de vrais problèmes, de vraies responsabilités et de vrais attachements — ce qui a été fait — mais aussi comme des gens dont la vie a été corrompue par un fantasme qui est leur croix. Il est douteux qu'une exploration sincère de cette classe soit jamais tentée. Les dons nécessaires, de subtilité et de brutalité, ne peuvent s'épanouir que dans une littérature adulte ; et on ne s'y acheminera que lorsque les écrivains cesseront de penser à trahir les leurs.

L'implication du Noir dans le monde blanc est une des limitations de la littérature antillaise, comme elle est la ruine de la littérature noire américaine. Le sujet du Noir américain est sa négritude. Cela ne peut être la base d'une littérature sérieuse, et en une multitude de cas, une fois que le Noir américain a fait sa déclaration, émis sa lucrative protestation, il n'a plus rien à dire. A deux ou trois exceptions près, l'écrivain antillais a jusqu'à maintenant évité le genre militant du Noir américain, mais son but : faire accepter son groupe, relève tout autant de la propagande.

« La comédie, écrit Graham Green, a besoin d'un solide système de conventions sociales pour lesquelles l'auteur a de la sympathie mais qu'il ne partage pas. » Selon cette définition, l'écrivain antillais est inapte à la comédie, et, ainsi que nous l'avons vu, il ne s'y intéresse pas. La pensée de Mr. Green peut être développée. Une littérature ne peut s'épanouir que dans un solide système de conventions sociales. Et la seule convention que connaisse l'Antillais est son implication dans le monde blanc. Cela prive son travail de toute propriété universelle. La situation est trop particulière. Le lecteur est exclu ; il est invité à être témoin ; il ne peut pas participer. Il est plus facile de pénétrer n'importe quel système de conventions sociales, quelque étranger qu'il soit. Il est plus facile de pénétrer dans le monde tribal d'un écrivain africain tel que Camara Laye.

On ne peut reprocher à aucun écrivain de refléter sa société. Si l'écrivain antillais encourt ce reproche, c'est parce que, en acceptant et promouvant les pâles valeurs de race et de couleur de son groupe, il n'a pas seulement échoué à diagnostiquer la maladie de sa société, mais il l'a aggravée.

Ce n'est que dans le calypso que le Trinidadien touche la réalité. Le calypso est une forme purement locale. Il n'y a pas de chanson composée hors de Trinidad qui soit un calypso. Le calypso parle d'incidents locaux, d'attitudes locales, et cela dans un langage local. Le calypso pur, le meilleur calypso, est incompréhensible à l'étranger. L'esprit et les bons mots sont fondamentaux ; sans eux une chanson, quelle que soit la qualité de la musique et de l'interprétation, ne peut être appelée calypso. Une centaine d'auteurs de récits de voyage stupides, en reproduisant les vers de mirliton chantés « spécialement » pour eux, et une centaine de « calypsoniens » aux quatre coins du monde ont perverti la forme, qui n'est plus maintenant considérée à l'étranger que comme un air entraînant accompagné d'un refrain primitif en mauvais anglais. Le refus de se laisser avoir des auteurs de récits de voyages actuels est aussi stupide que leur manque de discrimination passée, aucune des deux réactions n'étant fondée sur une connaissance de l'authentique calypso.

De cet abâtardissement les Trinidadiens sont aussi responsables que quiconque. Tout comme ils prennent plaisir à leur modernité américaine, ils prennent plaisir à se conformer aux idéaux de la brochure de tourisme. Ils savent qu'ils sont présentés au monde entier comme le pays du calypso et du *steel band*. Ils sont résolus à ne pas décevoir le monde ; et grand est leur talent pour l'autocaricature. Les Américains attendent des costumes et des danses indigènes : Trinidad découvrira les deux.

Peu de mots sont moins employés à Trinidad que celui de « culture ». On parle de la culture comme d'une chose tout à fait à part de la vie quotidienne, des publicités, des films et des bandes dessinées. Elle est comme une sorte de plat indigène, quelque chose comme le *callalloo*. La culture est une danse — pas celle que dansent les gens quand ils se rassemblent à plus de trois — mais celle qu'on danse sur une scène en costume indigène. La culture est une musique — pas la musique jouée par des groupes connus et aujourd'hui, à la façon moderne, enregistrée sur magnétophone — mais par le *steel band*. La culture est la chanson — pas la chanson publicitaire qui, tout autant que le calypso, fait partie du folklore de Trinidad, ni les chansons populaires américaines qu'on entend du matin au soir — pas celles-là, mais le calypso. Bref, la culture est un numéro de cabaret. Et rien ne plaît plus aux Trinidadiens que de voir leur culture applaudie par des touristes blancs américains dans les cabarets.

Extrait du *Trinidad Guardian* :

LE LIMBO DANS UN FILM SUR LES ANTILLES ?

Par George Alleyne

Chargé des nouvelles maritimes

Mr. Lourenço Ricciardi, le metteur en scène italien, et Mrs. Ricciardi, photographe, sont arrivés par avion à Trinidad mardi dernier à la recherche de talents et de lieux

> de tournage pour un film que la société de production Baltea à Rome a l'intention de réaliser dans les Antilles. Quelques heures après leur arrivée, ils furent emmenés par le charmant Mr. Oliver Burke, ministre du Tourisme, au nouveau Miramar Club, South Quay, Port of Spain, où ils virent un numéro de Limbo exécuté par Lord Chinapoo, ex-roi du Limbo, et sa troupe.
>
> « Merveilleux, s'écria Ricciardi. Je vais penser à mettre du limbo dans le film. Rien n'est décidé encore », dit-il hier.
>
> Les Ricciardi en sont à leur dernière étape d'un d'exploration des Caraïbes.
>
> Jusqu'ici ils ont été à Cuba, la Jamaïque, St Thomas, Porto Rico, la Martinique, St Lucie, la Grenade et la Barbade.

Le fait de parler de culture est relativement récent. Certains hommes politiques eurent cette idée dans les années quarante et elle prit en grande partie parce qu'elle répondait à la vague insatisfaction que commençait à causer à certains leur vie d'invention. La promotion de la culture locale était la seule forme de nationalisme qui pouvait voir le jour dans une population divisée en clans mutuellement exclusifs fondés sur la race, la couleur, le teint, la religion, l'argent. Sous la pression, n'importe quel groupe trinidadien pouvait s'éparpiller en autant de composants dont il était formé ; il n'y en eut pas démonstration plus pathétique que durant les émeutes raciales de Londres en 1958. Blancs, gens de couleur, Portugais, Indiens, Chinois, ne pensaient pas qu'ils seraient attaqués par les émeutiers ; les Noirs pensaient que seuls les Noirs Jamaïquains seraient attaqués ; certains étudiants membres des professions libérales pensaient que seuls les Noirs de la classe inférieure seraient attaqués ; et parmi les Antillais respectables en général, blancs, bruns et noirs, on pensait que les « types noirs » n'avaient que ce qu'ils méritaient et que les Anglais avaient été « provoqués ». Au moment où les Antillais auraient dû faire corps, nombreux étaient ceux qui voulaient se désolidariser. Le fils de Mrs. Mackay, Angus, rappelons-nous, disait qu'il était brésilien.

Le nationalisme était impossible à Trinidad. Au sein de la société coloniale, chacun devait faire cavalier seul ;

chacun devait s'adjuger la part de dignité et de pouvoir qui lui était allouée ; il ne devait aucune fidélité à l'île et presque aucune à son groupe. Comprendre cela, c'est comprendre combien sordide pouvait être la politique qui se fit à Trinidad à partir de 1946 quand, sans qu'il y ait eu agitation populaire, le suffrage universel fut déclaré. Ce privilège prit la population par surprise : le gouvernement était loin, l'importance locale chose méprisée. La nouvelle politique était réservée à ceux qui avaient l'esprit d'entreprise, qui avaient entrevu les prodigieuses possibilités commerciales. Il n'y avait pas de partis, que des personnes. La corruption, qu'on n'attendait pas, ne provoqua que de l'amusement et même une tiède approbation : Trinidad a toujours admiré le personnage dégourdi qui, tel l'aventurier de la littérature espagnole du XVIe siècle, survit et triomphe, par son habileté, là où l'on n'accède aux premières places que par des sentiers tortueux.

Quand, en 1870, Kingsley visita San Fernando, « une petite ville gaie et en pleine expansion », il ne fut gêné que par les maisons des Nègres, qui étaient « pour la plupart faites des pièces les plus hétérogènes et de la pire qualité ».

M'étant renseigné, je découvris que les matériaux étaient, dans la plupart des cas, volés ; que lorsqu'un Nègre voulait construire une maison, au lieu d'acheter les matériaux, il chipait une planche ici, un bâton là, un clou autre part... sans considérer le préjudice grave qu'il causait aux bâtiments en construction ; et quand il avait amassé une pile suffisante, bien cachée derrière la maison de son voisin, la nouvelle cabane s'élevait comme par magie... Mais il me fut rapporté aussi, avec franchise, par celui-là même qui se plaignait, que cette habitude était simplement un héritage des mauvais jours de l'esclavage, où le chapardage opéré par les esclaves sur les autres propriétés était toléré par leurs propres maîtres, pour la raison que si les Nègres de A volaient B, les Nègres de B volaient C, et ainsi de suite dans les deux sens de l'alphabet ; encore un triste exemple de l'effet démoralisant d'un état de choses qui, mauvais en lui-même, ne pouvait que provoquer une foule d'autres maux.

Le plaisir picaresque de la tricherie persiste. De constantes fuites des sujets d'examen se produisent ; en 1960, le sujet de biologie du certificat de la Cambridge School était connu dans toute l'île plusieurs jours avant l'examen. L'esclavage, le mélange des populations, l'absence de fierté nationale et le système colonial fermé ont recréé dans une proportion remarquable les attitudes du monde picaresque espagnol. C'était un vilain monde, une jungle, où le héros picaresque mourait de faim s'il ne volait pas, était battu à mort s'il était pris, et devait par conséquent frapper le premier chaque fois que c'était possible ; où les faibles étaient humiliés ; où les puissants n'apparaissaient jamais et étaient au-delà de toute atteinte ; où la dignité était niée à tous et où chacun devait s'imposer ; une société stérile, où la guerre était la seule profession.

C'est pourquoi, à Trinidad, vous devez toujours prendre garde à votre dignité, et vous devez vous imposer, que vous soyez dans un magasin ou une banque, que vous traversiez la rue ou que vous soyez au volant d'unc voiture. La façon dont les pauvres sont traités dans les pharmacies est bien connue. Dans une banque, il vaut toujours mieux être servi par un expatrié ; même si votre compte est négligeable, il sera poli. Sur la route, personne ne passera en codes à votre approche, vous devez vous aussi aveugler votre opposant, et apprendre le jeu trinidadien qui consiste à vous diriger droit sur les phares aveuglants pour forcer la voiture adverse à s'écarter.

Dans toutes les couches de la société picaresque, la violence et la brutalité sont acceptées. Il y a vingt ans, un calypso extrêmement populaire plaidait pour le retour du châtiment corporel :

Le bon vieux chat à neuf queues !
Fouette-les dur ! Et ils changeront d'avis.
Envoie-les à Carrera [l'île-prison] à coups de pieds dans le cul
Et ils fileront doux.

En 1960, l'immigrant grenadien en position illégale qui était traqué par la police était un sujet de calypso ; et la brutalité de la police était applaudie :

Si tu voyais comment ils traitent ces voyous,
Ça te ferait marrer.
Il y en a qui savent lire et écrire,
Mais ils ne savent pas prononcer.
Le flic leur dit : « Traite-moi de porc, imbécile »,
Mais il répond : « Mort aux vaches » et on le met au trou.

Sentimentalité et brutalité vont de pair. L'homme qui, au cours d'une scène à tirer les larmes entre une mère et son fils dans un film de série B, se tourne vers vous et dit d'une voix enrouée : « C'est quelque chose une mère, tu sais mon pote. On en a qu'une », est le même qui hurlera d'un rire moqueur devant des images de camps de concentration.

Introduire l'organisation politique dans la société picaresque, avec son goût pour la corruption et la violence et son absence de respect pour la personne, n'est pas sans danger. Une telle société ne peut pas devenir responsable du jour au lendemain ; mais elle ne peut être rééduquée que par le sens de la responsabilité. Le changement doit venir d'en haut. La peine capitale, les châtiments corporels, l'incitation à la violence doivent être abolis. L'administration doit être rajeunie. A l'époque coloniale, le fonctionnaire, dont la carrière était bloquée par l'expatrié qui lui était parfois inférieur et pouvait être aussi corrompu que lui, dépensait toute son énergie créative en minables intrigues picaresques et se défoulait sur les administrés. Son travail était celui d'un employé de bureau ; on ne lui demandait jamais d'être efficace ; il n'avait jamais à prendre de décision. Propulsé aujourd'hui dans un ministère, passant d'un coup de l'état de gratte-papier à celui de fonctionnaire, l'employé moyen ne retrouve plus ses marques. Le mépris du public persiste, ainsi que la tradition d'échapper aux responsabilités. Le public, obligé de mendier des faveurs, continue à craindre et à mépriser l'autorité. Ce qui vaut pour l'administration vaut aussi pour la plupart des affaires privées.

La nécessité d'être efficace changera certaines de ces attitudes. Une administration efficace est d'une certaine manière une administration prévenante. La vendeuse en pharmacie, une fois obligée à l'efficacité, verra que sa position n'est pas simplement une position d'autorité sur les pauvres qui sont malades ; le policier verra qu'il est plus qu'une brute patentée ; et peut-être, graduellement, verra-t-on décroître le besoin ressenti aujourd'hui par chacun, du haut en bas de la société, de faire étalage de son autorité par l'agression.

Extrait du *Trinidad Guardian* :

SAM COOKE DONNERA UN CONCERT GRATUIT

Sam Cooke, l'un des plus célèbres chanteurs américains et son *Summertime Show,* donnera un concert gratuit pour l'un des orphelinats de Trinidad après ses deux concerts prévus à Trinidad pour le 9 et le 10 novembre.

Sam Cooke a fait connaître son intention par une lettre adressée à Mr. Valmond (Fatman) Jones, secrétaire du Sam Cooke Fan Club de Trinidad qui organise le spectacle.

Le spectacle gratuit aura lieu le 11 novembre, le jour suivant la dernière apparition publique de Mr. Cook à San Fernando.

Extrait du *Trinidad Guardian* :

L'« AGENT » DE SAM COOKE S'ENVOLE POUR LA MARTINIQUE

Valmond « Fatman » Jones, secrétaire du Sam Cooke Fan Club, s'est envolé de manière tout à fait imprévue pour la Martinique mercredi martin, 36 heures avant l'entrée de son idole sur la scène du Globe Cinéma, Port of Spain, dont toutes les places sont déjà vendues.

Mr. Jones, célèbre masque du carnaval, est « l'imprésario » de la tournée de Sam Cooke à Trinidad.

Le chanteur américain, d'après les dispositions prises par Mr. Jones, doit donner deux concerts au Globe Cinema, Port of Spain, ce soir, et deux à l'Empire Cinema, San Fernando, demain. Il devait arriver lundi à l'aéroport de

Piarco avec ses six musiciens. Jusqu'à hier soir, le chanteur et son orchestre ne se sont pas présentés.

Les deux spectacles au Globe, à 4h30 et 8h30, sont complets. Les places pour les concerts de San Fernando se vendaient comme des « petits pains », nous a-t-on appris.

Avant son départ, Mr. Jones a révélé que Cooke donnerait un concert de charité pour les orphelins après avoir honoré ses quatre engagements.

L'agent publicitaire de Port of Spain, qui avait dépensé plus de 1000 dollars pour la publicité des concerts de Sam Cooke à Trinidad, a été surpris par la nouvelle du départ, de Mr. Jones. Il a immédiatement cessé toute promotion supplémentaire des concerts.

Le cocktail d'accueil prévu pour hier soir au Bretton Hall Hotel, Port of Spain, n'a pas eu lieu. Plusieurs invités s'y rendirent et furent déçus d'apprendre que Mr. Cooke n'était pas encore arrivé.

Peut-être le plus déçu de ceux qui se rendirent au Bretton Hall dans l'espoir de voir Mr. Cooke fut un officier de la Marine américaine de la base US de Chaguaramas, qui dit qu'il avait confié « quelques centaines de dollars » à Mr. Jones pour que le chanteur donne un bref concert à la base.

Trois jeunes gens parlaient de cette affaire un après-midi autour d'une charrette de noix de coco près de la Savannah.

L'Indien disait : « Je ne vois pas pourquoi on devrait en vouloir à ce type. *Ça* c'est malin.

— C'est ce que ma tante a dit, dit un des Noirs. Elle a pas l'impression d'avoir été volée. Elle a l'impression qu'elle a payé 2 dollars pour l'*intelligence.* »

Elle a l'impression qu'elle a payé 2 dollars pour l'intelligence. Immédiatement toute tentative d'analyse est ridiculisée. Car voilà la sophistication et la tolérance naturelles qui ont été produites par la société picaresque. Comment pourrait-on vouloir qu'il en soit autrement ? Condamner d'emblée la société picaresque est ignorer sa grande qualité. Et celle-ci n'est pas sa capacité à tromper et charmer. Car si une telle société favorise le cynisme, elle favorise aussi la tolérance, pas la tolérance entre castes et croyances, et ainsi de suite — qui de toute façon n'existe pas à Trinidad — mais quelque chose de plus profond : la tolérance pour toute activité humaine et l'attrait pour toute démonstration d'esprit et de style.

A Trinidad, il n'y a pas de façon établie de faire quoi que ce soit. Chaque maison peut être une folie. Il n'y a pas de façon établie de s'habiller, de faire la cuisine ou de recevoir. Chacun peut vivre avec qui lui plaît, partout où ses moyens le lui permettent. L'ostracisme n'a pas de sens ; les sanctions provenant de quelque coterie que ce soit peuvent être ignorées. C'est de cette façon, et pas de la façon décrite par les brochures de tourisme, que le Trinidadien est cosmopolite. Il est adaptable ; il est cynique ; n'ayant pas de conventions sociales rigides à lui, il est amusé par celles des autres. C'est un anarchiste naturel, qui n'a jamais été capable de juger les gens importants selon leurs propres critères. C'est un excentrique, si par excentricité on entend l'expression de sa personnalité propre, libérée de la peur du ridicule ou de la discipline d'une classe. Si le Trinidadien n'a pas de modèles de moralité, il est à l'abri de la corruption plus grave de la bigoterie, et ne plaidera jamais pour l'intolérance au nom de la piété. Jamais il ne pourra faire preuve de la méchanceté approuvée par la société du propriétaire londonien, par exemple, qui transforme une maison d'habitation en pension de famille, fait payer des prix exorbitants, et prend garde à ce que ses locataires ne vivent pas dans le péché. Tout ce qui fait du Trinidadien un mauvais citoyen, un citoyen exploitable, fait de lui un être fin et civilisé dont les valeurs sont toujours humaines, dont les critères ne sont que l'esprit et le style.

A mesure que le Trinidadien deviendra un citoyen meilleur et plus efficace, il cessera d'être ce qu'il est. Déjà le fossé entre riches et pauvres — entre le fonctionnaire, celui qui exerce une profession libérale, et le manœuvre — s'élargit. Les divisions de classes se durcissent et, dans un pays où personne ne peut regarder un peu loin derrière lui sans trouver un manœuvre ou un escroc, les membres de la classe moyenne embryonnaire commencent à parler de leurs ancêtres. Des modèles sont établis par cette classe, et la société a perdu de sa fluidité. Avec la radio commerciale et les agences de publicité est aussi venu l'appareil social qui encourage la maussaderie, la mort de l'esprit de communauté et l'enfermement des gens dans leurs prisons individuelles d'ambitions, de goûts et d'égoïsmes similaires : la lutte des classes, la lutte politique, la lutte raciale.

*

Quand les gens parlent du problème racial à Trinidad, ils ne parlent pas du problème entre Noirs et Blancs. Ils parlent de la rivalité entre Noirs et Indiens. Ceci sera nié par les Blancs, qui affirmeront que le problème fondamental reste le mépris de leur groupe pour les non-Blancs. Aujourd'hui qu'on n'entend que rarement les gens se plaindre des préjugés des Blancs, on voit souvent des Blancs battre leur coulpe pour les préjugés de leur groupe devant un public noir. Ce qu'ils font en rapportant des déclarations injurieuses faites par des membres de leur groupe tout en s'en désolidarisant.

Le fait est qu'à Trinidad la pouvoir est si également distribué — les Blancs dans les affaires, les Indiens dans les affaires et les professions libérales, les Noirs dans les professions libérales et l'administration — que les injures raciales n'ont pas de sens. Ce que le chanteur de calypso Sparrow prédisait très récemment a déjà disparu :

Eh bien, de la façon dont ça se présente,
Bientôt on va plus nous traiter de nègre.
Et bientôt dans les Antilles
Ça sera : « Mes respects, Mr. le Nègre. »

En dépit du langage injurieux qu'emploie le Blanc, particulièrement au bénéfice de l'étranger, il n'existe pas de ressentiment général contre les Blancs locaux. Contre les « expats », toutefois, il existe une animosité grandissante ; le fait qu'ils occupent des positions importantes est une menace et une humiliation, qui rappelle les jours anciens où les meilleurs emplois étaient réservés aux expatriés, et les préjugés rencontrés en Angleterre. Mais cette animosité n'est pas largement répandue ; elle ne dépasse pas certaines branches mal affermies de la classe moyenne.

L'évitement de fait des préjugés blancs était inévitable. L'assimilation culturelle du Noir se fit avec le monde blanc en général et non pas tant avec les Blancs locaux, qui montraient peu d'intérêt pour l'éducation et embrassaient rarement des carrières libérales. L'effondrement du système colonial rendit patente leur inaptitude en même temps qu'il laissait libre cours aux ambitions des non-Blancs les mieux préparés. Les divisions sociales chaotiques furent également un facteur.

Chacune des nombreuses coteries de l'île est persuadée d'être la véritable élite. Les expatriés sont persuadés d'être l'élite ; de même pour les Blancs locaux, les hommes d'affaires, les professions libérales, les hauts fonctionnaires, les hommes politiques, les sportifs. Cet arrangement, aux termes duquel la plupart des intéressés ne savent même pas qu'ils sont exclus, rend chacun raisonnablement heureux. Et, plus important que tout, l'animosité qui aurait pu être dirigée contre les Blancs a été détournée contre les Indiens.

Aujourd'hui, partout dans les Caraïbes le désir de s'affirmer du Noir est une constante. Cela l'amène à s'opposer aux Blancs, aux gens de couleur, aux Chinois, aux Syriens et aux Juifs à la Jamaïque, aux Blancs et aux gens de couleur à la Martinique, aux Indiens à Trinidad. L'animosité entre Noirs et Indiens est, à première vue, surprenante. A tous les niveaux, ils partagent la même langue, les mêmes ambitions — *Ma Maman a une belle Valor* — et, de plus en plus, les mêmes plaisirs. Leurs intérêts ne sont pas en contradiction. Le Noir habite les villes ; l'Indien est agriculteur. Le Noir qui a une bonne écriture et le goût de l'intrigue entre dans l'administration ; l'Indien équipé de manière similaire entre dans les affaires. Tous deux ont accès aux professions libérales.

Depuis peu, avec les Indiens entrant dans l'administration et les Noirs des petites îles s'immisçant dans les taxis, il existe une certaine rivalité directe ; mais cela est contrebalancé par une division du travail établie depuis longtemps qui est passée à ce point dans les mœurs que les Trinidadiens en ont à peine conscience. Les vendeurs de noix de coco, par exemple, sont Indiens ; il serait contre nature, et peut-être même imprudent, de recevoir une noix de coco des mains d'un Noir. Personne, pas même un Indien, n'emploiera un maçon ou un menuisier qui ne sera pas noir. Plus on descend l'échelle sociale, et plus s'affine la division du travail. Les Noirs vendent la glace et ses produits dérivés directs : glace pilée, boules de neige. Les Indiens vendent les glaces. Avant la guerre, les Indiens balayaient les rues de Port of Spain ; les Noirs vidaient les fosses d'aisance. Chacun avait pour l'autre le plus profond mépris ; et quand, pendant la guerre, les Noirs des petites îles se mirent à balayer les rues, certains Indiens y virent un signe de plus que les Indiens perdaient du terrain, et les vertus de leurs ancêtres.

A St Kitts, si l'émigrant du *Francisco Bobadilla* ne mentait pas, un Noir peut être boulanger avec quelque succès. Mais St Kitts est St Kitts. A Trinidad, un Noir qui ouvre une boulangerie court un risque considérable, et il va au-devant des pires ennuis s'il ouvre une blanchisserie. Quoi qu'il se passe hors des yeux du public, le Trinidadien aime penser que ses vêtements sont lavés et son pain pétri par des mains blanches ou chinoises. De même, quoi qu'on puisse entendre contre le personnel blanc ou blanchâtre des banques, il existe un sentiment très fort, parmi la population noire, que les Noirs, même s'ils sont dignes de confiance, ne savent pas manier l'argent. Pour ce qui est de l'argent en général, Noirs et Indiens considèrent, de manière quasi superstitieuse, qu'ils ne peuvent se fier aux gens de leur propre race. Il n'y a pas un Trinidadien qui n'ait dit ou pensé à un moment ou à un autre : « Je n'ai pas de chance avec ma race. » C'est un aspect de la société multiraciale auquel les sociologues prêtent peu d'attention.

Autant pour la concorde. Pourtant Trinidad oscille au bord de la guerre raciale. La politique en est responsable ; mais les hommes politiques ont dû trouver un terrain d'antipathie sur quoi travailler. La rivalité entre Indiens et Noirs quant à qui méprise l'autre le plus n'arrange pas les choses. Cette rivalité particulière a été prise en mains par les libéraux, qui ne veulent pas se voir refusé le plaisir de plaider auprès de leur groupe la tolérance envers l'autre groupe, et qui sont fort fâchés d'entendre les libéraux de l'autre parti prétendre que c'est à leur propre groupe d'être les plus tolérants. Il y a aussi une rivalité considérable quant à savoir qui a commencé à mépriser l'autre.

Il suffit de constater que l'antipathie existe. Le Noir a un profond mépris, ainsi qu'on l'a dit, pour tout ce qui n'est pas blanc ; ses valeurs sont les valeurs de l'impérialisme blanc dans ce qu'il a de plus intolérant. L'Indien méprise le Noir de ne pas être indien. De plus, il a pris à son compte tous les préjugés blancs contre le Noir et, avec le zèle du converti, considère comme Noir tout ce qui a la plus petite goutte de sang noir. « Les deux races, observait Froude en 1887, sont plus absolument séparées que la blanche et la noire. L'Asiatique insiste d'autant plus sur sa supériorité qu'il craint peut-être que, s'il ne le faisait pas, le Blanc pourrait l'oublier. » Comme des singes plaidant pour l'évolution, chacun prétendant être plus blanc que l'autre, Indiens et Noirs en appellent, sans le reconnaître, au public blanc afin qu'il voie combien ils se méprisent les uns les autres. Ils se méprisent mutuellement en référence aux Blancs ; et le plus ironique est que leur antagonisme a atteint son plus haut point aujourd'hui que les préjugés blancs ont perdu toute leur importance.

Peu de non-Indiens savent grand-chose des Indiens, si ce n'est qu'ils vivent à la campagne, travaillent la terre, sont riches, aiment la chicane et la violence. Il y avait sans aucun doute de petits criminels et d'anciens soldats parmi les immigrants indiens — un ou deux grades subalternes sont devenus des noms de famille — et dans certaines parties de la campagne indienne, avec leur série de meurtres non élucidés, régnait une atmosphère mafieuse. Chacun sait à Trinidad qu'il vaut mieux ne pas s'arrêter si on a renversé un Indien dans un village indien ; je ne sais pas s'il est jamais arrivé qu'un automobiliste, s'étant arrêté, ait été battu[1]. On ne sait rien de l'hindouisme ni de

1. « Un journaliste indien intelligent et sympathique m'emmena à Agra voir le Taj Mahal. Cent soixante-dix kilomètres à travers la campagne parcheminée et poussiéreuse. A chaque village, le conducteur

l'islam. La fête musulmane du Hosein, durant laquelle on se bat au bâton au son des tambours, est la seule fête religieuse indienne qui soit connue ; ce sont parfois des Noirs qui jouent du tambour. On connaît aussi les mariages indiens. On s'intéresse peu au rituel ; tout ce qu'on en sait est que, durant ces mariages, on donne à manger à tous ceux qui se présentent. Même la simple différence entre les noms hindous et les noms musulmans est inconnue ; et le Noir fait moins d'effort que l'Anglais moyen pour prononcer correctement les noms indiens. Cela est dû à ce que rien de ce qui n'est pas blanc ne vaut la peine qu'on s'en soucie, à ce que les Indiens sont difficiles à connaître, et au fait que les Indiens se sont modernisés à une vitesse telle qu'on en est venu à considérer les coutumes indiennes comme devant être abandonnées. Ainsi, bien que les Indiens représentent plus d'un tiers de la population, leurs coutumes et cérémonies demeurent étranges et même exotiques.

Tout ce qui a rendu l'Indien étranger à la société lui a donné de la force. Son hétérogénéité l'a tenu à l'écart de la lutte opposant Blancs et Noirs. Il avait un système de tabous beaucoup plus important que tout autre population de l'île. Il avait des règles compliquées concernant la nourriture et la propreté. Sa religion lui donnait des valeurs qui n'étaient pas les valeurs blanches du reste de la communauté et le préservaient du mépris de soi ; il ne perdit jamais la fierté de ses origines. Plus importante que la religion était son organisation familiale, un monde clos et autosuffisant absorbé par ses querelles et ses jalousies, aussi difficile à pénétrer pour l'étranger qu'à quitter pour un de ses membres. Elle protégeait et emprisonnait, monde statique attendant la décadence.

L'islam est une religion statique. L'hindouisme n'est pas organisé ; il n'a pas de lois fixes, de hiérarchie, il se

ralentissait à quinze kilomètres/heure et gardait le pouce sur le klaxon. "Si une voiture renversait quelqu'un dans un de ces villages, me dit mon ami, les gens brûleraient la voiture et tueraient les passagers." » John Wain, « Un voyage en Inde », *Encounter*, mai 1961. L'ancienne province d'Agra est une des régions d'où proviennent les Indiens de Trinidad.

renouvelle constamment et dépend de l'émergence régulière de professeurs et de saints. A Trinidad, il ne pouvait que péréctiter ; mais ses restrictions étaient tenaces. Ce n'est que maintenant que le mariage entre castes inégales a cessé de causer un problème ; le mariage entre hindou et musulman peut encore diviser une famille ; le mariage hors de la race est impensable. Seul l'Indien de la ville, l'Indien de la classe moyenne, et le chrétien converti pouvaient se mouvoir librement hors de la structure indienne. L'Indien chrétien était plus libéral et adaptable en tout ; mais loin derrière le Noir sur le chemin difficile qui mène à la blancheur, il était moins solidement établi.

Vivant entre eux dans leurs villages, les Indiens pouvaient avoir une vie totalement communautaire. C'était un monde dévoré par les jalousies, les rivalités de familles et de villages ; mais c'était un monde en soi, une communauté à l'intérieur de la société coloniale, sans responsabilités, loin de toute autorité. On ne devait de loyauté qu'à la famille, au village. Ceci a créé le type d'homme politique chef de village qu'aiment les Indiens, et explique pourquoi les dirigeants indiens ont été si déplorables, si peu capables de maîtriser les rouages des partis et de leur politique intérieure.

Une communauté paysanne, cupide, spirituellement immobile parce que coupée de ses racines, à la religion réduite à des rites sans philosophie, implantée dans une société coloniale matérialiste : combinaison d'accidents historiques et de tempérament national qui a fait de l'Indien de Trinidad un colonial parfait, encore plus grossier et ignare que le Blanc.

Le Noir antillais tire une grande partie de son énergie de son désir de définir sa position dans le monde. L'Indien, qui n'avait pas ce problème, se contentait de ses étroites loyautés. Qu'il connût sa langue et pratiquât sa religion ou non, le fait de savoir qu'il existait un pays qui s'appelait l'Inde était pour lui une certitude à quoi se raccrocher. Il n'avait pas d'attachement particulier pour ce pays. On dit que l'indépendance de l'Inde en 1947 a encouragé le racisme indien à Trinidad ; mais l'explication est trop simple. L'Indien de Trinidad, qui était concerné par la lutte pour l'indépendance et versa de grosses sommes à divers fonds, se lava les mains de l'Inde à partir de 1947. La lutte était finie, la honte abolie, et il pouvait s'établir avec la conscience nette dans la société facile et sans exigences de Trinidad. Les Indiens qui se rendirent en Inde en revinrent dégoûtés par la pauvreté et convaincus de leur supériorité. La relation entre Indiens d'Inde et Indiens de Trinidad se mua rapidement en l'espèce d'aversion secrète existant entre métropolitains et coloniaux, entre Espagnols et Latino-Américains, Anglais et Australiens.

La date n'est pas 1947. La date est 1946, année où eurent lieu les premières élections au suffrage universel à Trinidad. Alors les avocats des campagnes et les chefs de village réalisèrent leur destinée, pas seulement dans les zones indiennes mais dans toute l'île. Alors le haut-parleur monté sur camionnette rappela aux gens qu'ils étaient de race aryenne. Alors, ainsi qu'il fut rapporté, le politicien, que devait bientôt récompenser une grande fortune, découvrait sa poitrine pâle et criait : « Je suis un nèg, moi aussi ! »

Bien qu'aujourd'hui il semble que les deux racismes s'influencent l'un l'autre, chacun a des racines différentes. Les politiciens indiens ont créé le racisme indien à partir d'un égoïsme sans malice. Le racisme noir est plus complexe. Il est la revendication d'une dignité trop longtemps attendue ; il comporte des éléments d'amertume ; il a quelque chose de la foule urbaine exigeant d'être satisfaite avec du pain et des jeux. Il contient aussi de profonds ressorts intellectuels, dans la prise de conscience que le problème noir ne réside pas seulement dans l'attitude des autres envers le Noir, mais dans l'attitude du Noir envers lui-même. Elle est encore confuse, car le Noir, tout en rejetant la culpabilité qui lui fut imposée par l'homme blanc, n'est pas capable de se débarrasser des préjugés qu'il en a hérités, dualité responsable de ce que le romancier jamaïquain John Hearne, au cours d'un voyage en Guinée britannique en 1957, a décrit comme « la nostalgie pathétique qui corrompt tant de Noirs. Le recours aux excuses, aux interminables exposés "historiques" pour expliquer leur condition et leur manque de toute direction. La camaraderie sentimentale de la couleur de peau leur procure à bon compte la sensation d'être ''africain''. »

Dans le conflit qui oppose les Noirs aux Indiens chaque parti croit à la victoire. Aucun ne voit que cette rivalité menace de détruire le Pays du Calypso.

Il est caractéristique de l'humour trinidadien, avec sa capacité à tourner en blagues les graves crises internationales, que la zone nauséabonde et dangereuse de Wrighton Road à Port of Spain qui abrite les night-clubs soit appelée la Bande de Gaza — *Échange de tirs dans la Bande de Gaza* est le gros titre que je vis dans un journal — et que par le détour de cette application locale le nom se retrouve associé à des modestes cafés campagnards auxquels leurs propriétaires désirent donner une touche dramatique. Il n'était donc pas surprenant que, le Congo faisant la une des journaux pendant des semaines, les noms sonores des leaders congolais, Kasavubu, Lumumba, Mobutu, aient enflammé l'imagination des Trinidadiens. Quiconque possédait quelque autorité, particulièrement les contremaîtres et les policiers, devint Mobutu : « Faites gaffe, les gars, voilà Mobutu. » Les noms de Kasavubu et de Lumumba pouvaient être appliqués à n'importe qui ; et je rencontrai quelqu'un dont le surnom temporaire était Dag (Hammarskhöld). Cette théâtralité recherchée fait partie de ce goût trinidadien pour le fantasque, déjà noté, qui trouve sa pleine expression bachique dans les deux jours du carnaval[1].

Puis la comédie tourna à la tragédie. Lumumba fut capturé, ses humiliations photographiées, et il fut tué. Quelques semaines après la mort de Lumumba je tombai sur une procession dans une des rues principales de Port of Spain. C'était une procession ordonnée composée

1. George Lamming, l'écrivain de la Barbade, rencontré parmi les spectateurs du terrain de cricket de Lord's en 1957, le jour où Sobers marqua cent points contre le club de cricket de Marylebone, me raconta qu'un Antillais s'était exclamé avec ravissement : « Un cent pour la première fois qu'il joue au Kremlin du cricket, mec. *Au Kremlin.* » Ainsi le drame de la guerre froide est-il adapté à des événements plus quotidiens.

uniquement de Noirs. Ils chantaient des hymnes religieux, ce qui contrastait avec la violence de leurs banderoles et de leurs pancartes. Celles-ci étaient anti-Blancs, anticléricales et pro-africaines d'une manière inclusive et mal définie. Je n'avais jamais vu spectacle pareil à Trinidad. C'était une manifestation de cette « camaraderie sentimentale de la couleur de peau qui procure à bon compte la sensation d'être "africain" » dont parlait John Hearne. Elle était significative de tout ce qui est stérile dans le racisme noir. La Bande de Gaza et le policier qui était Mobutu représentaient l'ancienne Trinidad. Les manifestants chanteurs de cantiques étaient la nouvelle Trinidad.

Je pensai alors que c'était une éruption purement locale, provoquée par les pressions de la politique locale. Mais bientôt, au cours du voyage que je m'apprêtais maintenant à faire, j'en vins à constater que ces éruptions étaient largement répandues, et traduisaient des sentiments en train de faire surface dans les communautés noires de toutes les Caraïbes : des sentiments confus, sans direction ; le rejet par le Noir de la culpabilité qu'il a si longtemps endurée ; la dernière révolte tardive à la Spartacus, plus radicale que celle de Toussaint L'Ouverture ; le solde des comptes de ce côté de la traversée du milieu.

TROIS

LA GUYANE BRITANNIQUE

> S'il y avait ne fût-ce qu'un poste de secrétaire bien tranquille — et ces choses à Demerara sont bien tranquilles — combien j'invoquerais la déesse de l'influence ; combien je m'affairerais auprès des fonctionnaires du Colonial Office ; combien j'importunerais les amis de mes amis pour qu'ils écrivent de petits mots à leurs amis ! Car Demerara est l'Élysée des tropiques — la vallée heureuse de Rasselas antillaise — l'unique véritable Utopie des Caraïbes — l'Éden transatlantique.
>
> Anthony Trollope, 1860.

Vue d'avion, la côte atlantique de Trinidad était aussi nette que sur une carte, les vagues roulant régulièrement l'écume dentelée vers le rivage, vert bordé de jaune. Les vagues se formaient au loin, avançant à intervalle identique. Sur l'eau bleu clair, l'ombre des nuages était pareille à des rochers submergés ou des gouttes d'encre en train de se dissoudre. Bientôt l'eau bleue vira au brun, ses nuances progressivement plus sombres nettement contourées et parfois marquées de blanc. Puis le continent sud-américain : touffu tapis gris-vert, avec des traces d'usure brunes par endroits, des fleuves pareils à des craquelures dans la boue séchée. De minute en minute nous nous déplaçions rapidement au-dessus de la terre inhospitalière à l'aspect invariable, petit coin d'un vaste continent, où les arbres poussaient et s'écroulaient sur des côtes boueuses.

Depuis un avion on peut en apprendre beaucoup sur la Guyane britannique : sa taille, sa vacuité, l'isolement de ses communautés. Six cent mille personnes vivent dans un pays grand comme l'Angleterre, et quand on survole la bande côtière peuplée, on voit pourquoi il y a tant de troubles dans un pays dont la taille devrait faire un pays riche de possibilités. La terre est fertile. Les champs de cannes à sucre, entrecroisés de fossés tirés au cordeau, sont pareils à des tapis faits à la machine. Ils s'étendent sans fin, jusqu'à ce que le dessin soit interrompu par un bouquet de maisons en bois blanc et rouille, disposées avec autant de précision que les champs : des maisons d'ouvriers : terre de canne à sucre, sent-on, à l'abandon, et l'endroit choisi arbitrairement, car l'exploitation aurait pu être placée n'importe où sur cette étendue verte et dégagée. « Pour forcer les Noirs des îles Vierges à travailler, écrit Michael Swan dans *Les Marches de l'Eldorado*, les Danois coupent leurs corossoliers, et aujourd'hui en Guyane britannique les sucriers sont obligés de recourir à d'innombrables méthodes subtiles pour maintenir une main-d'œuvre suffisante — les habitants des tropiques préfèrent travailler peu en subsistant tout juste plutôt que de travailler beaucoup et vivre mieux. »

Et la vacuité. Prenez l'avion en direction de l'intérieur. D'abord vous survolez les champs de cannes à sucre de part et d'autre des flots bruns du Demerara. Les champs cessent brutalement pour faire place à la brousse ; et dans la brousse se trouvent quelques zones irrégulières d'aménagement timoré — indices d'attitudes que vous apprendrez à associer avec la Guyane britannique — où la forêt s'est muée en marécage, car le sol est très pauvre et les feuillus repoussent difficilement. En quelques minutes vous avez dépassé villes, champs et clairières, et vous êtes au-dessus de la forêt, dense, tassée, fêlée de temps à autre par un cours d'eau noire ou scintillant au soleil, une veine d'or ou de rouge courant dans le vert terne. Et la forêt continue. Vous cessez de regarder jusqu'à ce que, trente ou quarante minutes plus tard, le terrain se brise en collines et vallées, au-delà desquelles s'étend la savane, marbrée de vert, brun et ocre durant la saison sèche, égratignée de sentiers blancs, lits de cours d'eau asséchés bordés d'opulents palmiers succulents d'aspect. Le Brésil n'est pas loin, également vide, vastitude impossible à embrasser.

Il était alors curieux de voir, sur le chemin menant de l'aéroport à la ville, les maisons bâties tout près les unes des autres, comme sur n'importe quelle île antillaise surpeuplée. La brousse cachait le Demerara que longeait notre voiture et qui nous aurait rappelé que nous étions sur un continent. Apparemment, seule l'élégance des maisons de bois sur hauts pilotis, n'appartenait pas aux îles. Les Guyanais savent construire en bois ; la plus humble des habitations en bois a une justesse de proportions et de style, tandis que les constructions plus récentes en béton témoignent de l'insipidité et de la maladresse antillaises aisément reconnaissables. En bois, les Guyanais ont construit des mosquées avec des minarets et des temples hindous avec balustrades et dômes ; ils ont construit une cathédrale ; ils sont même parvenus à faire du gothique victorien. Ils ont profondément honte de ces constructions, les considérant comme des signes de leur pauvreté et de leur retard, pauvres substituts du béton d'une île riche comme Trinidad ; et comme tout le monde est d'accord que les maisons en bois sont des pièges à feu, il semble probable que bientôt seuls les très pauvres vivront dans de jolies maisons et que Georgetown, la plus belle ville des Antilles par son élégance, son unité et son ampleur, sera détruite.

Georgetown est une ville blanche en bois. On aimerait la peindre sur un épais papier gris sombre, à l'encre noire et avec une épaisse peinture blanche, pour suggérer la légèreté et la fragilité des constructions à deux étages, une fragilité qui ressort encore plus la nuit, quand la lumière transparaît derrière les vérandas de l'étage supérieur, les fenêtres, les treillis, avec un effet comparable à celui que procure la vue des palais miniatures chinois en ivoire éclairés de l'intérieur. La ville a été fondée par les Anglais mais a échappé à ses architectes — l'architecture coloniale britannique n'eut que peu d'heures de gloire — et a été en grande partie créée par les Hollandais, dont l'influence subsiste. Les rues sont disposées en forme de grille, et à la manière hollandaise, des canaux occupaient jadis le milieu des rues principales. La plupart des canaux ont été comblés et remplacés par des allées en asphalte bordées de samans à la large ramure, qui ont l'apparence de chênes en plus noble.

Il était donc parfaitement ridicule, en ce premier jour, de me sentir dans une ville frontière de l'Ouest. C'étaient les maisons en bois, j'imagine ; et les rues larges et vides — nous étions Boxing Day, jour férié. C'était aussi la prédominance du nom de Booker's, un nom qui fit le tour du monde durant la crise de 1953. Booker's est la plus grande société de marchands et de planteurs de Guyane britannique, qui contrôla le pays à une époque. D'après le People's Progressive Party, ils étaient et sont peut-être toujours les méchants de la pièce. A voir le nom de Booker's au fronton des quincailleries, des épiceries, des magasins de machines-outils, des pharmacies, sur les taxis, j'avais l'impression d'être venu sauver Georgetown. Je descendais la grand-rue chaussé d'éperons. Le vieux Booker, barbu, parlant d'une grosse voix, la joue déformée par une chique, m'attendait avec les cinq fils Booker pour me descendre. Les indigènes avaient fui les rues pour se réfugier chez les barbiers et dans les saloons.

En fait, la fête de Noël continuait. Un alcoolique blanc au visage revêche était accoudé à sa fenêtre dans la maison qui jouxtait ma pension ; et dans la chambre à côté de la mienne il y en avait un autre qui gémissait et chantait de temps à autre du Puccini en même temps que la radio. J'entendais le moindre des bruits qu'il faisait. La cloison en bois et les trous de ventilation sous le plafond rendaient la chose inévitable. Par suite de quoi, je me retrouvai à marcher sur la pointe des pieds, faisant le moins de bruit possible, écoutant seulement ceux de la pièce voisine.

Tard dans la nuit je fus réveillé.

« Je suis un raté, je suis un raté », disait l'homme. Il émit un gémissement prolongé. « Je viens juste de réaliser quel terrible raté je suis.

— C'est seulement parce que tu le veux bien, dit une femme, d'un ton plaintif et toutefois consolant.

— Non, non. Je *suis* un raté. (Puis, d'un ton réfléchi.) Le plus grand foutu raté de toute la Guyane britannique.

— Seulement parce que tu le veux. » La femme sanglota un peu.

Silence. Un gémissement. Une bribe gargouillante de chanson. Puis : « *Fais ce que ta mère te dit* ! » rugit l'homme.

Je restai allongé, immobile et raide, de crainte de trahir ma présence par un bruit.

On m'avait dit que les fêtes de Noël duraient une semaine à la Guyane et je ne fus pas surpris, le lendemain matin, d'entendre que mon voisin était de nouveau fin soûl. Je quittai la pension dès que je le pus. Je passai de nombreux coups de téléphone, avec tant de succès que, vers le milieu de la matinée, Abdul, un ami d'ami, m'emmenait chez les Rahimtoolah, des amis à lui, gens riches et respectables qui vivaient dans une grande maison située dans un quartier élégant. L'étage supérieur, ouvert, garni de jalousies et de fenêtres Demerara, était frais et aéré ; mais la peinture s'écaillait et les meubles étaient grossiers, de grands espaces étaient vides et négligés, et il n'y avait que des calendriers aux murs.

Mr. Rahimtoolah, un homme grand et gros avec des cuisses tremblotantes de graisse découvertes par un short, le visage couvert de rougeurs et un cou de tortue, dit en manière d'excuse qu'il ne vivait dans une maison en bois que provisoirement ; il allait bientôt la détruire pour construire quelque chose de moderne en béton.

Il nous présenta à Mike, un jeune Anglais qui faisait son service avec des yeux ternes et tombants, de grandes dents, de grosses lèvres et une moustache fine qui était très clairsemée et visiblement de travers. Mike avait l'air d'un chien battu ; il était l'ami de Miss Rahimtoolah, qui avait des joues rebondies.

On apporta le whisky et nous fûmes invités à admirer les verres. Ils portaient ces mots : « Guide Ballantine pour les débutants » : ils étaient gradués, les différentes hauteurs marquées « buveur d'eau », « timide » et « taïaut ». Au fond du verre un homme était pendu à un gibet : c'était « la dernière goutte ».

« Vous êtes allés au Chinois hier soir ? demanda Mr. Rahimtoolah à l'un de ses invités portugais.

— En fait on a décidé d'aller chez les Indiens. »

Ils parlaient des clubs de Georgetown ; et Mr. Rahimtoolah, avec beaucoup de fierté, expliqua les activités frénétiques des clubs durant les fêtes, tandis que sa fille passait les verres à nouveau remplis.

Dans le coin des femmes, on commença à discuter des mérites respectifs de la Grande-Bretagne et de la Guyane britannique.

« Les gens sont plus hospitaliers en Guyane britannique qu'en Angleterre, dit Mr. Rahimtoolah.

— Je suis d'accord », dit Mike.

Puis ils parlèrent des saisons, disant combien il était merveilleux d'avoir le printemps, l'été, l'automne et l'hiver plutôt que juste une saison des pluies et une saison sèche. Je sentis que la conversation avait été choisie pour le bénéfice de Mike : il parlait maintenant des saisons comme un expert appelé à donner son avis. Il décrivit la neige en détail et annonça qu'il allait raconter une « histoire drôle ». Miss Rahimtoolah et Mrs. Rahimtoolah rirent d'avance. Elle était arrivée, dit Mike en préliminaire, « avant qu'on emménage dans la nouvelle maison ». Il fit une pause afin de permettre à ses paroles de bien pénétrer les esprits. Son verre était plein ; il but. J'attendais impatiemment l'histoire qui faisait déjà pouffer Miss Rahimtoolah, la bouteille de whisky tremblant dans une main, l'autre couvrant sa bouche. Enfin l'histoire vint : un hiver, le père de Mike, sortant par la porte de derrière dans un but non dévoilé, avait été recouvert par la neige qui avait glissé d'un toit.

Mrs. Rahimtoolah poussa un cri aigu et dit : « *J'adore* l'Angleterre. »

Mr. Rahimtoolah la regarda d'un air indulgent.

Abdul, renversé dans son fauteuil, gâcha l'atmosphère d'amitié indo-anglaise en disant qu'il détestait l'Angleterre et n'y remettrait jamais les pieds.

Il prit tout le monde par surprise. Lui-même avait l'air surpris.

« Bien sûr, j'avais des amis », dit-il, rompant le silence

qu'il avait créé. Puis, souriant à Mike : « Mais c'étaient des amis réservés.

— Ça, c'est l'Angleterre », dit Mrs. Rahimtoolah, se détendant.

Mike acquiesça. Il semblait apaisé et fit un petit discours à propos de la chaleur de l'accueil qui lui avait été réservé en Guyane britannique et de l'hospitalité des Guyanais.

Le moment embarrassant était passé. Deux mythes nationaux avaient été flattés : l'hospitalité guyanaise, la réserve anglaise. Mr. Rahimtoolah fit trembler ses grosses jambes en signe de soulagement.

Des jeunes filles trop habillées, à l'évidence de familles aussi respectables et riches que les Rahimtoolah, montèrent l'escalier, et on poussa des exclamations de gaieté. Mike les emmenait toutes au camp de l'armée ; la sortie semblait être d'importance.

Nous partîmes nous aussi, pour nous rendre chez les Ramkerrysingh qui recevaient de manière fabuleuse durant la semaine de Noël, me dit Abdul. A n'importe quelle heure du jour et de la nuit, on pouvait manger et boire autant qu'on voulait. Les Ramkerrysingh dispensaient leur hospitalité dans un lieu approprié à son ampleur, qui ressemblait à un grand hall, entièrement contemporain, toutefois, entièrement moderne. Les fonctions d'habitation n'étaient pas séparées par des murs ; les chambres dans un coin étaient délimitées par des divisions qui suivaient une ligne sinueuse ; dans un autre coin, se trouvait la cuisine ; et dans un autre se trouvait un grand bar bien fourni, arrangé pour avoir l'air d'un vrai bar, où les invités s'asseyaient sur des tabourets et l'hôte jouait au barman. Les Ramkerrysingh prétendaient posséder tous les alcools du monde. La chose semblait possible.

Nous fûmes brièvement présentés aux mangeurs qui étaient dehors devant la cuisine. Puis nous nous joignîmes aux buveurs du bar. Je ne pouvais plus avaler de whisky. Je demandai du vin rouge. Il n'y en avait pas. On me donna du vin blanc à la place. « Prenez de la glace », me dit un des Ramkerrysingh qui étaient en train de boire, et il lâcha deux cubes dans mon verre. Je bus rapidement, après quoi on me fit faire le tour de la maison. Sur la véranda qui bordait un côté de la maison, il y avait encore beaucoup de gens. D'après leur apparence et les regards qu'ils nous jetèrent, ils appartenaient évidemment à la maison, ils avaient l'air habitués à ce qu'on la fasse visiter à des paysans. Dans une chambre aux limites sinueuses, nous tombâmes sur tout un groupe de femmes allongées sur des lits. J'eus l'impression de faire intrusion dans un harem, impression renforcée par le fait que les femmes semblaient être de nombreuses races différentes.

Je ne leur parlai pas et elles, entassées comme des chiots, me regardèrent d'un air dédaigneux.

Je retournai avec soulagement au bar, passant en chemin devant divers bibelots en porcelaine, parmi lesquels un livre ouvert où était écrit le Pater.

Au bar, on parlait de l'industrie des boissons non alcoolisées ; il semblait que la « concurrence » était en train de tuer le métier.

« Trafiquer un ou deux bouchons, dit Mr. Ramkerrysingh senior, derrière le bar. C'est ça que, moi, je ferais. Pas vu, pas pris. »

Les buveurs, à son instigation, expérimentaient sans retenue une boisson après l'autre, vins, liqueurs, alcools. Déjà légèrement fatigué par mes whiskies de la matinée, je décidai de m'en tenir au vin blanc avec des glaçons. Ramkerrysingh senior poussa le seau à glace dans ma direction et je pris deux glaçons. Dès que je les eus mis dans mon verre, le Ramkerrysingh qui buvait et qui avait mis la glace dans mon premier verre dit :

« Je ne sais pas où vous avez appris à boire. Vous ne savez pas qu'on ne met pas de glace dans le vin ? »

Mr. Ramkerrysingh senior dit que, pour sa part, il aimait vivre simplement et que son train de maison était destiné à régaler les hommes d'affaires étrangers : les hôtels de Georgetown n'offraient pas ce qu'il fallait.

« Il faut impressionner ces types, dit-il. Et je peux vous dire que je m'y retrouve largement. Quand vous traitez avec des gens importants, vous devez faire les choses en grand. Il faut penser grand. »

Abdul hocha la tête et me dit :

« Mr. Ramkerrysingh a toujours pensé grand. Il a commencé tout petit, vous savez. Ceux de nous qui commencent aujourd'hui ont beaucoup à apprendre de lui. »

Je fus surpris d'entendre, alors que nous passions à table, que le pays allait à vau-l'eau depuis que la politique et les Jagan y avaient pris pied.

En rentrant chez Abdul, nous trouvâmes sa femme bouleversée. Elle avait renversé un enfant en voiture. Elle s'était arrêtée, mais l'enfant s'était relevé et s'était enfui. Personne n'avait voulu lui dire qui c'était, ni où il vivait — « Vous connaissez ces Noirs » — ; elle ne savait donc pas si l'enfant avait été blessé.

Dans ma pension, l'homme soûl était toujours soûl.

Devant le marché de Stabroek, aux trottoirs colorés et encombrés par les marchands de fruits, leurs paniers, plateaux et cageots, je demandai à un Noir d'un certain âge, habillé en bourgeois et poussant une bicyclette, de m'indiquer le chemin du siège du gouvernement.

« Je passe devant, dit-il. Montez. »

J'hésitai. Il était très petit et mince. Mais il insista et je sentis que je l'offenserais en refusant. Je m'assis donc sur le cadre. Il donna de l'élan à la bicyclette de quelques pas rapides, sauta sur la selle, respirant fort, et nous nous frayâmes un chemin vacillant dans la circulation. C'est ainsi que j'arrivai au bureau de Mrs. Jagan.

J'avais lu et entendu tellement de commentaires défavorables sur Mrs. Jagan que j'avais un préjugé en sa faveur. Bien qu'elle ait eu beaucoup à souffrir de journalistes de l'étranger, elle me reçut avec bienveillance dans son petit bureau climatisé. Elle était assise derrière une grande table, bien rangée, sur laquelle se trouvaient des photographies de son mari et de ses enfants. Son sac était posé par terre. Je la trouvai plus jolie que sur ses photos : les femmes qui portent des lunettes rendent rarement bien sur les photos. Une robe simple en coton mettait en valeur sa silhouette bien proportionnée ; de grandes boucles d'oreilles en cercle et le vernis rouge qu'elle avait sur les ongles des pieds lui donnaient une touche de frivolité qui jurait dans ce bureau, dont la porte était marquée : *l'Honorable Janet Jagan, ministre du Travail, de la Santé et du Logement.* Elle avait l'air fatigué et s'arrêtait souvent de parler pour rire nerveusement.

Elle était pessimiste, me dit-elle. Elle fut la première surprise de leur victoire aux élections en 1957. Le pays végétait depuis 1953, année où la constitution avait été suspendue, où elle avait été emprisonnée avec d'autres, et où les troupes anglaises avaient occupé le pays. De nombreux partisans, « qui manquaient de nerf », avaient déserté à cette époque ; et le pays s'était enfoncé encore plus lorsque le parti, qui était arrivé au pouvoir en 1953, se divisa en 1955 selon des clivages raciaux, les Indiens d'une part, les Noirs de l'autre. La race était devenue, en fait, un des problèmes les plus importants en Guyane britannique. Elle en parlait avec un regret sincère. C'est un sujet sur lequel elle revint fréquemment durant nos entretiens suivants, et j'imaginai qu'elle ne regrettait pas seulement l'existence du racisme : elle regrettait la camaraderie et l'amitié de 1953. Elle se rappelait ce que certaines personnes, aujourd'hui ses ennemis, mangeaient, comment ils parlaient, ce que leurs enfants leur avaient dit. Depuis 1953 le parti avait aussi perdu l'appui des intellectuels, et c'était un vrai coup dur, car la Guyane britannique n'avait pas le talent de Trinidad.

En fait, j'étais venu ce matin-là pour organiser mon voyage dans l'intérieur. Nous portâmes notre attention sur la grande carte qui se trouvait au mur derrière son bureau, et qui me rappela soudain la taille du pays, que les Rahimtoolah et les Ramkerrysingh m'avaient fait oublier. Mrs. Jagan avait beaucoup voyagé dans le pays ; elle le connaissait mieux que la plupart des Guyanais que j'avais rencontrés. Le district de Berbice, à l'est, était son préféré. C'était le plus vivant. De là venaient les joueurs de cricket, la plupart des écrivains, et les meilleurs hommes politiques : son mari, bien sûr, était originaire du Berbice.

La porte de côté du bureau s'ouvrit et Cheddi Jagan lui-même entra. Il portait un costume et avait une serviette à la main. Il était juste entré pour dire qu'il allait à la banque signer le prêt pour acheter la Société d'électricité de Georgetown.

C'était une scène bizarrement domestique, et je me sentais de trop.

En 1953, quand la constitution de la Guyane britannique fut suspendue et que les troupes britanniques occupèrent le pays, les Jagan étaient les parias des Antilles. Trinidad était à ce point horrifiée qu'elle interdit à Cheddi Jagan de descendre de l'avion à l'aéroport de Piarco ; notons que la plupart des hommes politiques importants de Trinidad ont été discrédités depuis. Les Jagan et leur parti étaient accusés de fomenter des grèves, saper les services publics et la police, inciter à la haine raciale et, plus généralement, de servir la cause du communisme international. « Des sources sûres » firent savoir qu'ils avaient également un plan pour « mettre le feu aux propriétés et résidences des Européens importants et des hauts fonctionnaires... Cette information était étayée par des rapports sur des ventes inhabituelles d'essence à des individus sans voitures qui l'emportaient dans des boîtes ou des bouteilles ».

Tout est là, dans le livre blanc du gouvernement du Royaume-Uni, publié le 20 octobre 1953, douze jours après que la constitution eut été suspendue : un document qui réduit ces événements palpitants à quarante-quatre paragraphes numérotés, divisés en six parties — introduction, activités des ministres, les conséquences économiques, le danger de violence, les dirigeants du People's Progressive Party et les dirigeants communistes, l'action du gouvernement de Sa Majesté — chaque partie divisée par des sous-titres en italique, le tout accompagné de trois appendices : un document qui ne perd jamais son sang-froid et n'oublie jamais de faire précéder de « Mr. », « Mrs. » ou « Dr » le nom des gens qu'il a aidés à faire mettre en prison.

Le plus frappant dans ce document est son apparence. En Guyane britannique, il fut « réimprimé sur ordre » par le ministère de l'Information. Ces mots figurent sur la page de titre ; et cette page de titre, avec ses dix lignes espacées sur toute la hauteur, ses capitales en italique, ses quatre œils, ses virgules à la fin de deux lignes et un point à la fin de la dernière ligne, avait une apparence curieusement surannée, rappelant la typographie en usage cent ans auparavant, et semblant relater des événements aussi anciens. Au dos de la page de titre figure une photographie sépia de la reine, en pied. Sur les pages suivantes, se trouvent les photographies de Sir Winston Churchill (une grande étoile au-dessus), Sir Alfred Savage, le Gouverneur (on lui a octroyé une petite étoile), du Premier ministre, l'Honorable John Gotch Woolford (une étoile churchilienne pour lui), du président de la Chambre des Communes, Sir Eustache Woolford (petite étoile), du président du Conseil d'État (petite étoile), du procureur général et du ministre des Finances (relégués à l'appendice C, entre les lignes du paragraphe neuf et dix respectivement et non étoilés). L'impression produite par ces photographies au milieu de pages relatant avec un calme de livre blanc des faits et gestes répréhensibles est que ces personnes ont été injustement maltraitées par ceux dont les photographies n'apparaissent pas.

*

J'avais beaucoup entendu parler du Rupununi, la région de savane au sud de la ceinture forestière, et j'allai passer quelques jours à Lethem, le centre administratif, qui se trouve à la frontière brésilienne, à quatre cents kilomètres de Georgetown. Jadis on s'y rendait par bateau, long et difficile voyage de plusieurs semaines ; ensuite il y eut une piste. Aujourd'hui, on peut y être en quatre-vingt-dix minutes en empruntant un Dakota des British Guyana Airways. Mais sur la côte, l'aspect colonial du pays et la proximité des Caraïbes font oublier que la Guyane britannique a une frontière avec le Brésil. Pour la plupart des Guyanais, la Guyane, c'est la côte ; au-delà, c'est la brousse.

Il en est bien ainsi. La brousse commence au terrain d'Atkinson, qui se trouve à trente kilomètres au sud de Georgetown. Les Américains construisirent ce terrain pendant la guerre et ils continuent à l'utiliser ; leurs avions modernes et luisants, argent et orange, délicatement posés d'aplomb sur le sol, donnent aux Dakotas, avec leur nez relevé, l'apparence d'être sous-payés et surexploités. Les bureaux et les entrepôts des British Guyana Airways se trouvent dans un baraquement triste, autrefois construit par les Américains. L'herbe pousse à travers les mailles d'acier de la piste, qui gondole par endroits ; et tout autour il y a la brousse.

Il pleuvait et les passagers attendaient parmi leurs boîtes et leurs paquets sur une galerie surélevée. Ils n'avaient pas l'air guyanais. Beaucoup étaient blancs ; il y avait quatre Amérindiens ; et le pilote, un homme grand et gros portant une chemise rouge, était européen. La côte — canne à sucre, fossés d'irrigation, habitations ouvrières, rivalités politiques, communisme — était déjà loin. Protégés par des parapluies noirs miteux, grossièrement peints B/G/AIRWAYS en lettres énormes, non par fierté, sentait-on, mais par crainte du vol, nous marchâmes jusqu'à l'avion. A l'intérieur, il n'y avait pas de sièges. Un étroit banc en métal courait des deux côtés du fuselage, garnis de minces coussins en caoutchouc reliés les uns aux autres et équipés de ceintures de sécurité. L'avant de l'avion était bourré de marchandises. Je remarquai des cartons de bière, un lit, une machine à coudre, et de nombreux sacs de farine : des épingles de sûreté jusqu'aux Land-Rovers, tout doit être acheminé à l'intérieur par ces vaillants Dakotas, à 9 cents la livre.

Un vieil Américain était assis à côté de moi. Il était très grand et voûté, mais sa poitrine énorme suggérait encore une grande force. Si j'avais su qu'il avait quatre-vingt-cinq ans, et que c'était Ben Hart, l'un des pionniers du Rupununi et l'une de ses figures les plus fameuses, je lui aurais prêté plus d'attention. En l'occurrence, j'étais plus intéressé par les quatre Amérindiens assis en face de moi. C'était la première fois que je voyais ces gens, que les Trinidadiens qualifient du terme terrifiant d'« Indiens sauvages » et les Guyanais de la côte du terme méprisant de « Bucks ». L'homme était nu-pieds ; il portait un pantalon kaki et une ample chemise blanche, et tenait un mouchoir devant son visage. Les deux femmes regardaient le plancher. La petite fille, en robe rose, portant un chapeau en paille à large bord, fixait les autres passagers, mais dès qu'on rencontrait son regard elle rentrait la lèvre inférieure et baissait les yeux. Ils ne commencèrent à s'animer que lorsque, alors que nous amorcions le survol de la savane, il se mit à faire une chaleur suffocante dans l'avion et que des trous d'air se produisirent, si bien que certains passagers furent malades. Alors les femmes sourirent à la dérobée aux autres passagers en se couvrant la bouche de la main comme pour cacher des gloussements.

Nous atterrîmes d'abord dans un endroit appelé Bonne-Espérance, et ce fut comme d'entrer dans un autre pays, dans une scène de Western. La terre plate et rouge, parsemée de touffes d'une herbe rude, s'étendait jusqu'à des montagnes bleu pâle. Le soleil était implacable et nous nous réfugiâmes sous les ailes de l'avion. L'avion vient à Bonne-Espérance une fois par semaine et on aurait dit que tout le monde était venu l'accueillir. Mais cela ne faisait pas une foule ; et il était difficile de comprendre d'où ils venaient car, à part la hutte effondrée du terrain d'atterrissage, on ne voyait qu'une seule maison. Presque tous devaient avoir marché, car il n'y avait qu'une Land-Rover, laquelle appartenait à César Gorinsky, un émigré russe formidablement beau, réputé pour être un des plus riches propriétaires du Rupununi. L'atmosphère de western hollywoodien était beaucoup rehaussée par la présence d'un homme grand, efflanqué et pieds nus qui ressemblait à un Texan de cinéma, était habillé comme un cowboy de cinéma, et parlait avec l'accent américain. Il se révéla qu'il était allemand, originaire de Hambourg ; c'était l'assistant de Gorinsky.

Les questions de nationalité semblaient sans importance dans ce cadre qui, bien qu'étrange, était cependant si familier que les exotiques n'étaient pas les Amérindiens que je voyais en quantité pour la première fois, mais les deux policiers noirs en élégants uniformes noirs, coiffés de chapeaux de brousse. Et que ce soient des Noirs qui fassent la police des Amérindiens était aussi un singulier renversement des rôles : au temps de l'esclavage, les Amérindiens étaient employés à la chasse aux esclaves fugitifs. Et maintenant les policiers me parlaient des Amérindiens comme d'êtres primitifs et imprévisibles, qu'il fallait garder à l'œil.

Un des policiers fit un geste de la main. « Brésil par là, vous savez. » A l'évidence, le mot l'enthousiasmait. « Un jour, ils viendront ici, vous savez. » Il rit. « Mais vous connaissez les Anglais et leur pays. On les repoussera, mec. » Les questions de nationalité n'avaient pas d'importance. Ici le policier noir pouvait se dire anglais, et cela ne semblait pas faux. Tout, de l'autre côté de la frontière, était brésilien ; tout, de ce côté, était anglais ; et les Anglais ne doutaient pas de quel côté se trouvait la supériorité.

L'adjectif le plus souvent employé pour décrire l'intérieur de la Guyane britannique est « vaste ». « Vastes », aussi, sont les ressources naturelles ; celles-ci sont invariablement « inexploitées ». D'où l'impression qu'il suffit d'abattre des forêts pour qu'apparaisse un nouvel état prospère. En fait, une grande partie de l'intérieur inexploité repose sur du sable blanc infertile et le problème du reboisement reste à résoudre. Il y a de la bauxite, mais l'or et le diamant ne se trouvent qu'en petite quantité.

Le Rupununi est typique de la Guyane britannique. C'est « la savane », « la terre à herbages », « la terre à vaches ». Pourtant on peut conduire toute une journée sans voir une vache. Le sol, durant la saison sèche, époque où je le vis, est brun-rouge, dur, composé par endroits de latérite pure. Ce qui semble de l'herbe se révèle être du roseau. Seuls les anacardiers et les manguiers prospèrent, bouquets de verdure occasionnels et étonnants, dans ce désert brûlant. Et les arbres à papier de verre : rabougris et noueux, ils ont l'apparence d'arbres fruitiers soigneusement entretenus, et sont parfois si régulièrement espacés que la savane semble un verger sans fin. Mais ce n'est qu'une imitation de la nature : les feuilles de ces arbres ont la qualité abrasive du papier de verre. Entre ces arbres se trouvent les châteaux des fourmis : structures coniques en boue grise qui peuvent atteindre 1,80 mètre. Châteaux et vergers bâtards, particulièrement vus d'une hauteur, suggèrent que le pays est fertile et peuplé. Chaque château projette son ombre noire comme un monument en pierre primitif protégé par un National Trust et on a l'impression que, dans la prochaine petite vallée, un village va apparaître, avec son auberge où vous attendent plats chauds et boissons fraîches. Mais la route continue, passant d'autres châteaux et d'autres arbres à papier de verre. Une colonnade grise couronnée de palmes vertes marque le lit d'un cours d'eau ; les montagnes bleu-gris ferment l'horizon. L'illusion est passée ; on est vraiment tout à fait seul.

Parfois la savane est en feu : une ligne irrégulière de flammes basses avançant lentement qui divise la terre en deux couleurs : brun-gris d'un côté, noir de l'autre. Des faucons survolent la fumée blanche, attendant de fondre sur les serpents et autres bêtes qui s'échappent en traversant la ligne de feu. Les feux sont allumés par les éleveurs pour se débarrasser des roseaux qui empêchent l'herbe de pousser ; et, avec moins de discrimination, au mépris de la loi, par les Amérindiens, qui aiment voir la savane brûler. Parfois, m'a-t-on dit, des montagnes entières sont en feu. Après de tels feux la savane devient véritablement lunaire : un paysage dans lequel des feuilles de cuivre recroquevillées pendent à des arbres rabougris à l'air artificiel qui s'élèvent de la terre noire.

Dans les vallées on saigne le balata et on cultive le tabac et ceci, avec l'élevage, suffit à faire vivre quelques personnes et même à en enrichir certaines, mais pas à faire de la région un atout pour le pays pris dans son ensemble. Le Rupununi n'est pas un pays, tant pour le pionnier que pour le romantique. Le pionnier veut voir des villes surgir des déserts ; le romantique veut qu'on le laisse tranquille. Les colons du Rupununi veulent qu'on les laisse tranquilles. Bien qu'ils dépendent de Georgetown, ils en veulent sourdement au gouvernement de Georgetown de vouloir administrer la région — l'administration de petites communautés isolées est un fardeau pour un pays pauvre — et les relations entre fonctionnaires et colons ne sont pas faciles.

Ce ressentiment est en partie racial. Les fonctionnaires, la police en particulier, sont noirs ; et dans le Rupununi, le Noir de la côte est toujours synonyme de menace et de terreur : l'esclave fugitif, jadis ennemi des Amérindiens et aujourd'hui leur corrupteur.

A Trinidad, il n'y a pas de souvenir de l'esclavage ; en

Guyane britannique il est difficile de l'oublier. Le seul mot de « Noir », à cause de son association avec l'esclavage, est rejeté par de nombreux Guyanais. Ils lui préfèrent le terme d'« Africain », qui, à Trinidad, est une injure grave. Tout le monde sait que les Amérindiens faisaient la chasse aux esclaves fugitifs. J'en ai entendu parler maintes et maintes fois, par des Blancs et par des Noirs ; et dans le Rupununi, et partout où se trouvent des Amérindiens, c'est un souvenir glaçant[1].

Lethem, le centre administratif, qui porte le nom d'un ancien gouverneur de la colonie, est un petit bourg propret de quelques douzaines de maisons en béton dans l'affreux style des Caraïbes, disposées au hasard le long de rues ondulées en latérite rouge. Les éleveurs qualifient Lethem de ville et la jugent surpeuplée. Au premier abord, on peut croire à de l'affectation, un excès de l'esprit boy-scout, mais après quelques jours de voyage dans la savane vide, on commence à penser que Lethem est une ville, avec presque trop d'agréments. Elle possède un terrain d'aviation, un abattoir, un hôpital et un hôtel, une centrale électrique, un terrain de cricket — la terre dure du Rupununi s'y prête bien — et des tribunes. Sur le terrain d'aviation à côté de l'abattoir, les montagnes bleu-gris formant une ligne basse dans le lointain, les Dakotas atterrissent et décollent régulièrement dans des tourbillons de poussière rouge, apportant des vivres, remportant du bœuf. Les policiers exercent une surveillance discrète. De temps à autre, un petit avion arrive du Brésil et un marchand ou un contrebandier brésilien (il n'y a pas de patrouilles le long de la frontière, ni de postes de douane)

1. « Les Indiens ayant achevé leur expédition, soixante ou soixante-dix d'entre eux, armés d'arcs et de flèches, retournèrent à Dageraat faire leur rapport au gouverneur, disant qu'ils avaient parcouru toute la forêt, trouvant onze Nègres qu'ils avaient tués, pour preuve de quoi ils produisirent un petit bâton avec autant d'entailles, et demandant une récompense. Le gouverneur donna à leurs capitaines, qui étaient six, une pièce de tissu, deux cruches de rhum, quelques miroirs et autres babioles avec lesquelles, très satisfaits, ils retournèrent dans l'intérieur du pays. » *L'Histoire de la révolte des esclaves en Berbice*, 1762, par J.J. Hartsinck (Amsterdam 1770).

en descend, comme d'un taxi, pour attendre, peut-être un jour ou deux, l'avion de Georgetown.

Au-dessus de la résidence en béton à deux étages du chef du district, l'Union Jack flotte assez haut pour être vu des Brésiliens de l'autre côté de la frontière. Et le chef de district, Neville Franker, un Guyanais, était tout ce que doit être un chef de district. Ses façons officielles étaient impeccables et rassurantes ; en privé il était détendu et disert et sa conversation était teintée d'un agréable cynisme. Nouveau dans la région, c'est fort à propos que, pour son premier match au Rupununi, entrant sur le terrain après que le premier guichet eut été renversé, il se trouva être, avec un score de cinquante-trois, celui qui marqua le plus de points de la partie. Il ne pouvait y avoir façon plus appropriée, dans cette partie du monde, pour un chef de district, de faire sentir son autorité et de faire honneur au drapeau.

Le centre de l'activité sociale à Lethem est l'hôtel de Teddy Melville, qui est au bout du terrain d'aviation. « Hôtel » est un terme trop emphatique et froid pour cet établissement qui ressemble à une grande maison particulière d'aspect rude construite dans le désert avec beaucoup de difficultés à l'aide des matériaux les plus simples. « Auberge », dans le sens où il suggère un abri isolé et un accueil chaleureux, est un mot plus approprié. Ici le touriste, qui se déplace confortablement en avion ou en Land-Rover, peut avoir l'impression flatteuse d'être un voyageur. Il trouvera toujours de la place dans cette auberge, ne serait-ce qu'un hamac sur la véranda treillagée au sol en béton, et toujours de quoi manger.

Les fauteuils sur la véranda sont en cuir local, et dans la petite salle à manger des lassos et des étuis à revolvers sont pendus au porte-chapeaux fait d'andouillers. Un cochon amical entre et sort, aspirant le plancher, et de temps à autre un bébé fourmilier fait une timide apparition, se faufilant en tremblant le long du mur sur des pattes pareilles à des colonnes qui ressemblent à celles d'un jouet en peluche mais cachent des griffes recourbées et acérées qui permettent à l'animal adulte de tenir tête au jaguar. Il semble qu'il y ait des personnages de Melville partout :

beaux, bien bâtis, les mouvements souples et élastiques : l'illusion du western est persistante. Au bar, où on boit une excellente bière brésilienne à 1,30 dollar le titre, on entend parler portugais (ou brésilien) autant qu'anglais. Ceci, comme l'étiquette en portugais *(Industria Brasileira)* sur la bouteille de bière de taille inhabituelle, n'est pas une illusion : Lethem est une ville-frontière.

Le bal du Nouvel An est une chose importante à Lethem. Il a lieu à l'hôtel, et des affichettes écrites à la main collées à la porte du bar annonçaient qu'il y aurait un orchestre brésilien qui venait de Boa Vista, à deux rivières, cinq heures difficiles et cent-vingt kilomètres d'ici. Des camions entiers de Brésiliens venaient aussi, car chacune de ces villes-frontières, Lethem et Boa Vista, se considère l'une l'autre avec envie comme des lieux de vice et d'aventure. On m'avait déjà murmuré qu'il y avait des bordels à Boa Vista.

Les Brésiliens arrivèrent au milieu de l'après-midi et investirent immédiatement l'hôtel. Les femmes firent le siège des toilettes, gazouillant et poussant des cris rauques et quand, des heures plus tard, sembla-t-il, elles eurent toutes réparé les ravages du voyage depuis Boa Vista, les toilettes étaient jonchées de cheveux et de flocons de coton. Dans le couloir, il y avait un carton vert et blanc vide. *Leite de Rosas* — du parfum, j'imagine — et *Industria Brasileira,* cela va sans dire.

J'avais entendu dire que, jadis, ces bals de frontières étaient de rudes affaires et se terminaient parfois en bagarres. Aujourd'hui, les choses étaient plus tranquilles et je sentais que Lethem regrettait sa réputation passée, bien que certains continuent à considérer la danse comme une chose indigne des femmes respectables. Les premières à danser furent les Amérindiennes, que les femmes respectables regardaient avec une indulgence détachée, comme si elles ne savaient pas pourquoi elles s'étaient embêtées avec le long voyage, le séjour dans les toilettes et le *Leite de Rosas.*

Sur la véranda, loin du vacarme de la salle de bal, je tombai sur un Brésilien et deux Brésiliennes respectables — portugais avec un soupçon d'amérindiens, comme beaucoup de Brésiliens dans cette région — assis nonchalamment dans des fauteuils en cuir de Teddy Melville. Nous tentâmes de parler. Tentâmes : ils parlaient portugais et savaient très peu d'anglais, et j'avais des rudiments d'espagnol. L'homme était ingénieur. Sa femme, beauté grave et délicate, était fonctionnaire ; sa sœur, qui était malheureusement encore célibataire, habitait Belém et était venue passer quelques jours chez eux. Nous échangeâmes nos adresses. Ils me pressèrent de visiter le Brésil, un pays merveilleux. Je devais venir les voir quand j'y serais. Nous retournâmes lentement à la salle de bal, et nous nous séparâmes.

Les Amérindiennes dansaient avec application, les yeux baissés, se concentrant sur leurs pas, et semblant ignorer leurs partenaires. Leurs pieds nus venaient se poser à plat sur le sol, un peu comme si elles piétinaient. Je ne les trouvai pas belles à regarder.

J'avais essayé de ressentir de l'intérêt pour les Amérindiens en général, mais je n'y étais pas parvenu. Je ne parvenais pas à déchiffrer leurs visages, je ne comprenais pas leur langue, et je n'avais jamais pu évaluer à quel niveau la communication était possible. Parmi des peuples plus complexes, certains individus ont le pouvoir de vous transmettre leur sens de la défaite et de la vanité de toute action : parasites émotionnels qui prospèrent en vous vidant de la vitalité que vous préservez avec difficulté. Les Amérindiens avaient cet effet sur moi.

Mon souvenir le plus déprimant du Rupununi est le village amérindien où Franker m'emmena un jour. AVIS, disait une pancarte grossièrement écrite à l'entrée. NOUS NE VOULONS PAS D'ÉTRANGERS DANS LE VILLAGE, EXCEPTÉS LES PRÊTRES, LES DOCTEURS, ET LE CHEF DE DISTRICT. PAR ORDRE DU CHEF DE VILLAGE. FELIX. Cet avis n'était pas officiel ; son propos était de protéger les villageois des visites importunes de certains politiciens pour lesquels ils ne voteraient pas de toute façon. C'était un petit village composé de huttes en chaume et de quelques maisons grossières en bois. L'instituteur, un Américain, vivait dans la plus grande des maisons en bois, à quelque distance du village. Et dans une autre maison en bois se trouvait l'école, vide alors, mais avec des cartes, des affiches et des emplois du temps aux murs, exactement comme beaucoup d'autres écoles primaires. Mais celle-ci n'enseignait à ses élèves que la confusion et le mépris de soi.

Le Père Quigly, missionnaire de l'église catholique romaine, était de passage dans le village. Il avait passé la nuit dans l'école, et son hamac était encore accroché dans la salle de classe. Tandis qu'il nous parlait, des hommes et des garçons s'assemblaient autour de nous, certains dans la classe, d'autres dehors sous le soleil, les jeunes intéressés et dans l'expectative, les vieux le regard détourné, comme s'ils se sentaient obligés d'être courtois envers le chef de district, ce qu'ils faisaient en étant simplement présents.

« Faustino, demanda le Père Quigly, tu veux aller à Georgetown ?

— Oui mon père », dit un garçon en pantalon de flanelle grise.

Cependant que feraient Faustino et d'autres comme lui qui n'étaient pas satisfaits de leur village et de leur condition d'Amérindiens, à Georgetown ? Là-bas, ils seraient en butte au mépris ; certains deviendraient peut-être policiers ; mais c'était tout. Le Père Quigly pensait qu'on devrait les laisser prendre une part plus importante à la vie du pays, leur donner une sorte d'emploi à semi-responsabilité protégé par le gouvernement.

Felix, le chef du village, au nom duquel la pancarte interdisant l'accès aux étrangers avait été écrite, ne semblait pas intéressé. Tandis que nous parlions, il restait avachi et voûté sur un banc, les yeux fixés au sol, ses jambes courtes se balançant dans un pantalon large. Plus tard, dans cet état qu'on aurait dit de transe, il nous emmena à sa hutte. Elle était sombre, sale, poussiéreuse et en désordre comme la plupart des huttes des Amérindiens. La vue de la nourriture au milieu de la poussière et de la boue a le même effet sur moi que le crissement de la craie sur un tableau ; je pus à peine rester pour admirer la grille de foyer Wai-Wai — pointes de pierre piquées sur une planche — dont on m'avait dit que c'était un souvenir rare. Je sentis alors que le respect de la nourriture — les règles et interdits touchant sa manipulation — était un des traits essentiels de la civilisation.

Il y eut de la musique toute la nuit. Elle me réveillait de temps à autre : c'était réconfortant, comme le bruit de la pluie. Mais j'entendis aussi de curieux grognements comme ceux qu'on entend dans les films japonais. Et au matin tout était silencieux. Les Brésiliens, orchestre et danseurs, fonctionnaire et ingénieur, étaient repartis pour Boa Vista dans leur camion. Des bouteilles de bière vide gisaient sur le parquet de la salle de bal, sur la véranda, dans la rue ; et de petits groupes d'Amérindiens regardaient avec satisfaction le désordre auquel ils avaient contribué.

Dans la salle à manger, il y avait un nouveau client. C'était un négociant d'origine syrienne, qui se rendait à Georgetown et avait atterri le matin même. Il essaya devant un café de me persuader de devenir négociant et d'aller vivre au Brésil. J'exposai mes objections : avec le transport de Georgetown à Lethem à neuf cents la livre, le négoce ne devait pas être facile.

« Quel est le problème ? me dit-il. Vous payez 1 dollar à Georgetown. Et alors ? Alors vous payez un autre dollar pour le transport. Alors vous vendez 3 dollars. Quel est le problème ? »

A Boa Vista cette semaine-là, avait lieu une foire, et les fonctionnaires de Lethem y étaient invités. Hewson, le jeune ingénieur agronome qui portait un costume kaki correct mais allait nu-pieds par goût, s'y rendait avec deux de ses assistants, et il voulut bien m'emmener. Nous n'avions pas besoin de passeports pour entrer au Brésil mais il nous fallait passer la Takutu à gué. Le gué n'avait pas plus de dix mètres de large et il était marqué de piquets fichés dans de petits bancs de sables traîtres dont la Land-Rover ne pourrait pas se dégager si elle s'arrêtait un instant. Quand la Land-Rover commença à s'enfonçer et que le niveau de l'eau s'éleva, je m'efforçai de penser que le gué était emprunté deux fois par semaine par le gros bus de Boa Vista.

Enfin nous atteignîmes l'autre rive. Nous étions au

Brésil. Aucun indice sur le sol, rien qui confirmât que nous étions au Brésil. La savane était aussi plate, aussi brûlante et aussi nue, le ciel était aussi haut et le sol aussi dur que sur l'autre rive. La route s'étendait entre des touffes hérissées d'une grosse herbe brun-vert : deux traces blanches parallèles séparées par une bande de végétation basse aplatie par les châssis. Et à mesure que nous pénétrions plus profond à l'intérieur du Brésil, je vérifiai ce que les cartes m'avaient déjà appris, que la savane était en réalité brésilienne et que sa partie guyanaise n'était rien.

Nous passions de petits groupes de maisons en chaume et parfois nous étions arrêtés par des gens, des Amérindiens avec une touche de Portugais, qui nous demandaient d'une voix chantante *pasagem a Boa Vista*. « On ne prend personne », disait Hewson, et ils se retiraient sans montrer rancœur ou déception, pour attendre Dieu sait combien de temps un véhicule qui les emmènerait à Boa Vista, dont les lumières, ici dans la savane, devaient briller d'un bien grand éclat. Un de ceux qui nous arrêtèrent était un très vieux Noir aux cheveux blancs. On est tellement habitué dans le Nouveau Monde, à entendre les Noirs parler anglais, qu'il est étonnant de les entendre parler une autre langue. C'est voir d'un œil neuf la condition du Noir qui, dans le Nouveau Monde, a été fragmentée en trop d'images différentes. Dans cette savane, le vieil homme était à l'évidence un étranger, un personnage exotique qui pourtant ne connaissait rien d'autre, ni paysage ni langue.

De manière aussi soudaine qu'incroyable apparut un grand bâtiment en béton non peint. Il était marqué POSTO MEDICO en lettres bleues malhabiles et, sur les murs, il y avait des panneaux électoraux avec la photographie d'hommes bien habillés dont le visage n'inspirait pas la confiance. C'était un hôpital. Mais il n'avait ni équipement, ni médecins, ni patients : le Brésil, un grand pays, qui administre chaque parcelle de son grand territoire, sur le papier.

Où qu'on regarde dans la savane, on voit une chaîne de montagnes, basse et à peine visible dans le lointain. Sans ces chaînes l'égalité de la surface du terrain serait insupportable, en particulier là où même les arbres à papier de verre ont disparu et où les branches tordues d'un arbre mort et blanc sur le bord de la route, remarqué longtemps avant d'y être arrivé, cadrent la vacuité comme sur un écran de cinéma et lui donnent une échelle. Et alors vous voyez, non une chaîne de montagnes, mais une seule colline, nette, abrupte, isolée ; vous ne pouvez en détacher vos yeux ; elle grandit, elle s'étend ; elle n'est pas nette du tout. Ce n'est pas une colline qui est connue par des gens ; ses petites coulées de pierres, l'apparition et la disparition de sa maigre végétation n'ont aucune importance ; elle n'a d'existence que comme point de repère.

Le paysage de la savane change continuellement. Dans les dépressions humides, la brousse prend des allures de forêt. Mais les endroits les plus agréables sont les ruisseaux. Le sol autour d'eux est vert, et les palmiers se reflètent dans l'eau claire. Nous nous arrêtâmes à l'un d'eux pour nous mouiller le visage et nous tremper les pieds. C'est alors qu'une Land-Rover apparut sur la verdure, passa le petit gué à toute vitesse et disparut dans un nuage de poussière. C'était César Gorinsky du Rupununi, qui allait comme nous à Boa Vista. Nous le suivîmes sans pouvoir le rattraper. Gorinsky connaissait la route, et les volutes de poussières soulevées par sa Land-Rover semblaient être l'expression de son habileté flamboyante.

La terre devenait plus verte. Nous passâmes une *fazenda* : une maison aux murs blancs et aux ouvertures entourées de bleu, flanquée de bananiers et d'une orangeraie. Des enfants dans la cour nous regardaient et une pancarte nous apprit le nom de l'endroit : Bonne-Espérance. Et tout d'un coup nous nous trouvâmes sur la berge du Rio Branco, un affluent de l'Amazone. De petites îles empêchaient de voir directement l'autre côté et l'effrayante largeur de la rivière ne pouvait être estimée que par la ligne irrégulière de maisons blanches et brunes perchées sur l'autre rive, tendrement éclairées par le soleil couchant : Boa Vista, ville d'aventures, avec toutes une rue de bordels. Entre notre rive et l'île la plus proche, des bancs de sable blanc dépassaient de l'eau boueuse, et pendant un instant on pouvait rêver de sauter d'un banc à l'autre sur l'île, qui était basse et plate.

Maintenant nous comprenions pourquoi Gorinsky allait si vite. Il avait espéré attraper le ferry, qui ne prenait que deux véhicules à la fois ; et il était second dans la queue, derrière une Jeep Willys aux vives couleurs (*Industria Brasileira* jusque sur ses pneus). Le ferry venait de partir et ne serait pas de retour avant au moins une heure. Le conducteur de la Jeep Willys, un officier de l'armée brésilienne, dit avec une morne résignation qu'il était même possible que le service soit suspendu jusqu'au lendemain matin. Nous nous assîmes sur la berge, mangeant des oranges, les maisons de Boa Vista se coloraient de teintes de plus en plus douces à mesure que le soleil tombait.

Un petit bateau à moteur hors-bord accosta, nous offrant de prendre des passagers, et Hewson décida de me faire traverser avec un de ses assistants. Comme nous partions, on cria au marin de dire au ferry de ne pas oublier de revenir. Nous zigzagâmes sur la rivière, entre les îles et les bancs de sable, et vingt minutes avaient passé quand nous atteignîmes l'autre rive. Une multitude de femmes et d'enfants se baignaient près de la berge. Nous étions maintenant entre chien et loup. Les arbres et les bateaux amarrés se découpaient en silhouettes contre le ciel et l'eau encore clairs. Nous gravîmes la berge escarpée et nous retrouvâmes dans une rue en terre qui était pleine de trous et de bosses comme un chantier.

Boa Vista est une ville absurde : pâtés de pauvres maisons isolés le long de larges rues dont le tracé a été dessiné par un maître urbaniste. Seulement, les rues ne sont pas encore construites, si ce n'est en brèves, brutales et arbitraires esquisses. Les planificateurs ont planifié pour l'an 2000, et entre-temps ce qui sera alors de magnifiques avenues ne raccordent rien à rien dans la poussière rouge brésilienne. Cet étrange état de choses fait que, bien qu'en termes de population Boa Vista soit une petite ville, ses distances sont métropolitaines, sans la contrepartie d'un service de transports idoine. Des lampadaires s'alignent le long de la désolation bien planifiée, partie de la promesse du futur, et un certain nombre de bâtiments impressionnants, parmi lesquels un abattoir et un hôpital, tous deux vides, ont été construits, attendant l'avenir et une augmentation de la population, qui a présent est en majeure partie constituée de fonctionnaires qui s'administrent les uns les autres et de contrebandiers qui fournissent les fonctionnaires, le gouvernement brésilien, pour des raisons pratiques et économiques, tolérant la contrebande sur ce territoire.

Un taxi, une Jeep Willys découverte — seules les Jeeps peuvent circuler dans ces rues — m'emmena à l'hôtel, un des bâtiments impressionnants construits pour l'an 2000. Il ne fait pas de doute qu'alors il occupera une position de choix dans un centre-ville splendide, où des policiers élégants et incorruptibles règleront la circulation le long d'avenues bordées d'arbres et où des fontaines murmureront dans des jardins bien tenus. Mais pour le moment ce centre-ville était un immense terrain vague poussiéreux, que des jeeps découvertes aux couleurs gaies bourrées de Brésiliens de joyeuse humeur traversaient régulièrement en trombe, soulevant des nuages de poussière rouge dans lesquels disparaissaient les lampadaires et les poteaux électriques dont la ville est hérissée et les maisons, petites dans le lointain, de l'autre côté du terrain vague. L'hôtel, neuf et rose, donnait déjà l'impression d'une ruine, laissée derrière elle par une civilisation qui avait battu en retraite. Il sentait l'abandon. Deux enfants pieds nus, sales et timides, portant des vêtements qui, dans le style de Boa Vista, attendaient qu'ils grandissent, me menèrent à ma chambre : un lit, un fauteuil, une lampe de chevet sans ampoule, une vilaine armoire terne, un robinet d'eau chaude qui ne fonctionnait pas et qui n'avait peut-être jamais fonctionné, une fenêtre qui donnait sur un bout de terrain vague où une grande quantité de détritus avait été jetée. Après cela je ressentis comme une impertinence le fait que l'homme derrière le bureau me demande mon passeport alors que je ressortais. Abandonnant l'espagnol que j'avais auparavant utilisé pour communiquer avec lui, je lui dis en anglais, sans cacher ma contrariété, que je n'en avais pas. Il haussa les épaules, retira sa demande, et se remit à se curer les dents.

L'obscurité cachait la poussière et l'absence de bâtiments.

Dans toutes les directions, aussi loin que portait le regard, Boa Vista étincelait de lumières électriques qui semblaient délimiter le tracé de boulevards, squares et places d'une métropole offrant de riches plaisirs sensuels. Je désirais éviter la poussière du terrain vague, toutefois, et me dirigeai vers une petite rue de cabanes en bois en voie de désintégration qui se trouvait à droite de l'hôtel quand l'assistant de Hewson, me faisant légèrement dévier, me dit d'un air embarrassé :

« Les femmes dans cette rue sont *mauvaises.*

— Mauvaises ? » dis-je.

Il était maintenant très gêné. « Eh bien, elles sont mauvaises », dit-il, avec hypocrisie, pensai-je. Puis, comme s'il parlait à un enfant, il ajouta : « Voyez-vous, les hommes *mauvais* vont dans cette rue pour rencontrer ces femmes *mauvaises.* »

Je n'insistai pas. Nous traversâmes le terrain vague pour rejoindre une rue goudronnée. La surface plane, si rare ici, avait été soumise à un usage extensif ; elle était couverte d'énormes slogans électoraux peints en blanc. Après que nous eûmes pris une bière dans un bar enfumé qui sentait la crotte de chien — tous les bars, devais-je découvrir plus tard, sentaient la crotte de chien — l'assistant de Hewson me quitta et je décidai d'aller rendre visite à l'ingénieur brésilien et à sa femme fonctionnaire que j'avais rencontrés à Lethem.

Ils vivaient dans une petite maison blanche dans une rue bourrée de petites maisons blanches. Comme toutes les maisons de cette rue, et comme la plupart des bâtiments de Boa Vista, elle était marquée des lettres PN, pour Patrimoine national, façon brésilienne de dire Propriété du gouvernement.

Je les surpris en train de profiter de la fraîcheur du soir dans leur jardinet poussiéreux sous un manguier, à une branche duquel pendait une puissante ampoule électrique qui brûlait sans pitié. Jamais ville ne fut plus prodigue de lumière, plus décorée de fils électriques. Je les appelai depuis la chaussée non pavée et ils poussèrent des cris d'incrédulité plutôt que de plaisir, se protégeant les yeux de l'éclat de la lumière. La belle-sœur de Belém était assise à une machine à coudre, assemblant des bouts de tissu qu'elle avait achetés à Lethem. L'ingénieur portait les mêmes vêtements que ceux qu'il portait au bal : un pantalon blanc et une chemise à rayures vertes. Sa femme, la fonctionnaire, portait des pantoufles d'intérieur. Je les jugeai peu adaptées à la poussière, qui était épaisse de plusieurs centimètres, chaos d'empreintes de pieds dont chacune était relevée de noir et blanc par l'éclairage puissant.

A leurs cris étouffés de bienvenue un certain nombre de personnes sortirent des petites maisons du Patrimoine national : une famille entière et séparée, semblait-il, mais la fonctionnaire, dont j'interprétai maintenant la gravité comme de la mélancolie, me les présenta comme des membres de la famille de son mari. Le mari lui-même fut envoyé chercher de la bière, et elle, allant au salon — qui entra immédiatement en incandescence, des rais de lumière aveuglante se pécipitant dans la rue et par la fenêtre dans le jardinet — en revint avec une bouteille d'un liquide blanc, une boisson brésilienne spéciale, dit-elle, qu'elle avait faite elle-même. C'était en réalité du corossol, qui pousse tout seul dans tous les jardins des Caraïbes. Nous bûmes la boisson au corossol. Quand l'ingénieur revint avec la bière, nous la bûmes vite avant qu'elle ne chauffe, et nous parlâmes aussi bien que nous pûmes.

Aucun d'eux n'était natif de Boa Vista, dont ils m'apprirent qu'elle était un sujet de plaisanterie pour les Brésiliens, qui considéraient que c'était l'endroit le plus perdu du monde. Ils craignaient que je n'aie une mauvaise impression du Brésil. Avais-je vu des photos de Brasilia ? Puis l'ingénieur me demanda si j'avais lu Shakespeare. Dans l'original ? Il me considéra avec envie et étonnement. Lui-même aimait les livres. Oui, dit sa femme, c'était un grand lecteur. « Camoëns, Dante, Aristote, dit l'ingénieur, Shelley, Keats, Tolstoï. » Et pendant une minute entière nous échangeâmes des noms d'écrivains, l'ingénieur accueillant chacun des noms qu'il connaissait d'un « Ah ! ». Oui, dit-il enfin, la lecture était une grande chose ; elle améliorait l'homme.

Des mangues tombaient parmi nous tandis que nous

parlions. Les rires qui en résultaient comblaient les blancs dans la conversation et lui donnaient de l'animation. Avant que je ne parte, la fonctionnaire me dit qu'elle serait très heureuse de me faire faire le tour de la ville demain. Je répondis que ce serait formidable, mais son travail ? Elle sourit et haussa les épaules ; elle viendrait me prendre à mon hôtel à neuf heures.

Sur le chemin du retour dans la ville morte baignée de clarté lunaire, j'empruntai la rue des bordels. Des cours d'eau noire miniatures, scintillant à la lumière, avaient fait de profondes rigoles dans la terre dure. De un ou deux cabanons en bois branlant, parvenait de la musique, pas forte, et quelques personnes dansaient, pas sauvagement. Les femmes étaient grosses, pas jeunes, et indéfinissables. Elles n'avaient pas l'air propre et avaient fait si peu d'efforts pour avoir l'air « mauvaises » que je n'étais pas sûr que ce fussent des prostituées. L'apparence et l'allure des prostituées varient beaucoup d'une culture à l'autre. J'allai directement à mon hôtel. Quand j'ouvris la lumière de ma chambre, des cafards s'enfuirent dans toutes les directions. Les moustiques ne bougèrent pas. Je fermai la fenêtre contre l'odeur des ordures du terrain vague et m'enduisis tout le corps d'un produit contre les insectes, ajoutant une nuance supplémentaire à la chaude odeur de moisi de la pièce. L'étiquette sur la bouteille me promettait la protection pour au moins quatre heures.

La salle à manger était grande et haute, et percée de nombreuses fenêtres. Elle aurait ressemblé à un gymnase si l'immense table en L ne lui avait donné l'air d'un réfectoire de collège partiellement vidé. J'y trouvai un homme le lendemain matin. Il m'accueillit avec la chaleur d'un homme rendu fou par la solitude. En espagnol, il me dit qu'il venait de Rio, était commerçant (je suppose qu'il voulait dire contrebandier) et qu'il attendait un avion depuis trois jours. Il avait été à l'unique cinéma, avait fait le tour des bars ; il n'y avait rien d'autre à faire et il était en train de devenir fou. Je lui demandai s'il avait été aux bordels. Oui, dit-il sans gaieté, et il allait ajouter quelque chose quand nous perçûmes un bruit de volettement métallique derrière nous. Nous nous retournâmes et vîmes un oiseau, apparemment, qui battait des ailes contre une vitre. L'homme de Rio se leva et posa la main sur l'animal, l'immobilisant. « Cafard », dit-il en le mettant dans la poche de son pantalon. Ses yeux vifs se ternirent dès qu'il eut repris place à la table, et il parla comme quelqu'un qui recherche la sympathie. Oui, il avait été aux bordels ; hier soir en fait ; mais les femmes étaient *viejas, feas y negras*, vieilles, laides et noires.

Faire le tour de la ville avec la fonctionnaire signifiait rater la foire, qui m'aurait peut-être offert une autre vision de Boa Vista. Hewson me dit ensuite qu'elle était impressionnante. La fonctionnaire vint me prendre peu après neuf heures, une fois qu'elle eut terminé son travail de la journée. Comme la plupart des fonctionnaires de Boa Vista, me dit-elle, elle n'avait pas grand-chose à faire. Nous nous mîmes donc en marche dans la poussière chaude. Il était impossible d'échapper à l'odeur de crotte de chien, pas plus qu'à la vision de bâtards affamés, à l'expression vide et stupide, coincés dans la position d'accouplement. Parmi les enfants maigres que je vis, rares étaient ceux qui n'avaient pas une maladie de peau ; un ou deux étaient déformés. Nous allâmes à l'imprimerie primitive qui produisait la confuse gazette officielle ; la plupart de ceux qui s'y trouvaient semblaient ne rien faire. Nous allâmes à un petit marché insalubre où tout, à part quelques éventails en paille faits par les Amérindiens, était importé ; à une maternité, tenue par des religieuses, qui était admirablement ordonnée et propre ; et enfin au Palais du Gouvernement, le centre nerveux de l'administration.

Le palais était un grand bâtiment en béton sans signes particuliers, plein de fonctionnaires, de machines à écrire, de classeurs et de silence. Dans une pièce moquettée, on me montra le bureau du gouverneur, immense et inoccupé (j'imagine qu'il était à la foire). Sur le mur, se trouvait une énorme carte en couleurs du Brésil, qui révélait la taille du pays — quelle infime proportion nous en avions couvert hier ! — et l'isolation de Boa Vista. Deux grands albums blancs se trouvaient sur une table d'appoint. La fonctionnaire me pressa de les ouvrir. Je m'attendais à des graphiques, des plans et des photographies de projets industriels. Je trouvai des reines de beauté en talons hauts, de tous les États et territoires du Brésil : Miss Rio Branco, Miss Amazone et ainsi de suite. Sous l'œil de la fonctionnaire et d'une secrétaire qui me gratifiaient d'un sourire tolérant, je feuilletai photographie après photographie, reine de beauté après reine de beauté, afin de faire preuve de ma virilité et de ne pas offenser la féminité brésilienne. Dans un couloir, protégé par une vitrine, trônait la maquette d'une ville magnifiquement conçue, idéale dans sa simplicité et sa symétrie. C'était le Boa Vista du futur. J'étais incapable de la reconnaître et demandai où se trouvait sur la maquette le bâtiment dans lequel nous nous trouvions. Personne ne fut capable de me le dire.

Nous retournâmes à la maison du Patrimoine national pour prendre un verre. Un colporteur passa, qui proposait du tissu de contrebande en provenance de Guyane britannique à un prix élevé. Quelque chose fut acheté ; l'homme s'en alla ; puis arriva l'ingénieur. Ses vêtements étaient tachés de peinture et sa femme l'excusa, expliquant qu'il avait passé la matinée à réparer et peindre leur voiture. Nous nous séparâmes pour le déjeuner. Le mien ne fut pas satisfaisant. Pas de poisson, parce que Boa Vista est une ville de fonctionnaires, d'éleveurs et de contrebandiers, et que personne ne jugeait profitable de pêcher dans le Rio Branco. Pas de légumes, parce que les immigrés japonais n'en produisaient pas suffisamment ou parce qu'il n'y avait pas assez de Japonais.

Dans l'après-midi, nous allâmes avec la sœur de l'ingénieur à la cabane qui abritait le bureau des lignes aériennes brésiliennes pour prendre son billet pour Belém : il semble que les fonctionnaires et leurs familles voyagent gratuitement dans tout le Brésil. Après le bureau des lignes aériennes, notre tour de la ville prit fin. J'étais content. J'avais eu assez de soleil, de poussière et de bâtards affamés. Nous tournâmes dans une rue de petites maisons blanches. Et là, devant nous, se trouvait l'ingénieur.

Il était sur une échelle. Une cigarette pendait à ses lèvres et dans sa main droite il tenait un pinceau. Il peignait le mur d'une maison du Patrimoine national brésilien. Deux autres peintres étaient avec lui. Que devais-je faire ? Si sa femme, la fonctionnaire, ne m'avait pas dit qu'il avait passé la matinée à travailler sur leur voiture, j'aurais pu m'arrêter et nous aurions pu échanger des sourires.

Je ne vis pas l'ingénieur. Je passai. Les deux femmes ralentirent légèrement le pas ; j'entendis des mots échangés à voix basse. En un instant j'avais dépassé la maison ; un instant plus tard les femmes me rattrapèrent. Nous ne parlâmes pas de l'ingénieur. Avais-je fait une erreur ? Avais-je été impardonnablement grossier ? Devant leur maison nous nous dîmes au revoir. Elles ne m'invitèrent pas à entrer. Je les remerciai de leur gentillesse. Je désirais que mes mots soient plus qu'une formule, mais la langue s'interposait entre nous. Je leur étais totalement étranger et elles m'avaient montré beaucoup de générosité. Je retournai pitoyablement à mon hôtel par de larges avenues de poussière, espérant ne plus jamais les voir.

Tel fut le cas. Un vent violent venu de la savane plongea la ville dans un nuage de poussière. Les gens marchaient le visage couvert de leurs mouchoirs. Jusqu'à mon départ le vent ne faiblit pas et l'homme de Rio et moi-même, emprisonnés dans l'hôtel, mangeâmes des oranges en regardant la tempête de poussière.

*

César Gorinsky me ramena à Lethem. Ce fut un chef-d'œuvre de conduite automobile. La nuit tomba alors que nous étions encore dans la savane brésilienne et nous dûmes traverser la Takutu à la lumière des phares de la Land-Rover. Le lendemain, à l'hôtel, beaucoup de monde attendait l'avion pour Georgetown : des enfants du Rupununi qui retournaient à l'école sur la côte, quelques vacanciers revenant de divers ranches, et un certain nombre de commerçants brésiliens à l'œil cave avec leurs mallettes d'apparence louche.

Tout comme la brousse avait commencé au terrain d'aviation d'Atkinson, la côte semblait maintenant commencer à l'hôtel. Même sa politique était présente, sous les espèces d'exemplaires d'un journal appelé le *Sun* dont le slogan était « Une place au soleil pour tout le monde ».

Le *Sun* était l'organe de la Force Unie (« L'avenir est dans l'Unité »), parti politique qui avait été créé cette année même par Mr. Peter D'Aguiar, homme d'affaires de Georgetown d'origine portugaise. La Force Unie était anti-Jagan, anti-Burnham, antigauche. Elle proposait « l'unité et l'intégration pour les six races » (indienne, africaine, portugaise, blanche, mixte, amérindienne) ; et à ces races il offrait « plus de travail plus de salaires plus d'industries plus de terre plus d'enseignement plus d'argent ». Quelque chose pour tout le monde ; « plus d'argent », imagine-t-on, pour ceux menacés par « plus de salaires ».

En première page du *Sun* que je vis — volume 1, nº 8 — il y avait une photographie de Mr. D'Aguiar souriant, stylo en main, derrière un bureau sur lequel se trouvait une plaque portant son nom et le mot « Directeur ». Dans son dos se trouvent un classeur en acier et un coffre-fort. Sous la photographie on peut lire le message de nouvel an de Mr. D'Aguiar, un bien triste message, qui contredit le sourire et le coffre-fort.

> A mon sens, il serait hypocrite de souhaiter une année heureuse et prospère aux Guyanais en général, en cette période de l'histoire de leur patrie où il y a tant de difficultés et de détresse dans le pays à cause du sous-emploi, du sous-développement et de l'absence conséquente de moyens de se procurer l'essentiel qui contribuent au bonheur et à la prospérité.
>
> Mon message de nouvel an à mes frères guyanais est que, tous unis comme un seul, nous nous activions afin de tenter de mettre un terme aux conditions déprimantes qui nous entourent dans notre patrie.
>
> Comment y parvenir ? est la question qui me sera jetée de partout. Je réponds : « Notre pays est un pays potentiellement riche. » Un enquêteur de l'Administration internationale pour la coopération nous disait récemment qu'après avoir fait un tour d'horizon de la Guyane britannique il était tenté de dire que nous dormions sur nos ressources. A mon avis nous n'aurons jamais de nouvel an heureux et prospère tant que notre pays n'aura pas été éventré et que ses richesses n'auront pas été mises à la disposition de son peuple par l'investissement de grosses sommes d'argent.

Les nouvelles maintenant. L'article de première page

titre : « Une prime de 5 500 dollars pour les employés de Wong & Khan. » Cent ouvriers bénéficieront de cette somme, et en page cinq on voit une photographie de Mr. Khan, les manches de sa chemise retroussées, qui sourit en serrant la main d'un ouvrier à qui il présente un chèque. Au second plan, quelqu'un qui pourrait être Mrs. Wong sourit directement à l'objectif. « Les ouvriers couvrirent d'éloges Mr. Wong, Mr. Khan et la société », bien que « Mr. Khan ait dit que les ouvriers négligeaient la coopération avec leurs camarades et qu'il espérait qu'à partir du début de la nouvelle année ils regarderaient les choses d'un autre point de vue et seraient capables de se comprendre ».

Figure aussi une publicité par laquelle, en dépit de la tristesse de Mr. D'Aguiar, « les associés et le personnel de Messrs Wong et Khan souhaite [*sic*] à tous leurs clients et amis une très heureuse et prospère année » ; et, curieusement, en page huit, on voit Mr. D'Aguiar lui-même serrer des mains et offrir ses vœux.

L'éditorial, qui affirme que le Dr Jagan est communiste et que Mr. Burnham « doit être manié avec la plus grande précaution » car « on ne se débarrasse pas si facilement des séquelles du communisme », félicite que Mr. D'Aguiar d'être « le seul à proposer un plan constructif pour le développement de la Guyane britannique ». Il y a des publicités pour la Force Unie et le *Sun*, les boissons I-Cee et la bière Banks (sociétés appartenant à Mr. D'Aguiar) et un compte rendu du discours du Dr John Frederick :

> Voulez-vous posséder des actions d'une société bénéficiaire comme la brasserie Banks ou devoir payer des impôts pour soutenir les sociétés nationalisées qui perdent de l'argent comme la Compagnie des Chemins de Fer et l'usine de pasteurisation et vous entendre dire ensuite qu'elles sont à vous parce qu'elles appartiennent au gouvernement ?

Parmi ces préoccupations, Dieu n'est pas oublié. Un éditorial religieux (d'origine américaine, d'après son style et son ton), qui commence par dire que, quel que soit votre travail, vous pouvez faire quelque chose pour redonner au monde d'aujourd'hui les valeurs que vous jugez lui manquer, raconte l'histoire d'un jeune employé de banque new-yorkais qui, bien qu'ainsi il perdît 1 800 dollars par an, abandonna son travail pour devenir instituteur.

> Pour expliquer son acte, il dit : « Quand les petits yeux devant moi s'illuminent en prenant conscience que quelque chose de nouveau a été découvert, cela vaut tous les sacrifices de savoir que j'ai été un instrument de cette découverte. »

Une autre histoire, du temps de la marine à voile, concerne un jeune marin qui fut pris de panique alors qu'il montait au mât pendant une tempête. « Ne regarde pas en bas, mon gars ! cria le second maître. Regarde en haut ! » Ce que fit le garçon, qui redescendit sain et sauf.

> En « regardant en haut » dans la direction de Dieu et au loin dans la direction de la cause de toute l'humanité, vos problèmes personnels vous sembleront légers, et seront plus facilement résolus.

Parmi les passagers qui attendaient sur la véranda de l'hôtel de Lethem, se trouvait une jeune fille de couleur de Georgetown. Elle dit que la politique ne l'intéressait pas mais supposait qu'elle était pour D'Aguiar. Les autres dirigeants étaient communistes. Et : « Regardez ce que Mr. D'Aguiar a fait pour le pays avec la bière Banks. »

Curieusement, il y avait un rapport. Aux Caraïbes, la brasserie fait invariablement partie des premiers projets industriels. C'est un signe de progrès et une promesse de modernité, et la bière locale est la source d'une grande fierté locale : Red Stripe à la Jamaïque, Parbo au Surinam, Carib à Trinidad, Banks en Guyane britannique. Chaque fois qu'on entend parler en Guyane britannique de la Force Unie en termes positifs on entend parler de la bière Banks [1].

1. Aux élections de 1961 le Dr Jagan gagna 20 sièges, Mr. Burnham 11, la Force Unie 4. Quelques mois plus tard, eurent lieu des émeutes noires, et après cela une grève soutenue par les États-Unis. Il y eut de nombreux tués. Le Dr Jagan fut finalement vaincu par un système de représentation proportionnelle.

Dans ma pension de Georgetown, l'homme soûl était toujours soûl, toujours gémissant, toujours sur son lit. Je déménageai.

Georgetown, la plus charmante ville des Caraïbes britanniques, est pour le visiteur la plus exaspérante. Essayez d'obtenir un café le matin. La chose est impossible. Hier, vous avez dit que vous n'aimiez pas le café « instantané » tiède, particulièrement lorsque le café est versé sur l'eau et non l'eau sur le café ; ce matin, donc, votre hôtel vous offre une demi-cuillère à thé de café moulu de l'année dernière dans un demi-litre d'eau tiède, puisque dans votre folie vous avez dit que vous « utilisiez » du café moulu — « utiliser », de manière révélatrice, étant le mot guyanais pour « boire ».

Protester est vain. Les serveurs indiens sont trop abrutis par le travail et les insultes de leurs employeurs et clients pour comprendre quoi que ce soit. (« Je traite bien mes gens, se plaignait un Indien avec colère hier soir à la propriétaire, mais les serveurs et moi pas la même classe, vous entendez. — Je sais, je sais », répliqua-t-elle, sympathisant à ses souffrances.) Quand vous êtes descendu ce matin à sept heures et quart et avez demandé pourquoi on ne vous avait pas réveillé à six heures et demi ainsi que vous l'aviez demandé, le serveur, la quarantaine, dit avec un regard de terreur qu'il n'était pas encore six heures et demi. Une gorgée de café, et vous savez que vous ne pourrez pas en avaler plus, malgré le petit napperon en plastique sur la toile cirée à carreaux jaunes.

Alors vous commencez à transpirer dans la ville chaude et blanche à la recherche d'un café. Les cafés ne servent que des boissons froides ; les hôtels, du café instantané. Vous téléphonez à un ami, qui vous recommande un café au nom prometteur. Vous demandez votre chemin à plusieurs Guyanais qui vous égarent, non par malice ou ignorance mais par pure stupidité. Enfin vous arrivez à Kate's Kitchen, disons. Vous attendez quinze minutes ; vous commandez une demi-douzaine de fois ; et une demi-douzaine de fois une serveuse endormie, portugaise, africaine ou indienne, dont le ventre tumescent suggère la constipation, écrit votre commande avec une application d'illettrée, comme si son crayon était un stylet et son carnet une tablette de cire. Le café ne vient pas pour autant. On ne vous connaît pas à Kate's Kitchen, donc on ne vous sert pas.

Après une demi-heure, vous vous levez, en sueur, car il fait chaud et le café n'est pas ventilé, et vous vous trouvez en train de dire avec passion mais précision : « Vous autres, Guyanais, êtes les gens les plus lents que j'ai jamais rencontrés. » Vous seul êtes affecté par ces mots ; la serveuse se contente de vous regarder et vous sortez dans la lumière blanche en tremblant de colère, vous soulageant avec les premières injures qui vous viennent à l'esprit.

Inhospitaliers, réactionnaires et léthargiques sauf quand vous pillez : tels étaient les mots. Et par la suite, chaque fois que j'atteignais les bornes de la frustration, je jouai avec, changeant un adjectif, en ajoutant un autre, jusqu'à ce que je sois capable de « regarder en haut et au loin dans la direction de la cause de toute l'humanité ».

Il est également impossible d'obtenir un repas. A peu près la seule chose qu'offrent les restaurants et les hôtels de Georgetown est le *chicken in the rough*, et à moins que vous ne partagiez la passion guyanaise pour ce plat « moderne » au nom américain, qui n'est rien d'autre qu'un bout de poulet rôti servi dans un panier sale (ce sont les paniers qu'aiment les Guyanais), vous resterez sur votre faim. Inutile également de dire au serveur que vous êtes pressé. Quinze minutes passeront avant que vous obteniez un menu et une heure avant qu'arrivent vos œufs brouillés. Ne vous plaignez pas : l'homme s'est pressé. Vous ne pouvez pas faire la cuisine dans votre chambre d'hôtel ; vous ne pouvez pas faire la cuisine dans la rue. Que faites-vous ? Ces extraits de mon journal, qui se lisent comme les extraits du journal d'un explorateur à bout de forces, parlent d'eux-mêmes :

> 17 janvier. Une de ces horribles journées à Georgetown. Achats chez Bookers. Taxi pour 45 cents. Pas de déjeuner.

> La rhumerie ; le snack bar Bookers ; acheté un ouvre-boîtes et des gobelets en papier.
>
> 25 janvier. Une de ces journées à Georgetown. Réveillé d'humeur épouvantable...

La paresse paludéenne des Guyanais est connue dans toutes les Caraïbes et reconnue même en Guyane britannique. Certains employeurs préfèrent recruter des habitants des îles, qui, disent-ils, ont plus d'initiative et de confiance en eux. On m'a dit qu'il était dangereux de confier un poste de surveillance dans la brousse à un Guyanais : à leur retour les surveillants trouveront la hutte par terre, les instruments rouillés, et le Guyanais fou. L'insulaire, en revanche, sera retrouvé au milieu d'une plantation bien entretenue, qu'il quittera à regret.

Un officiel guyanais à qui je parlai mit la paresse sur le compte de la malaria. Mais la malaria n'est pas tout. Il y a l'histoire aussi. L'esclavage dura trois cents ans et fut d'une brutalité exceptionnelle : en matière d'esclavage, le dossier hollandais est encore plus chargé que le français. L'Africain, en conséquence, aime l'indépendance avec passion, et pour lui l'indépendance n'est pas tant l'affirmation de sa fierté que le désir qu'on le laisse tranquille. De là, le nombre de prospecteurs africains à l'intérieur de la Guyane britannique, qui n'ont jamais fait fortune mais vivent heureux à l'abri des exigences de la société et tout juste dans les limites de la loi. De là, l'existence, au Surinam voisin, des *de luie neger van Coronie*, les Nègres paresseux de Coronie, qui vivent placidement dans leur village isolé, apportant à l'occasion la noix de coco qu'ils ont en trop à l'huilerie pour se faire un peu d'argent de poche, ne demandent rien d'autre et font le désespoir des huiliers, planificateurs, politiciens et consommateurs d'huile, car l'huile non raffinée produite à Coronie est plus chère que l'huile raffinée importée de Hollande.

Puis il y a la terre. La bande côtière fertile doit être protégée contre les crues des nombreux cours d'eau guyanais, et, se trouvant sous le niveau de la mer, doit être aussi protégée de la mer. L'irrigation et le drainage, inutiles s'ils ne sont pas faits à grande échelle, ne sont pas à la portée du petit fermier. Les propriétés doivent donc être grandes. S'ensuivent les maux de la latifundia : ces bouquets de maisons d'ouvriers agricoles vus d'avion, au milieu de champs qui n'en finissent pas, régulièrement coupés par des fossés d'irrigation tracés au cordeau. « Aujourd'hui en Guyane britannique, écrivait Michael Swan en 1958, prenant la défense des grandes exploitations, les sucriers doivent utiliser une foule de méthodes subtiles pour maintenir une force de travail suffisante... La plupart des maux de l'industrie sucrière trouvent leur source dans la crainte du manque de main-d'œuvre. » Le système du contrat à long terme, qui remplaça l'esclavage et amena des milliers d'Indiens aux Antilles, fut appliqué de la manière la plus dure en Guyane britannique (si nous oublions le traitement infligé aux Indiens dans les îles françaises et aux Chinois à Cuba). Pour la gestion efficace des latifundia, les ouvriers doivent être considérés comme une caste à part et se voir rappeler continuellement leur condition.

Et partout, sur la côte, on peut voir des rappels du passé, d'affronts délibérément faits, semble-t-il, aux ouvriers des latifundia. Les « rangers » — longues pièces divisées en petites chambres, occupées chacune par une famille — ont presque toutes disparu ; une ou deux, situées aux limites de Georgetown, sont montrées comme des curiosités. Mais quand vous prenez l'antique train qui va de Parika, sur l'Essequibo, à Georgetown, votre regard est attiré par plus que les lis d'eau dans les fossés herbeux. D'un côté de la voie, vous voyez les maisons des ouvriers, petites, identiques, serrées les unes contre les autres ; et de l'autre côté, vous voyez les quartiers des contremaîtres : l'autorité face à la servilité : une provocation évidente, penserait-on, pour quiconque a du caractère.

Il est facile de rejeter la faute sur les planteurs, sur Bookers. La canne a sucre est laide à voir et elle n'a pas une plus belle histoire. Les contremaîtres stupidement autoritaires dont parle Michael Swan ont une ascendance indigne. Mais en Guyane britannique, c'est sur la terre qu'il faut finalement rejeter la faute. La terre exigeait les latifundia ; les latifundia créèrent Bookers. Et bien qu'il faille créditer Bookers des réformes radicales des dernières années, ils doivent assumer la responsabilité de ce qu'ils ont été et de ce que, avec la meilleure volonté du monde, ils ne pouvaient qu'être. Non pas des employeurs brutaux et sans imagination, ce qui était inévitable, même sur les latifundia ; mais d'avoir été, d'avoir créé une société coloniale : un double confinement pour les Guyanais.

L'esclavage, la terre, les latifundia, Bookers, les contrats à long terme, le système colonial, la malaria : tout cela a contribué à faire une société qui est en même temps révolutionnaire et intensément réactionnaire, et a fait du Guyanais ce qu'il est : lent, maussade, indépendant bien que soumis en apparence, fier de son coin de Guyane, et susceptible à toute critique qu'il ne formule pas lui-même. Quand le visage du Guyanais devient inexpressif et que ses yeux se fixent sur vous, vous savez qu'il n'y a plus de réceptivité et que vous allez entendre ce que votre interlocuteur pense que vous voulez entendre. Il est difficile de savoir ce que pensent exactement les Guyanais ; mais si vous vous êtes fait une opinion à l'avance, il ne vous sera pas difficile d'en trouver confirmation. « Tout le monde ment en Guyane britannique », me dit un Guyanais. Ce n'est pas du mensonge, ce n'est qu'une expression de la défiance, un des réflexes conditionnés des Guyanais. Et on ne peut s'empêcher d'éprouver de la sympathie pour les fonctionnaires du Colonial Office qui se rendirent en Guyane britannique en 1957 et conclurent que le Jaganisme était une force politique épuisée.

Que les Guyanais aient été motivés et organisés politiquement n'est pas surprenant. Les latifundia et les communications difficiles ont engendré un sentiment de communauté qui manque dans un pays comme Trinidad. Qu'ils soient politiquement éduqués est une autre question. On a vu en Amérique et en Angleterre que la politique peut être vendue comme n'importe quelle autre denrée. En Guyane britannique, les enjeux ne sont jamais difficiles à démêler et il n'est pas besoin de vendre quoi que ce soit. Les jugements politiques sont aussi simples que ceux de la jeune fille qui était pour Mr. D'Aguiar parce qu'il brassait la bière Banks.

Un week-end, Mrs. Jagan se rendit à Wakenaam, l'une

des îles plates, humides, productrices de riz qui se trouvent sur l'Essequibo, pour inaugurer un château d'eau. Pour la première fois, Wakenaam allait avoir de l'eau potable et tout le monde s'était mis sur son trente et un. Un photographe avait été dépêché par les services d'information du gouvernement. Les discours furent prononcés et applaudis, mais avant que Mrs. Jagan ait pu mettre la pompe en marche (numéro huit du programme tapé à la machine, qui ne fut pas strictement suivi), un homme portant un costume et un chapeau se leva pour protester contre l'augmentation des tarifs, si bruyamment que la cérémonie faillit être gâchée. Il continua à se plaindre durant le cocktail — boissons non alcoolisées au rez-de-chaussée, whisky au premier — et sembla prêt à un moment à retirer son soutien au gouvernement.

Tel est le niveau de clairvoyance politique en Guyane britannique. Où qu'aillent les ministres, ils sont assaillis de doléances futiles ; dès que le Dr Jagan s'arrête dans un village, il est immédiatement entouré de gens qui lui demandent une faveur. Que le gouvernement soit élu n'importe pas ; le peuple lui demande d'être aussi paternaliste qu'auparavant, d'une manière seulement plus bienveillante ; et un gouvernement populaire doit être attentionné. « Le peuple » a appris son pouvoir, et la sensation est encore tellement nouvelle que chaque nouvel inscrit sur les listes électorales se considère comme un groupe de pression à lui tout seul. De cette façon les gens — pas l'abstraction du politicien, mais les gens qui veulent mendier, corrompre et menacer parce que c'est ainsi qu'ils obtenaient ce qu'ils désiraient par le passé — de cette façon, les gens sont un danger pour un gouvernement responsable et un danger, en définitive, pour leurs propres dirigeants. Cela fait partie de l'héritage colonial.

Extrait de l'*Evening Post* de Georgetown, 17 janvier 1961 :

PAPOTAGES

Faye Crum-Ewing eut une des plus grandes surprises de sa vie samedi soir, alors qu'elle fêtait ses dix-huit ans chez

> ses deux tantes, Misses Ivy et Constance Crum-Ewing, dans Main Street.
>
> A environ 10 heures une voiture à cheval s'arrêta devant la maison et quelques garçons du régiment Royal Hampshire cantonné à Atkinson pénétrèrent dans le hall en portant une énorme boîte. C'était le cadeau d'anniversaire d'Alan Bishop, Evan Ozon, David Perry et du Dr Peter Kerkohn.
>
> Les garçons voulurent qu'elle l'ouvre tout de suite, et comme elle soulevait le couvercle, que croyez-vous qu'il surgit ? Un être vivant sous la forme d'Evan Ozon tenant dans les mains trois paquets. Quel cri sortit de tous les invités présents ! Le premier paquet portait les mots — « de la part de ses trois amis de la haute ». Et en l'ouvrant Faye vit une maquette de Alms House et de certains de ses occupants.
>
> Le second paquet contenait une boîte d'Harpic et une balayette de w.c., et le troisième des jumelles très inhabituelles faites de deux bouteilles de liqueur jointes par de la porcelaine.
>
> Jamais surprise ne fut si bien préparée et exécutée, et jusqu'à maintenant nous nous demandons ce qui est advenu de la voiture à cheval devant l'escalier de la maison Crum-Ewing dans Main Street.
>
> Faye elle-même était ravissante et pétulante comme d'habitude. Elle portait...

Le sens des distances des Guyanais est étrange. Ils vous diront avec fierté que l'Essequibo, leur plus grand fleuve, a trente-cinq kilomètres de large à son embouchure et contient des îles grandes comme la Barbade. Mais ils parleront du village de Bartica, qui n'est qu'à soixante-dix kilomètres de navigation facile sur l'Essequibo, comme de la brousse, de « l'Intérieur », bien que ce fût dans cette brousse, le long de rivières brunes comme du sucre brûlé, que les premières plantations furent établies : le « rêve de plantations hollandaises mortes, selon les mots du poète guyanais A.J. Seymour, dans ces fleuves guyanais qui courent vers la mer ». De ces plantations il reste très peu de choses : des tas de briques ici et là — les briques plates et rouges qu'on a vues peintes si minutieusement sur tant de tableaux hollandais — qui étaient utilisées comme lest par les bateaux venant de Hollande, et qu'il est si troublant, à cause de leur association avec des murs d'église ensoleillés et des intérieurs rangés ou grossiers soigneusement rendus, de trouver dans la brousse, où elles ne rappellent que la brutalité des plantations où travaillaient les esclaves.

Dans les villes antillaises, l'histoire semble morte, sans signification. Peut-être est-ce parce que le passé est inimaginable ; peut-être est-ce la lumière ; peut-être parce qu'elles sont en grande partie bricolées et nouvelles et que la saleté et la misère ont un air terriblement contemporain. Pour sentir le passé, on a besoin du vide de ces fleuves guyanais. Ces fleuves, cette brousse, ces rochers sont exactement tels qu'ils étaient avant que le Nouveau Monde ne soit découvert : exactement la même scène, les berges hérissées d'arbres morts et tombés, la brousse non des arbres séparés mais quelque chose de drapé et de festonné, quelque chose de pourrissant, avec des troncs vivants comme des piliers blancs et des branches comme des veines blanches dans le vert terne dont la réflexion dans l'eau noire évoque une tapisserie.

Tout cela semble attendre d'être découvert. Mais le vide est une illusion. Les berges du fleuve sont parsemées de petits villages et de camps, d'Amérindiens, de mineurs, de bûcherons. Des pistes et même des routes traversent la brousse aux endroits les plus improbables. La route du Brésil commence à Bartica. Béton d'abord (un revêtement expérimental), elle devient bientôt de la glaise et s'étend large et rouge à travers la brousse, avec des accotements expérimentaux en herbe plantée de manière peu convaincante dans le sable blanc sur lequel la forêt repose. Les arbres ressemblent à des animaux préhistoriques au corps énorme et à la tête minuscule ; par endroits, le sable est blanc comme neige, et donne l'impression qu'il a neigé en plein été ; et les glaisières ont les teintes et l'éclat du papier d'argent froissé couleur de rouille. Les orangers peuvent pousser sur ce sol, et le pin du Honduras ; jusqu'à maintenant on n'a pas réussi à y faire repousser des feuillus. Bientôt la large route rouge se réduit à une piste, et continue ainsi jusqu'à la Potaro, où elle s'arrête, à cent trente kilomètres du Brésil. On sent bien, à l'Intérieur, que la Guyane britannique est un pays de clairières provisoires, de revêtements expérimentaux et de routes qui s'arrêtent net ou, comme la piste à bétail qui part du Rupununi, retournent à la brousse.

Le sens des nombres change. Vingt personnes font une foule ; cent font une ville. Retourner à Georgetown n'est pas seulement passer du passé au présent, mais passer du vide au grossièrement surpeuplé. Car sur la côte, où la malaria a été éradiquée, se produit une explosion démographique. Et tout le monde veut posséder de la terre. Le nombre d'enfants à Georgetown est effrayant. L'après-midi, les rues du quartier d'Albouystown ressemblent à une cour d'école pendant la récréation. Même aujourd'hui il y a du chômage. La remise en valeur des terres sur la côte, où de grands espaces sont en friche, est coûteuse ; ouvrir l'Intérieur est encore plus coûteux. Et de la Guyane britannique, avec 600 000 habitants pour 140 000 kilomètres carrés, la migration s'accroît. On ne peut s'empêcher de penser que la situation est curieusement guyanaise.

Extrait du *Guyana Graphic*, 18 janvier 1961 :

L'opinion du *Graphic*
PRENEZ LES EMPLOIS QUI SE PRÉSENTENT

Nous sommes tombés sur une annonce intéressante hier. Elle disait : « On recherche des domestiques ». Elle précisait que les salaires étaient bons et qu'on était logé gratuitement.

Ces emplois se trouvent à Mackenzie, la ville minière de la Demerara Bauxite Company Ltd.

Il n'y a pas qu'à Mackenzie qu'on a besoin de cuisinières et de bonnes. Il y a beaucoup d'offres d'emploi dans beaucoup de maisons de la Ciey et de ses environs.

Les cuisinières et les bonnes sont des aides précieuses dans une maison. Elles devraient être acceptées et appréciées.

Vu l'importance du chômage en Guyane britannique, c'est un débouché que les femmes et les jeunes filles ne devraient pas mépriser. Il n'y a rien de dégradant, aux yeux des gens vraiment comme il faut, à occuper ce genre d'emploi. Car si elles ne peuvent pas trouver d'aide, les maîtresses de maison devront accomplir elles-mêmes toutes les tâches domestiques.

> Quelqu'un peut-il dire qu'une maîtresse de maison est rabaissée parce qu'elle doit s'occuper de son foyer ? Ce serait absurde. Il n'y a rien d'intrinsèquement dégradant à faire quelque travail que ce soit.
>
> Ce serait merveilleux si une plus grande quantité de femmes et de jeunes filles au chômage dans ce pays se rendaient compte de cela et saisissaient ces occasions de gagner leur vie plutôt que de rester sans emploi et à la merci de toutes sortes de mauvaises influences.

Les Jagan sont de tous les politiciens des Antilles ceux qui font campagne avec le plus d'énergie. Chaque week-end, eux ou leurs collègues ministres quittent la capitale. Ce week-end, ils allaient dans le Berbice, où est né le Dr Jagan, et dont beaucoup m'avaient dit que c'était le comté le plus « progressiste » du pays, et ils m'invitèrent à les accompagner. Le Dr Jagan lui-même viendrait me prendre à mon hôtel.

J'étais en retard. J'étais allé au restaurant de l'autre côté de la rue pour déjeuner « rapidement ». Quarante-cinq minutes à attendre, trois minutes à manger (des œufs brouillés).

Quand je revins, le Dr Jagan était à moitié assis sur un tabouret au bar. Il portait une chemise de sport et paraissait détendu. Puis je me rappelai mon linge sale. Je courus à ma chambre et redescendis avec un paquet non ficelé de vêtements que je donnai au barman avec un pourboire. (Ce fut sans effet. Lorsque je revins, deux jours plus tard, les vêtements étaient toujours derrière le bar, sujet de perplexité, me dit-on, pour les barmen suivants.)

Les Jagan habitent une maison sans prétention, à un étage et sur pilotis, dans le style guyanais. Elle est ouverte et sans protection[1]. Il y a un singe au rez-de-chaussée, et rien au premier ne la distingue de beaucoup d'autres maisons guyanaises, si ce n'est une bibliothèque bourrée et un porte-magazines (parmi lesquels le *New Yorker)*.

Le voyage dans le Berbice était une affaire de famille. Les deux enfants Jagan, un garçon et une fille, allaient

1. Juste une semaine plus tard, Mrs. Jagan fut attaquée alors qu'elle était seule chez elle.

passer le week-end chez la mère du Dr Jagan. Ils me traitèrent avec indifférence et vu ce qui avait été dit et écrit à leur sujet, le garçon en particulier, je ne fus pas surpris. Mrs. Jagan arriva. Elle se prépara rapidement — ils devaient déjeuner en voiture — et passa quelque temps à choisir un livre. Elle choisit *La Vagabonde* de Colette (à Wakenaam elle lisait Doris Lessing). Nous étions serrés dans la voiture et il devait y avoir deux autres enfants en plus : les enfants du frère du Dr Jagan, Sirpaul. Nous allâmes les chercher à une maison en bois dans une autre rue. « C'est comme un pique-nique », dit le Dr Jagan. Et, pour les enfants à qui on distribua oranges et bananes, c'en était un.

J'appris que l'un des frères du Dr Jagan portait mon prénom, et nous parlâmes prénoms. Mrs. Jagan dit que, lorsque Sirpaul était allé à New York, il avait été traité avec une déférence exagérée par le personnel de l'hôtel. La note expliqua pourquoi : elle était adressée à Sir Paul et Lady Jagan.

Nous n'avions pas encore quitté Georgetown. Un Noir à bicyclette cria : « Les coolies se foutent que Jagan les enterre ! »

C'était la décontraction, plus que la grossièreté, qui était étrange : une petite voiture pleine de Jagan, et l'un des problèmes politiques du pays les plus importants exprimé aussi simplement. On se serait attendu à quelque chose de plus formel.

« C'est une chose qu'on apprend en Angleterre, dit le Dr Jagan. A être poli avec ses adversaires. »

Nous continuâmes à parler de prénoms. Mrs. Jagan dit qu'un autre des frères du Dr Jagan, qui s'appelait Chunihal, avait changé son prénom en Derek. Toutes ses sœurs sauf une avaient pris des prénoms anglais.

Exactement un siècle auparavant, Trollope se plaignait de la route côtière de la Guyane britannique — c'était la seule chose qu'il n'aimait pas en Guyane britannique — et la route ne s'est pas améliorée depuis. Sa surface est en terre brûlée, dont la résistance est infinitésimalement supérieure à celle de la terre non brûlée, et la route est une succession de nids de poules distribués de telle sorte qu'ils ne peuvent être évités, quelque doué qu'on soit pour le slalom. Les courtes sections « expérimentales », égales, offrent un contraste bref mais éprouvant qui ne fait qu'augmenter la frustration du voyageur. Pourtant taxis et autobus empruntent régulièrement cette route, avançant par soubresauts en une file lente, droite et résolue quand il y a de la circulation, et zigzaguant comme des fourmis prises de folie quand la route est dégagée. La bauxite à faible teneur, dont le pays abonde, ferait une surface plus durable ; mais la terre brûlée est une industrie paysanne et elle doit être utilisée.

Nous passâmes un grand nombre de villages de Noirs. Le nom de l'un d'eux, Buxton, fait allusion à leur histoire. Thomas Buxton était, avec Wilberforce, l'un de ceux qui firent campagne pour l'abolition de l'esclavage ; et ces villages noirs furent établis après l'émancipation, sur les plantations abandonnées achetées en coopérative par d'anciens esclaves qui ne voulaient pas travailler pour un maître. La première de ces plantations fut achetée en 1839. Elle coûta 10 000 dollars. Six mille dollars furent immédiatement souscrits en liquide par quatre-vingt-trois Noirs, et l'argent transporté triomphalement dans des brouettes. Les 4 000 restant furent payés en trois semaines. Le mouvement des villages continua en dépit de l'opposition des planteurs et du gouvernement. Les planteurs perdaient leur main-d'œuvre. Le gouvernement craignait l'effondrement de l'économie et, afin de créer « un travailler libre mais sans terre », limita l'attribution des terres de la Couronne et imposa des amendes à ceux qui squattaient les terres inoccuppées, qui abondaient en Guyane britannique.

Quoi qu'il en fût, le problème de main-d'œuvre fut réglé par l'immigration indienne. Et les anciens esclaves furent vaincus par la terre, par le problème du drainage et de l'irrigation que seules les grandes exploitations pouvaient résoudre. Nous traversâmes un village triste et gris, exactement comme ceux que Trollope avait vus : des maisons grises, usées par le temps, posées sur des pilotis sur des îlots de boue grise piétinée dans un marais gris. Le Dr Jagan me dit qu'il n'y avait pas de digue dans cette région, et que les habitants n'en voulaient pas : ce n'étaient plus des agriculteurs, mais des pêcheurs.

New Amsterdam, la seconde ville de Guyane britannique, est bâtie sur le Berbice. On avait dit au Dr Jagan que le ferry partait à deux heures cinq. Nous arrivâmes à l'heure, et nous apprîmes que le ferry partait à une heure vingt-cinq et trois heures quarante-cinq. « L'inefficacité des gens dans ce pays », dit le Dr Jagan. Toutefois, une vedette du domaine Blairmont devait bientôt effectuer la traversée, et pour nous procurer les permis nécessaires nous nous rendîmes au bureau du domaine, un bâtiment bas et blanc, les larges disques des nénuphars Victoria Regia, découverts par l'explorateur Schomburgk sur le Berbice, affleurant à la surface des canaux d'irrigation qui entouraient la pelouse bien tenue. Mrs. Jagan me dit avec un rire de petite fille qu'ils essayaient d'avoir des relations aussi correctes que possible avec les domaines. Et je sentis, bien qu'elle ne le dît pas, que le fait de devoir demander un service et la promptitude avec laquelle il lui fut accordé la gênaient.

Dès que nous atteignîmes l'autre rive, un homme vint à la rencontre du Dr Jagan et lui donna 2 dollars pour le parti, et nous fûmes accueillis par un Noir âgé, un militant. New Amsterdam était un bastion de l'opposition, et nous apprîmes que Mr. Burnham lui-même, le chef de l'opposition, était en ville (il avait probablement attrapé le ferry d'une heure vingt-cinq) et devait faire un discours le soir même. Mrs. Jagan dit que parfois, au cours de ces campagnes électorales, gouvernement et opposition devaient partager la même résidence officielle. Ici nous ne courrions pas ce risque. Nous étions logés au Palais du Gouvernement.

Le Palais du Gouvernement à New Amsterdam est l'ancienne maison du domaine Davson, blanche, imposante et élégante, à deux étages, sur pilotis, la large véranda protégée par un grillage, les parquets brillants, les pièces hautes et vastes, et partout l'odeur puissante du vieux bois, l'odeur reconnaissable entre toutes de la maison patricienne des tropiques. Quelque chose subsistait des Davson. Dans le salon aux murs autrement nus, étaient accrochées deux photos encadrées de Dovedale ; et dans la chambre qui me fut attribuée, il y avait une gravure coloriée, bleuâtre, pâle et brumeuse, d'Eton. Sur la véranda, ombragée par un grand avant-toit et protégée des insectes par un grillage qui n'empêchait pas toutefois de voir le jardin et le court de tennis, le militant et moi causâmes. Il était assis dans le fauteuil en osier comme quelqu'un qui avait maintenant ses entrées au palais ; mais son chapeau était sur ses genoux, et il parlait surtout des Davson. Il parlait d'eux avec plus que de l'affection, avec délectation, tandis que le Dr Jagan dormait dans une des chambres à l'étage, et que le silence de l'après-midi chaud était souligné par la voix assourdie d'un haut-parleur annonçant pour ce soir le discours de Mr. Burnham.

Le haut-parleur était intarissable. Le militant se mit à parler de politique, sans enthousiasme imaginai-je, car l'avenir du parti à New Amsterdam n'était pas brillant. C'était le vieux sujet de la race : New Amsterdam était à majorité noire et les Noirs craignaient la prédominance indienne. Lui-même ne voyait pas ce que la prédominance avait à voir ici. En Guyane britannique, il était possible à chacun de « progresser » — aux Antilles être progressiste est être déterminé et capable d'acquérir — et certains Noirs étaient aussi « progressistes » que les Indiens. Il souhaitait seulement qu'il y ait plus de Noirs progressistes ; et cela était possible, car bien que les Indiens possédassent plus, les Noirs gagnaient plus.

J'avais déjà entendu cela à Georgetown, et de la bouche de partisans du côté opposé. Dans leur incertitude, leur crainte d'être devancés aujourd'hui par les Indiens après l'avoir été par les Portugais (à qui des émeutes les opposèrent en 1856 et 1889), non en tant qu'individus mais en tant que communauté, dans le sentiment que le temps était contre eux, beaucoup de Noirs guyanais étaient portés à l'auto-analyse. A Noël, il y avait eu une campagne pour les inciter à économiser, à n'acheter que le strict nécessaire. La campagne avait échoué, et les commerçants s'étaient plaints d'être victimes de racisme.

A Georgetown, une Noire énergique, charmante et sensible m'avait entretenu pendant une heure, avec urgence et quelque chose qui ressemblait à du désespoir, des défauts des Noirs guyanais. Elle souhaitait que les Noirs se conduisent avec dignité. Cela la rendait malade de voir les Noires défiler dans les rues en dansant pendant le carnaval : il n'y avait pas une Indienne, une Portugaise, une Blanche ou une Chinoise qui faisait cela. (Mais elles le font à Trinidad, où c'est un signe de modernité et d'émancipation.) Le Noir dépensait son argent à boire, ce qui était pour lui un symbole de richesse et de blancheur. (Ceci, bien sûr, est une simplification, bien qu'il faille dire que le Dr Jagan reconnaît que l'alcoolisme est un des problèmes du pays.) Elle aurait voulu que les Noirs aient le sens de l'épargne et la détermination des Indiens. Beaucoup de familles noires respectées avaient mangé leur capital et se trouvaient entièrement à la merci des prêteurs indiens. Par-dessus tout, le Noir manquait du sens de la famille des Indiens ; là était la racine de sa vulnérabilité. Trois cents ans d'esclavage lui avaient appris seulement qu'il était un individu et que la vie était courte.

Aujourd'hui, sur la véranda de la maison Davson, le militant parlait du même problème, de façon moins analytique, mais avec moins d'urgence et de désespoir. Il y avait des progressistes partout, disait-il ; aucune race n'avait le monopole du progrès. C'est ainsi que la conversation dévia sur les grandes familles de la Guyane et revint aux Davson. Mrs. Jagan nous rejoignit — les enfants avaient été envoyés chez leur grand-mère — et nous prîmes le thé.

Le Dr Jagan devait faire deux discours plus tard dans l'après-midi, pas à New Amsterdam mais dans des villages proches. La voiture était arrivée par le ferry de trois heures quarante-cinq ; et, laissant Mrs. Jagan à Colette, nous nous rendîmes à la permanence du parti, un bâtiment en bois délabré, pour prendre des militants et le matériel de sonorisation. Avant de quitter la ville, nous allâmes chercher les orateurs locaux, parmi lesquels Mr. Ajodhasingh, le député de la région, qui, me dit-on, était en disgrâce auprès de ses électeurs parce qu'il ne leur avait pas rendu visite depuis un certain temps.

Un camion plein de policiers en uniforme bleu attendait au village où devait se tenir le second meeting ; et un autre camion plein au village où nous nous arrêtâmes. Les policiers avaient pris position de part et d'autre d'un magasin d'alimentation qui faisait aussi rhumerie en bois et tôle ondulée. Quelques garçons étaient assis sur la balustrade de la galerie devant le magasin et si foule il y avait elle était si dispersée, dans les jardins de l'autre côté de la rue, sur les marches des maisons voisines, que d'abord il semblait que les policiers étaient plus nombreux que le public. Le Dr Jagan fut immédiatement entouré dans la cour du magasin par une délégation de riziculteurs ; bien qu'il fût grand, il était caché par ces hommes, qui avaient mis leurs habits du dimanche : pantalons kaki à pli, chaussures raides et brillantes, chemises repassées blanches ou bleu clair, chapeaux de feutre bien brossés à l'air neuf.

Les militants accrochèrent le haut-parleur et l'essayèrent. Mr. Ajodhasingh fut introduit, et tandis qu'il faisait un discours combatif et trop énergique, on fit circuler des exemplaires du journal du parti, *Thunder*. Les riziculteurs ne libérèrent le Dr Jagan qu'au moment où il devait prendre la parole. Dès qu'il eut commencé, les militants et Mr. Ajodhasingh s'en allèrent pour « chauffer » le second meeting. La passion du Dr Jagan contrastait avec la scène pastorale et la placidité de son public, séparé de lui par la rue. Dans la rue passèrent une vache échappée poursuivie par son bouvier ; un *pundit* en turban, dhoti et veste blanche, pédalant à vive allure ; un tracteur, deux camions. Le Dr Jagan parla de l'achat de la compagnie d'électricité de Demerara, du remembrement des terres, du rapport sur le découpage électoral. La nuit tomba alors qu'il parlait. Il parla pendant une heure tandis que les enfants ne cessaient de chuchoter, rire et se faire rabrouer, et son discours fut bien reçu.

Tout d'un coup, il se tourna et entra dans le magasin, seul, silencieux et renfermé, et but une bière Banks. Heureusement pour lui, il n'y avait pas de photographe. Quelques jours auparavant, Mrs. Jagan avait été photographiée en train de boire une boisson I-Cee, un produit D'Aguiar, comme la bière Banks, et les journaux en avaient tiré le plus grand parti possible.

Dans le village suivant, le public avait été chauffé avec peu de succès. Le haut-parleur ne marchait pas, et le militant parlait sans être entendu, debout sur une caisse sous l'avant-toit d'un grand magasin d'alimentation en béton tout neuf qui était brillamment éclairé et avait ses portes grandes ouvertes. La foule clairsemée, en majeure partie noire, était éparpillée en petits groupes bavards devant le magasin et sur la route sombre. Chaque fois qu'un véhicule approchait, nous aveuglant de ses phares, un groupe sur la route se dispersait sur les bas-côtés herbus et ne se reformait jamais vraiment. Le mouvement était aussi constant que le bavardage. L'orateur, un Noir, était interrompu, de manière aussi répétée que désinvolte, par des accusations de discrimination du gouvernement contre les Noirs. Un homme, visiblement un des personnages du village, à entendre l'ovation facétieuse qui saluait chacune de ses interventions, demandait sans cesse, depuis l'obscurité du bas-côté de la route : « Qu'est-ce que le gouvernement a fait pour la région ? » Et : « A combien de gens dans cette région a-t-on octroyé des terres ? » Son vocabulaire, impressionnant, était sans doute une des raisons de sa popularité. Les militants essayèrent vainement de résoudre les problèmes posés par les questionneurs et le haut-parleur. Le haut-parleur fut finalement abandonné ; et c'est sans lui que le Dr Jagan refit son discours avec la même passion. Il reçut plus d'attention que les orateurs qui l'avaient précédé, mais la foule restait agitée. Il y eut de nouvelles accusations de discrimination contre les Noirs, et même quelques injures modérées, issues des groupes qui se tenaient sur les bas-côtés.

Nous rentrâmes en silence à New Amsterdam. Dans la grande salle à manger peu éclairée du Palais du Gouvernement aux murs fraîchement peints, que seule agrémentait une vieille carte hollandaise de New Amsterdam (*Hoge Bosch* autour d'un minuscule village), notre dîner nous attendait, recouvert de serviettes, à un bout de la longue table brillante. Mrs. Jagan descendit avec l'air de s'attendre à des nouvelles désastreuses : je voyais maintenant ce qu'elle voulait dire quand elle se qualifiait de pessimiste. Elle venait de se recoiffer ; je supputai qu'elle avait lu Colette au lit.

« Comment ça s'est passé ?

— Bien. » Le Dr Jagan était bref, fatigué ; il semblait capable de passer sans cesse de la passion au repos.

Le meeting de Mr. Burnham avait déjà commencé. Nous entendions ses paroles que les amplificateurs nous envoyaient de manière indistincte de l'autre côté de la ville silencieuse.

Après le dîner, le Dr Jagan sortit faire une visite et à la suggestion de Mrs. Jagan j'allai au meeting de Mr. Burnham. Il se tenait dans une des rues principales et le chauffeur des Jagan m'y conduisit. Mr. Burnham, vêtu d'une chemisette, parlait sur une estrade. Il repéra le chauffeur et fit un commentaire trop plein d'allusions locales pour que j'y comprenne quelque chose. Mais le chauffeur était mortifié ; bien qu'il fût aguerri aux campagnes électorales, il demeurait curieusement sensible à tout langage excessif ou agressif. Au meeting désordonné de ce soir, il s'était bouché les oreilles quand une femme avait dit une obscénité.

Mr. Burnham est le meilleur orateur que j'aie jamais entendu. Il parle lentement, précisément, de manière incisive ; il fait peu de gestes ; la tête en avant, il expose ses idées d'un ton convaincu, confiant, mais jamais condescendant ; il est parfaitement calme, et sa belle voix est si bien modulée qu'on n'est jamais fatigué de l'entendre. Ses façons cachent une vivacité étonnante, d'autant plus efficace qu'elle ne se trahit jamais par une accélération de rythme ou un changement de ton.

« Burnham ! » crie un jeune homme en passant à bicyclette. « Monsieur Burnham pour toi » est la réponse, d'une voix si égale qu'il faut plusieurs secondes pour se rendre compte que ces mots ne font pas partie du discours. « Menteur ! Menteur ! » crie quelqu'un d'une voiture qui passe. Burnham laisse passer, finissant la phrase commencée. « Et, continue-t-il alors que la voiture est déjà loin, ainsi que cet imbécile ne pourra jamais le comprendre... » Le timing est parfait ; la foule rugit. Quelqu'un fait une objection. Burnham cesse de parler. Il tourne lentement la tête pour fixer le détracteur, et la lumière vive joue sur un visage qui exprime un mépris fatigué mais tolérant. Le silence dure. Puis Burnham, dont le visage exprime maintenant la contrariété, se tourne de nouveau vers le microphone. « Comme je disais », reprend-il. Sa réputation en Guyane britannique explique sans doute une partie de son succès. Ses discours sont connus pour être divertissants et la foule vient pour être divertie, comme la foule de ce soir le montrait à l'évidence, nombreuse, de bonne humeur, diversement composée.

Malheureusement Mr. Burnham avait peu de choses à dire. Il exprimait une désapprobation générale de ce qui se passait, sans illustrer ses dires de manière convaincante. Il parla des besoins de l'enseignement et promit un plan économique une fois qu'il serait au pouvoir. Il parla de Mrs. Jagan, son ancienne associée, comme de « cette petite dame de Chicago, étrangère à nos rives », et joua de manière indirecte, mais pas moins déplaisante pour cela, sur la question raciale. « Je préviens les Indiens... Jagan a dit qu'il voulait prendre le contrôle des sphères supérieures de l'économie. Les sphères supérieures. Permettez-moi de traduire pour vous : *vos* affaires, *vos* terres, *vos* magasins. » Pour les Noirs présents dans le public le message était clair.

En 1953, après que la constitution de la Guyane britannique eut été suspendue, j'allai écouter parler Mr. Burnham et le Dr Jagan à Oxford. Bien que le pouvoir et la responsabilité l'aient changé en certains points, le Dr Jagan est aujourd'hui ce qu'il était alors. On ne peut pas en dire de même de Mr. Burnham. En 1953, il parlait, quoique de manière peu assurée, comme un homme de convictions. En 1961, je sentais qu'il n'en avait aucune. Que s'était-il passé entre-temps ? Quelle avait été la cause de la rupture entre Jagan et Burnham en 1955 ?

En Guyane britannique, il est presque impossible de savoir la vérité sur ce qui a quelque importance. L'enquête et le recoupement n'aboutissent qu'à la pire des confusions. Le Dr Jagan accuse Mr. Burnham d'opportunisme ; d'après lui, Mr. Burnham fut mal conseillé par les politiciens antillais. Il est vrai qu'après son élection, en 1957, le

Dr Jagan chercha à se réconcilier avec Mr. Burnham. D'un autre côté, dans son appartement de Georgetown, où il répéta plus ou moins les arguments de son discours de New Amsterdam, Mr. Burnham — homme d'un tel charme, en privé, qu'on regrette presque qu'il fasse de la politique — me dit que sa « mort politique » avait été préparée par les Jagan avant même les élections de 1953. La réconciliation était donc hors de question ; de plus, le Dr Jagan était un « stalinien » et Mrs. Jagan n'était pas une intellectuelle. Ceci, toutefois, n'explique pas pourquoi Mr. Burnham, vu ses qualités, échoue à fournir une opposition constructive ou stimulante. Ma propre conclusion, pour la défense de laquelle je n'ai pas de preuve à apporter, est qu'entre ces deux hommes, qui ont partagé une expérience importante, subsistent une sympathie et un respect mutuels plus grands que ne le soupçonne aucun des deux, chacun regrettant peut-être l'autre pour ce qu'il était.

Cependant, la coupure existe, et elle a divisé le pays racialement, créant une situation qui reflète, comme dans un miroir, celle de Trinidad : à Trinidad, les Noirs constituent le groupe majoritaire, en Guyane britannique ce sont les Indiens. Le fait que presque la moitié de la population refuse de participer à l'expérience de l'autonomie affaiblit dangereusement le pays. Les antagonismes raciaux, agissant et réagissant sans fin l'un sur l'autre, et encouragés par les bouffons cyniques qui forment une si grande partie de ceux qui ont de l'ambition politique dans tout pays, sont en train de créer des pressions qui pourraient bien submerger les leaders des deux partis et submerger le pays ; bien que la Guyane britannique, du fait de sa taille et de l'isolement de ses communautés, soit mieux capable de supporter les troubles que Trinidad.

Le dimanche matin, nous allâmes à Port Mourant, le lieu de naissance du Dr Jagan, par la route qui longe la côte Corentyne. Port Mourant est une plantation de canne à sucre plate et hideuse, longue et large de plusieurs kilomètres. Les gens sont fiers de son étendue, et croient aussi que Port Mourant produit les meilleurs Guyanais. Ils sont presque aussi fiers de leurs joueurs de cricket que du

Dr Jagan. La maison de Joe Soloman, qui marqua le point miraculeux de la victoire contre les Australiens à Melbourne, me fut montrée plusieurs fois par des gens qui connaissaient Soloman depuis sa naissance.

La population de Port Mourant est à majorité indienne, et le Dr Jagan allait inaugurer un temple hindou ce matin-là dans un des villages des ouvriers agricoles : maisons de bois blanches disposées en rectangle le long d'étroites rues asphaltées. Nous trouvâmes une foule nombreuse d'hommes, de femmes et d'enfants, habillés pour la plupart en blanc, qui attendaient sur la route et sur le terrain défoncé qui entourait le temple tout blanc. Le temple était en béton. Je le trouvai lourd et inélégant, comme tant de bâtiments guyanais en béton ; mais il était intéressant en ce que, bien qu'hindou, il était visiblement d'inspiration musulmane. L'architecture musulmane, aussi formelle et distincte que la doctrine musulmane, se remémore plus facilement que l'hindoue, et se reproduit plus facilement. Exceptés quelques temples hindous à l'architecture simple, la mosquée est le seul genre de bâtiment non occidental que connaissent la plupart des Indiens de Trinidad et de Guyane britannique.

Le Dr Jagan fut accueilli sans formalités par son frère Udit, un homme grand et bien bâti qui continue à travailler sur la plantation. Udit portait une chemise bleue et son pantalon kaki était roulé au-dessus de ses chevilles ; il était pieds nus. Mrs. Jagan me présenta à sa belle-mère, une femme petite et robuste vêtue de blanc. Son fils avait hérité de ses traits qui, sur elle, étaient un peu lourds. Ses façons étaient simples, patientes et modestes. Dès qu'elle eut accueilli son fils, elle se retira. On passa des guirlandes de fleurs au cou du Dr Jagan et de sa femme. Puis, sur le seuil du temple, le Dr Jagan fit un très bref discours sur l'importance de l'auto-assistance et son plaisir d'inaugurer un bâtiment qui en était un exemple. Il coupa le ruban — heureux mélange de l'Ouest avec l'Est — et aida à porter l'image à l'intérieur. Nous enlevâmes nos chaussures et suivîmes. Le sol en béton était recouvert de linoléum en trois largeurs de dessins et de couleurs différents. Les hommes s'assirent à gauche, les femmes à droite. Mrs. Jagan s'assit à côté de sa belle-mère. Le maître de cérémonie était un jeune brahmane à l'apparence très douce, aux cheveux longs jusqu'aux épaules plaqués en arrière, vêtu d'une chemise en soie blanche ornée de brandebourgs. Un chanteur d'un certain âge, célébrité locale, chanta une ballade en hindi qu'il avait composée pour l'occasion en s'accompagnant à l'harmonium. Le sujet en était le Dr Jagan ; les mots « mille neuf cent cinquante-trois » revenaient souvent, et en anglais. A la fin des gens, dont moi, commencèrent à applaudir.

« Non ! Non ! , s'écria un homme en costume bleu portant des lunettes qui était à ma droite. Nous sommes dans un temple. »

Les applaudissements cessèrent aussitôt et nous nous efforçâmes de faire comme si nous n'avions pas applaudi.

Le brahmane nous demanda notre coopération.

Le Dr Jagan parla de nouveau. Cela le changeait, dit-il, d'entendre des chants de louange. Le temple était un beau bâtiment, et un bon exemple pour les Guyanais, qui avaient besoin de pratiquer l'auto-assistance. En dépit de tout ce qui avait été dit, son parti garantissait la liberté de culte ; sa présence en était la preuve.

« Dites quelques mots en hindoustani, murmura en anglais le fanatique au costume bleu. Ça leur fera plaisir. »

Le Dr Jagan s'assit.

Il y eut une autre chanson. Puis, à ma surprise, le secrétaire lut un rapport sur les activités du temple ; il était forcément très bref, mais pas assez encore pour les femmes, qui se mirent à bavarder entre elles.

« Silence ! » cria le fanatique en se levant d'un bond.

Le brahmane demanda à l'assistance de coopérer et la rappela doucement à l'ordre.

Le fanatique se mit sur ses pieds vêtus de chaussettes pour faire voter des remerciements. Il commença par un couplet en hindi puis nous réprimanda longuement d'avoir profané le temple au moment même de son inauguration en applaudissant. Ensuite il parla du Sanatan Dharma, la foi. Fixant le Dr Jagan, il dit : « Les hindous de ce pays se battront pour leur religion. Que personne n'oublie cela. »

Le Dr Jagan regardait droit devant lui.

Immédiatement après la cérémonie, le Dr Jagan fut assiégé par des gens qui lui parlaient de la terre. Le reste de l'assistance remit ses chaussures et nous allâmes à une vieille baraque en bois qui jouxtait le temple où on nous donna du halva, de la noix de coco rapée, des bananes et des boissons non alcoolisées. Nous allâmes à la voiture et attendîmes le Dr Jagan sous le soleil brûlant. La foule autour de lui s'épaississait, rendant vaines ses tentatives de rejoindre la route. On envoya le chauffeur le dégager. Le chauffeur, un homme petit, se fraya un chemin parmi la foule et disparut. On envoya quelqu'un d'autre. « C'est toujours les plus malhonnêtes qui le retiennent comme ça », dit la mère du Dr Jagan. Elle avait préparé un déjeuner pour lui chez elle ; elle était impatiente de l'emmener ; et il faisait chaud dans la voiture. Enfin, après de longues minutes, le Dr Jagan se libéra et apparut sur la route, quelques personnes encore sur ses talons.

La mère du Dr Jagan et la famille de son frère Udit vivent dans une des maisons d'ouvriers de l'autre côté de la route principale qui les sépare des maisons des cadres de l'exploitation, entourées de fil barbelé et gardées au portail par un vigile. Les maisons des ouvriers, sur pilotis et ombragées par un grand nombre d'arbres fruitiers, donnent l'impression d'être pressées les unes contre les autres. Chaque maison, pourtant, possède un terrain relativement spacieux : le sentiment d'oppression est créé par le dédale de sentiers étroits, poussiéreux et mal drainés qui court entre les maisons, les palissades de chaque côté des sentiers, et surtout les arbres, bruissant au vent qui apporte l'odeur des fosses d'aisance. Cependant il était facile de voir pourquoi les enfants Jagan sont toujours prêts à venir habiter chez leur grand-mère à Port Mourant. Pour un enfant des villes, il y a de l'enchantement dans la cour en terre plate, bien balayée, rafraîchie par les rigoles et les arbres fruitiers bas.

La maison était simple, grossièrement bâtie ; et à l'intérieur éclairée par la peinture fraîchement appliquée sur les planches en vieux bois des murs. Dans le petit salon, des fauteuils à dossier réglable étaient posés sur le sol inégal ; un album de photographies et une pile en désordre de vieux magazines à sensation américains se trouvaient sur un petit guéridon ; pas de décoration sur les murs si ce n'est quelques calendriers catholiques. Il n'y avait ni évier ni eau courante ; nous utilisâmes donc des brocs pour nous laver les mains à la fenêtre du coin salle à manger. Nous mangeâmes, constamment encouragés par la mère du Dr Jagan. La nourriture était bonne, très recherchée en fait. Elle termina de m'épuiser. Je ne me sentais pas d'assister à la réunion sportive à laquelle se rendaient les Jagan, et je demandai la permission de me reposer. Udit me montra une petite chambre qui donnait sur le salon. Les murs en bois non ébarbé avaient été peints en bleu cobalt ; et, sous une image du Christ, je m'endormis.

Il faisait nuit quand Udit me réveilla. Mrs. Jagan était retournée à Georgetown ; le Dr Jagan était à New Amsterdam. Je devais passer la nuit à Port Mourant. Udit, homme grave et bon, me donna un broc d'eau pour me rafraîchir, puis m'emmena faire une longue promenade dans la grand-rue, éclairée par les boutiques et les cafés neufs et animée par la foule se rendant au cinéma du dimanche soir. Nous parlâmes de la diversification de l'agriculture dans la région ; Udit me dit qu'on commençait à cultiver le cacao. Le contraste entre Udit et son frère n'avait rien d'étonnant ; on le retrouve dans de nombreuses familles antillaises qui, faute de bien comprendre le concept, se qualifient de manière comique de « middle class ».

Après le dîner, la mère du Dr Jagan me montra l'album de photographies. Il avait été extensivement pillé. La seule photographie intéressante était une photographie que le Dr Jagan avait envoyée d'Amérique alors qu'il étudiait là-bas : un portrait réalisé en studio par un photographe sans imagination d'un jeune homme d'une beauté éblouissante regardant par-dessus son épaule, non sans quelque conscience de son apparence : pas le visage d'un homme politique ou d'un homme qui devait aller en prison pour avoir voulu mettre le feu à Georgetown. Si elle était fière de son fils, Mrs. Jagan ne le montrait pas. Elle parla à peine de lui ; et une fois que nous eûmes refermé l'album, elle s'intéressa beaucoup plus à moi et à ma famille. Je fumais trop ; je m'abîmais la santé ; est-ce que je ne voudrais pas essayer d'arrêter ? Et la boisson : c'était aussi une chose à éviter : elle espérait que je ne buvais pas trop. Tandis que nous parlions, les enfants d'Udit apportèrent leurs livres de classe et travaillèrent à la table de la salle à manger à la lumière de la lampe à pétrole. La maison avait l'électricité ; mais la distribution de l'électricité était entre les mains de divers entrepreneurs du village qui possédaient de petits générateurs et il semblait qu'il y avait quelques problèmes entre eux et leurs clients. On m'avait déjà parlé d'un secrétaire de mairie qui était trop « pris » pour étendre les services de son générateur.

Le Dr Jagan devait revenir à Port Mourant le lendemain matin pour prendre la parole au cours d'une réunion publique au cinéma Roopmahal à propos de la réalisation du plan de remembrement des terres. Quand je partis pour le cinéma, la femme d'Udit me demanda d'amener Cheddi « pour qu'il prenne une tasse de thé ». La sortie dut être reportée car le Dr Jagan était déjà sur la scène du cinéma avec un rang entier de fonctionnaires du gouvernement, noirs, portugais et de couleur, assis derrière lui sur des chaises pliantes. Les administrateurs étaient en costume ; les ingénieurs en short kaki et chemise blanche.

On avait demandé à ceux qui voulaient poser des questions de monter sur scène et le Dr Jagan expliqua encore et encore à ceux qui avaient demandé des terres en vain que les demandes avaient été soigneusement examinées et que la préférence avait été donnée à ceux qui en avaient le plus besoin. Enfin ceux qui avaient des terres se mirent à monter sur scène. Ils se tenaient droit, les manches de leurs chemises boutonnées aux poignets, tenant leur chapeau dans leurs dos, et parlaient doucement, comme s'ils sentaient l'hostilité des sans-terre, qui composaient la majeure partie du nombreux public. Certains critiquaient l'ingérence du gouvernement ; certains ne voulaient pas qu'on leur dise où faire paître leur bétail ; certains s'élevaient contre la proposition de limitation des surfaces.

Dr JAGAN. — Combien de terre avez-vous ?

L'HOMME marmonne. Murmures dans l'assistance : « Tu le vois ? tu le vois ? Tu vois comme il s'écrase maintenant ? »

Dr JAGAN. — Vous avez *quatre* hectares ?

Hoquets dans l'assistance, de surprise, réelle et feinte, mêlée de la joie de voir révélé en public un secret connu depuis longtemps. L'homme tapote l'arrière de ses cuisses avec son chapeau et fixe le Dr Jagan.

Dr JAGAN. — Et combien de ces quatre hectares vous avez planté ?

L'HOMME marmonne.

Dr JAGAN. — Un demi-hectare. Vous avez quatre hectares et vous et vos fils vous en exploitez un demi. Mais moi tout seul, avec un couteau, je pourrais faire mieux. (Le ton du Dr Jagan, qui était jusqu'alors celui de la conversation, devient oratoire). Voilà le fléau de ce pays. Tant de gens sans terre. Et tant de bonne terre qui n'est pas utilisée, qui est tout simplement laissée à l'abandon. C'est une des choses auxquelles ce gouvernement va mettre fin.

L'ASSISTANCE murmure son approbation, qui se mue légèrement en dérision alors que l'homme, pressant son chapeau, descend de la scène, les yeux fixés sur les marches. Un autre questionneur monte sur scène et prend la parole. L'assistance est toujours moqueuse et le Dr Jagan lève la main pour demander le silence.

Dr JAGAN. — Bien. Vous exploitez votre hectare et demi. Vous travaillez dur sur votre terre, vous entretenez votre femme et vos cinq enfants et vous ne voyez pas pourquoi le gouvernement ou qui que ce soit devrait venir vous dire ce que vous devez faire et où attacher votre vache. Bien. Nous savons que vous travaillez dur. Mais dites-moi. Sur quelle terre à riz pâture votre vache ? Et où est-ce que vous pompez votre eau ? Sur la terre du voisin, pas vrai ? Et lui alors ?

Clameurs d'approbation pour l'habileté déployée par le Dr JAGAN dans la réfutation d'un argument qui paraissait au premier abord juste et inattaquable.

Et ainsi de suite jusqu'à l'apogée. Celle-ci avait été préparée, avec force gloussements dans le fond, par une partie des sans-terre qui étaient peut-être aussi des militants. Un « personnage », nu-pieds, en pantalon et chemise kaki, dont l'attitude suggérait une légère ébriété et aussi une hésitation comique, se dirigea vers la scène, accompagné tout du long d'applaudissements humoristiques. Une fois sur scène, il fit une allocution passionnée et contrôlée au nom de tous les sans-terre. C'était un numéro parfaitement au point, depuis l'entrée en matière

— « Un type sans éducation comme moi sait pas bien causer » — jusqu'aux blagues locales bien connues et la dénonciation dévastatrice de l'égoïsme et de la cupidité à la racine des problèmes de la Guyane britannique. Après qu'il eut fini, il n'y avait rien à ajouter. L'ingénieur en short blanc n'eut plus qu'à déplier des cartes et expliquer certains problèmes techniques.

Même ainsi, le Dr Jagan fut entouré à la fin de la réunion et dut revenir sur des points qui avaient déjà été expliqués. Un homme se plaignit de ce que les autorités lui faisaient payer une patente pour omnibus pour son taxi, et il voulait que le Dr Jagan corrige cette injustice. Le taxi était devant le cinéma : c'était une camionnette qui pouvait contenir dix personnes.

Il était maintenant midi passé. Nous n'avions pas le temps d'aller prendre le thé avec la femme d'Udit. Le Dr Jagan devait inaugurer une usine de manioc à Georgetown à cinq heures ; son fils, qui nous attendait à New Amsterdam, voulait rentrer pour aller voir un western à la séance de l'après-midi. Nous nous mîmes en route pour New Amsterdam avec certains des fonctionnaires du gouvernement, roulant à vive allure sur la route qui était ici asphaltée et unie. Nous entendîmes un bruit de choc. Il persistait, augmentait ; et le bruit m'était familier depuis une histoire qui m'était arrivée juste avant de quitter Trinidad. Nous nous arrêtâmes et examinâmes les roues. Celles de devant étaient fermes ; celles de l'arrière bougeaient quand on les poussait de la main. L'enjoliveur gauche enlevé, nous vîmes que tous les écrous avaient été dévissés, s'étaient séparés d'une distance égale des boulons et étaient à un doigt de tomber. C'était très intrigant.

« Vous avez vu la politique telle qu'elle se pratique sur le terrain, ce week-end, me dit le Dr Jagan comme nous déjeunions au Palais du Gouvernement à New Amsterdam. Si vous voulez penser, il faut sortir du pays. »

Pour les gens, le Dr Jagan est tout et son contraire. Pour certains, on doit s'en méfier parce qu'il est communiste ; pour d'autres on doit s'en méfier parce qu'il n'est plus communiste et qu'il est devenu un politicien colonial comme les autres avide de pouvoir. Pour certains, c'est un leader racial. Pour d'autres, il est incapable d'être un leader racial. (« Je déteste Cheddi, me dit un Indien bien placé. Plus je le vois et plus je le déteste. Un beau matin, les Indiens de ce pays se réveilleront et verront que Cheddi les a trahis. ») Et pour d'autres, ainsi qu'un Noir me le rappela (c'est un point qu'on tend à oublier), le Dr Jagan représentait un changement racial radical : il n'est pas blanc. Le système colonial étant ce qu'il est, beaucoup de Bruns et de Noirs, bruns et noirs mais « respectables », trouvent la chose difficile à pardonner.

La situation coloniale antillaise est unique parce que les Antilles, dans leur complexité raciale et sociale, sont une création si totale de l'Empire que le retrait de l'Empire est quasi insignifiant. Dans une situation pareille, le nationalisme est la seule force revitalisante. Je crois que, sous l'effervescence et la bravade, il existait un nationalisme positif en Guyane britannique, en 1953. C'était l'œuvre des Jagan, de Mr Burnham et de leurs collègues, et elle fut détruite par la suspension de la constitution cette année-là et — humiliation gratuite — l'envoi de troupes. Les attitudes coloniales, si récemment vaincues, se réaffirmèrent facilement. Sous la pression, comme les Antillais à Londres durant les émeutes de Notting Hill, le pays se divisa en ses composantes ; et l'énergie qui, déjà rassemblée, aurait dû se canaliser pour une révolution sociale ordonnée dont le besoin se faisait sentir depuis longtemps, fut dissipée en rivalités raciales, luttes de faction et simple peur, créant la confusion qui est aujourd'hui plus dangereuse pour la Guyane que le prétendu complot de 1953.

C'est le gâchis, l'inutilité qui sont déprimants. Car quand on pense à la Guyane, on pense à un pays dont les ressources inappropriées sont surexploitées de toutes les façons, un pays à quoi sa géographie impose une administration et un programme de travaux publics hors de toute proportion avec son revenu et sa population. On pense à la digue, sans cesse rompue et réparée ; aux levées faites en boue faute d'argent ; aux routes en terre et à leur revêtement expérimental occasionnel ; aux routes qui sont nécessaires mais pas encore construites ; aux chemins de fer désuets (« Les trois quarts des wagons de passagers, dit une petite note sans fioritures du programme de développement, sont vieux et sur le point d'être irréparables ») ; aux trois Dakotas surmenés et aux deux hydravions Grumman des British Guyana Airways. Et on pense aux rues d'Albouystown, aussi pleines d'enfants qu'une cour d'école pendant la récréation.

*

L'Américain d'âge moyen au visage de paysan bourru était appuyé contre l'un des piliers du bâtiment délabré des British Guyana Airways du terrain d'aviation d'Atkinson. Je supposai qu'il était américain à ses vêtements. Le chapeau de paille et le pantalon kaki serré étaient typiques, les lunettes aussi. Il avait un appareil photo et mâchait du chewing-gum. Son bagage s'étendait autour de lui dans des sacs en plastique ; chaque fois qu'il se déplaçait, il emportait ses sacs. La précaution semblait excessive, car il y avait peu de gens et nous étions tous des passagers pour l'Intérieur : une demi-douzaine de chercheurs de diamant, le docteur Talbot et moi-même. Le Dr Talbot était un vieux praticien de l'Intérieur qui n'était jamais plus heureux que lorsqu'il était dans la brousse, en train d'arracher des dents amérindiennes. Ses deux ou trois bagages étaient fermés avec de la ficelle ; il portait un parapluie — bizarre avec son panama — et un paquet de livres qui traitaient principalement de médecins.

Nous allions à Kamarang, dans le sud-ouest, près du Mont Roraima, où se rejoignent les frontières de la Guyane britannique, du Brésil et du Venezuela. Kamarang était une réserve amérindienne récemment ouverte. On avait encore besoin d'une permission du gouvernement pour y aller, toutefois ; et les chercheurs étaient seulement autorisés à la traverser pour se rendre aux champs diamantifères.

Le Dakota arriva du Rupununi, déchargea sa cargaison de bœuf en sacs, et nous embarquâmes. L'Américain, refusant l'aide du porteur, attacha et suspendit ses sacs et paquets variés à sa personne et se dirigea d'un pas mal assuré vers l'avion. Puis, avec soin et lenteur, il détacha et déposa ses paquets, les rangea au fond de l'avion, choisit un siège, l'épousseta avec un mouchoir, s'assit et se concentra sur l'ajustement de sa ceinture de sécurité, tout cela sans cesser de mastiquer, son application interrompue par de brusques et brèves petites actions, comme un homme qui essaie d'écraser une mouche après l'avoir longtemps regardée.

En quelques minutes, nous avions quitté la bande côtière. Nous survolâmes Bartica et pûmes apercevoir la route rouge qui mène aux champs aurifères de Potaro. Nous vîmes les innombrables îles boisées qui encombrent le Mazaruni. Ensuite ce fut la forêt, la forêt. Nous cessâmes de regarder par les petits hublots oblongs, nous contentant d'écouter le bruit de l'avion. Le prospecteur noir à côté de moi lisait le *Chronicle* de Georgetown. Il me surprit à regarder par-dessus son épaule et me passa le journal. L'article de première page qui faisait le gros titre parlait des conditions chaotiques dans la région minière de Cuyuni. Les prospecteurs qui s'y trouvaient étaient apparemment sans médecin ni administrateur et dépendaient des autorités vénézuéliennes. L'article avait été envoyé au *Chronicle* par un prospecteur qui s'appelait Agrippa, dont on citait les paroles : « Quand un homme prend un coup de couteau dans une bagarre, il n'y a ni médecin ni police pour s'occuper de lui. »

Aussi brusquement que lors du voyage vers le Rupununi, les montagnes commencèrent. Mais ici leur sommet était plat, suggérant un plateau qui s'était écroulé par endroits, créant de véritables murs de pierre grise pareils à ceux d'un château de géant, avec des entailles et des tours nettement dessinées, une tout à fait carrée, plusieurs parfaitement rondes ; et le long de ces murs coulaient de fines lignes d'eau qui se dissolvaient en vapeur. « Prodigieux est ce mur de pierre ; brisés par le destin, les châteaux sont tombés en ruine ; l'œuvre de géants s'écroule. » Ce texte appris à l'école me revenait tout seul, après bien des années ; mais le poète anglo-saxon parlait de la ville abandonnée de Bath, et ce monde perdu était celui de Conan Doyle.

Nous nous préparâmes à atterrir. Je rendis le *Chronicle* à son propriétaire, qui dit : « Alors vous l'avez lu, hein ? C'est moi Agrippa. J'ai donné l'article aux journaux. Faut pas jouer avec ça. »

Bill Seggar, le chef de district, nous attendait à notre descente d'avion. Le Dr Talbot devait passer la nuit chez lui. L'Américain et moi-même devions partager une chambre dans la maison d'invités. De jeunes Amérindiens y portèrent nos bagages, et l'Américain donna à chacun un pourboire, ainsi qu'il se doit. Tandis que je rangeais mes paquets, l'Américain sortit sur la véranda ; quand je quittai la chambre, il rentra. Nous ne parlâmes pas.

A Kamarang Mouth, le village est construit autour du terrain d'aviation, qui est au confluent de la Kamarang et du Mazaruni. De la véranda de la maison d'invités on voyait le Mazaruni noir et miroitant juste au pied de la falaise, eau immobile entre des murs d'arbres, réfléchis clairement d'un côté, obscurément de l'autre, avec le Mont Roraima bleu au sommet plat loin au bout du fleuve. Je descendis la falaise jusqu'à la berge. Trois petites Amérindiennes étaient assises sur un rocher, chuchotant et gloussant, les premiers Amérindiens souriants que je voyais. Deux garçons passèrent en gloussant dans une pirogue qui semblait glisser sur l'eau sombre et plate. On aurait dit une illustration pour un de ces livres d'enfants qui montrent des enfants qui font des choses très difficiles à l'autre bout du monde.

Sous l'une des maisons en bois inachevée du village, je rencontrai trois des prospecteurs qui avaient voyagé avec nous. L'un était indien ; les deux autres étaient noirs, l'un brun, l'autre noir. L'Indien — je remarquai une bouteille de sauce au piment jaune parmi ses maigres possessions — fut immédiatement loquace ; le Noir brun parla aussi ; mais le Noir resta silencieux et me regardait à peine. Tout le monde connaît les prospecteurs de Guyane, et ces hommes, reconnaissant en moi un touriste informé, se conduisaient comme des hommes qui avaient une réputation à conserver. L'Indien me dit qu'il était plongeur. J'exprimai la crainte qu'on attendait que j'exprime. « Meilleure manière de gagner sa vie pour un homme pauvre », dit le Noir. L'Indien se mit à parler de la plongée. Parfois, dit-il, vous pouviez rester sous l'eau pendant une demi-journée. « Ça dépend de votre constution, dit le Noir. Un homme sans constution sera forcé de remonter après une demi-heure. » Je demandai au Noir s'il venait de Georgetown. Il eut l'air embarrassé ; il dit qu'il venait « d'un autre territoire ». Cela signifiait qu'il venait d'une petite île. J'arrêtai là mes questions. Quelque chose vola jusqu'à l'un des poteaux en bois brut et se posa au-dessus de ma main : c'était une araignée, portant son grand disque blanc d'œufs sous son abdomen. Je dis au revoir aux prospecteurs, tandis qu'ils s'installaient dans leurs hamacs pour la soirée, le Mazaruni noir sous eux, le Roraima vague dans le lointain.

Bill Seggar m'avait invité à dîner. Il avait invité aussi l'Américain, mais l'Américain, murmurant quelque chose sur le fait de ne pas prendre les rations des autres, avait décliné l'invitation ; et quand je passai devant la maison d'invités, je l'aperçus sur la véranda de la cuisine en train d'ouvrir avec soin des boîtes de conserves tirées de l'un de ses sacs en plastique. Dans la maison en bois toute simple de Bill Seggar, bien pourvue en livres et en magazines, aux murs non peints décorés de produits de l'artisanat amérindien, le Dr Talbot était en train de lire. Il avait déjà arraché un certain nombre de dents. Seggar me dit, de sous sa douche, de me servir à boire. Je pris une bière dans le réfrigérateur — tout, me rappelai-je avec un sentiment de culpabilité, venait par avion de la côte — et le Dr Talbot m'expliqua la sarbacane, les flèches à pointes noires et les bourses pour les perles, « portées maintenant, hélas, *sous* leurs vêtements ». Le Dr Talbot était un romantique. Il se méfiait du progrès mécanique sous toutes ses formes et regrettait l'époque où un voyage vers l'Intérieur était un vrai voyage vers l'Intérieur et pas une partie de plaisir en Dakota. Il n'appréciait même pas les hors-bord ; nous devions remonter la Karamang le lendemain matin jusqu'à la mission à Paruima, sur la frontière vénézuélienne, dans la vedette de la mission, et il aurait préféré faire le voyage à cheval.

Nous fûmes rejoints par le pilote portugais grand et

mince qui devait emmener les prospecteurs aux champs diamantifères le lendemain, dans le monomoteur cerise que j'avais vu sur le terrain. Le pilote n'aimait pas que les prospecteurs restent dans un village amérindien plus longtemps qu'il n'était nécessaire, et il me dit que Dionysos, l'Indien qui m'avait parlé de la plongée, n'avait aucune chance de faire le voyage. Le Dakota qui avait amené Dionysos de Georgetown apportait un message disant qu'il ne devait pas être employé.

Bill Seggar sortit de la douche, et nous fûmes au complet lorsque Mr. Europe, le pharmacien noir, arriva de son dispensaire qui était de l'autre côté du terrain d'aviation. (Agrippa, Dionysos, Mr. Europe: ces noms étaient incroyables.) A la grande table en bois de Seggar nous parlâmes, tandis que les chauves-souris poussaient des cris rauques sous le toit, des problèmes de la Guyane. Mr. Europe parla de race et d'esclavage ; il nous rappela sans rancœur que les Amérindiens chassaient les esclaves fugitifs ; et nous parlâmes des Amérindiens.

Ils me parlèrent des effets de l'alcool sur l'Amérindien : il se rappelle clairement les insultes et les injustices vieilles de plusieurs années, qu'il avait oubliées, et devient meurtrier. Et j'entendis parler du *kanaima,* le tueur à gages, la terreur de tous les Amérindiens. Le *kanaima* se consacre tout entier à sa tâche ; il vit seul ; il jeûne avant chaque meurtre, qui est perpétré de manière effroyable et au cours duquel les intestins de la victime sont noués. Le *kanaima* perd son pouvoir s'il est connu. Il ne se révèle donc qu'à ses victimes. C'est pourquoi, dans les endroits solitaires, les Amérindiens préfèrent ne pas être seuls, bien que cela ne soit pas une garantie de sécurité puisque — qui sait ? — votre compagnon pourrait être le *kanaima*. Pour l'Amérindien, toutefois, il est impossible d'échapper au *kanaima,* parce que le *kanaima* est plus qu'un tueur : il est la Mort. Les Amérindiens ne meurent jamais de mort naturelle : ils sont toujours tués par le *kanaima*.

Il y avait un chien sur la propriété, un animal puissant et beau qui vivait dans une terreur constante. Il craignait l'obscurité, les insectes et tout mouvement brusque. Quand le pilote et moi-même quittâmes la maison de Seggar et nous dirigeâmes à la lueur d'une lampe électrique vers la maison d'invités, le chien marcha devant nous, restant toujours dans le faisceau vacillant, comme un acteur qui suit un projecteur instable. Dans la maison, le chien se frotta à nos jambes pour se rassurer. La lumière clignota trois fois — Seggar nous avertissait qu'il allait couper le courant — et bientôt l'obscurité tomba sur la propriété, et, avec l'arrêt du moteur, le silence. A contrecœur je quittai le chien ; il avait été effrayé par un scarabée et était couché entre mes pieds.

Mon Américain dormait sous une moustiquaire qu'il avait suspendue à des arceaux et des supports apportés dans un de ses sacs en plastique. Mon lit n'avait pas de moustiquaire, et je n'avais que la parole de Seggar promettant l'absence de moustiques. J'allais me mettre au lit quand je me rappelai que, dans l'après-midi, l'Américain avait ouvert son lit pour l'inspecter minutieusement. Ce souvenir de la prudence américaine m'alarmait soudain. D'un mouvement dont la brutalité était superflue, j'ouvris tout grand mon lit ; et, me déplaçant aussi silencieusement que je pus, je l'examinai avec ma torche.

A sept heures du matin, les bateliers de Paruima entrèrent à grand bruit de bottes en caoutchouc. L'Américain, habillé, ses bagages faits, sa moustiquaire démontée, était en train de ficeler un de ses sacs en plastique, et il s'excusa auprès des bateliers de n'être pas encore prêt : il ne s'était levé qu'à six heures et demi. Moi aussi j'embarquais. « Si j'avais su que vous veniez, dit l'Américain, me parlant pour la première fois, je vous aurais réveillé. » Je bondis du lit, me mouillai un peu dans le cabinet de toilette, pris une tasse de Nescafé, tiède à cause de ma hâte, et courus chez Seggar chercher le Dr Talbot. Il venait à peine d'entamer un petit déjeuner élaboré, ne semblait pas être pressé et désaprouva fortement l'Américain. Je descendis lentement vers la rivière. L'Américain était dans la vedette, parfaitement seul, entouré de ses sacs en plastique. Je retournai à la maison d'invités et pris une tasse de cacao, puis je me rendis en flânant jusqu'au dispensaire, où Mr. Europe, qui était aussi le postier, était occupé à dispenser des cachets de Kamarang. Agrippa était avec lui, ainsi qu'un autre prospecteur, âgé, portant des lunettes qui lui donnaient l'air d'un maître d'école, qui sortit de sa poche une fiole de verre et me montra les diamants qu'on peut trouver quand on a de la chance : ils ressemblaient à des petits bouts de pierre et de verre et à des pointes de mine de crayon cassées, de la taille d'une pointe de mine de crayon.

Enfin nous fûmes prêts. Mais le bateau partait du côté de la Kamarang, et l'Américain dut quitter la vedette, où il était resté sans bouger tout ce temps, et, sans ses paquets, monta la colline, traversa le terrain d'aviation et redescendit sur la berge de la Kamarang.

Nous partîmes. Un Amérindien était debout à la proue ; plus tard, il s'assit sur une pagaie posée en travers de la proue et ne bougea plus. Son immobilité me fascinait et cette fascination était rendue quasi insupportable par l'ennui du voyage : toujours le même bruit, toujours la même rivière. Pendant des heures et des heures, je devais voir ce large dos vêtu d'un chandail bleu juste en face de moi, ces bottes en caoutchouc immobiles, ces mains appuyées sur la pagaie. Je le photographiai ; je le dessinai ; et je pris encore des photos. Son rôle était de repérer les obstacles, particulièrement les troncs d'arbres submergés dont les rives étaient jonchées. Je ne sais si c'est lui ou nous qui eûmes de la chance : durant toute la journée, il ne proféra pas un seul cri d'avertissement.

Les pierres d'un brun chaud qui jonchaient son lit coloraient de noir l'eau plate de la rivière. Son étroitesse et la forêt de chaque côté donnaient une impression d'enfermement. Parfois nous croisions des Amérindiens dans leurs bateaux, plus clairs et plus beaux que les Amérindiens du Rupununi. Une pirogue ou un canot creusé dans un tronc d'arbre amarrés, et un sentier grossièrement frayé, creusé de marches en terre brune par l'usage, indiquaient une maison. Une structure basse faite de branches d'arbres qui rappelait une cage de gardien de but marquait l'emplacement d'un campement. Des oiseaux, toujours par paire, jouaient autour de notre bateau : de grands oiseaux gris et de petits avec des ailes bleu-noir et un poitrail blanc. Le Dr Talbot dit que, la première fois qu'il avait remonté la kamarang, les oiseaux gris étaient restés près du bateau durant tout le voyage. Maintenant ils volaient à une centaine de mètres devant parce que les Amérindiens les tuaient pour s'amuser. Et, de fait, un Amérindien vint de la poupe avec un fusil, provoquant l'excitation de ses compagnons, et le bateau ralentit pour qu'il puisse prendre position sur la proue, devant la vigie immobile. Il se tourna et nous sourit. « Ne faites pas attention à lui, dit le Dr Talbot d'une voix irritée en se détournant. Il ne fait ça que pour nous épater. »

Je ne fis donc pas attention à lui et essayai plutôt de faire du cacao avec l'eau de la rivière, dont le Dr Talbot me dit quasiment avec une fierté de propriétaire qu'elle était tout à fait pure. L'Américain, qui était derrière nous, déclina brièvement mon offre : il ne voulait pas utiliser la ration des autres. Le Dr Talbot perdit sa tasse en essayant de prendre de l'eau à la rivière. Le cacao froid, malgré tout, était prêt — l'eau de la rivière était d'une couleur qu'on pourrait qualifier de *vin arrosé*[1] — et je portais la tasse à mes lèvres quand j'entendis le coup de feu et renversai le cacao sur ma chemise et mon pantalon. Les Amérindiens soupirèrent de désappointement : l'oiseau n'avait pas été touché. En essayant de rincer ma tasse, je la perdis. Dans mon dos, j'entendais l'Américain qui soufflait sur le café chaud qu'il avait versé du thermos préparé ce matin et l'aspirait avec des bruits de succion. Il mangeait aussi des sandwiches délicatement préparés emballés sous vide.

A midi, nous nous arrêtâmes à un village qui, en démenti à mes prétentions d'explorateur, possédait des maisons en bois et tôle soigneusement bâties. C'était une annexe de la mission de Paruima. L'Américain prit des photos et, avec des détours élaborés, qui provoquèrent beaucoup d'intérêt et d'étonnement, satisfit certains besoins naturels. Les Amérindiens achetèrent du pain de manioc, disques blancs ondulés d'environ soixante centimètres de large et un centimètre et demi d'épaisseur, qu'ils manipulaient avec une négligence extrême, les pliant et les fourrant dans

1. En français dans le texte. *(N.d.T.)*

un coin de leurs sacs. Le Dr Talbot acheta lui aussi un disque, qu'apporta au bateau un tout petit garçon qu'il cachait à moitié. J'en goûtai un bout. C'était dur et grumeleux, avec une odeur aigre et presque pas de goût. La vigile au chandail bleu mangeait de la viande entre deux de ces planches de pain. Son visage était envahi de contentement. Il s'installa sur la pagaie ; quelqu'un lui passa une assiette émaillée de riz tacheté de rouge, et avec chaque bouchée de riz il mangea un éclat de pain de manioc.

De grands rochers bruns et gris, d'immenses galets brisés, arrondis et sculptés, apparaissaient maintenant sur les berges. Parfois ils étaient carrés, colossaux et fissurés, telles les ruines de fortifications de géants. Et sur ces rochers, dans une terre de quelques centimètres d'épaisseur, les grands arbres de la forêt poussaient, leurs racines s'étendant latéralement, de sorte que la terre semblait faite de racines et que les arbres avaient l'air de ne pousser sur rien. De nombreux arbres étaient tombés dans la rivière, leurs troncs verts, blancs et noirs formant des V parfaits avec leurs reflets, reflets qui formaient aussi des dessins compliqués à l'aide de branches cassées et parfois d'une souche blanche isolée. Les lianes pendaient au mur de la forêt comme un entrelacs de câbles blancs, parfois tombant tout droit et continuant avec leur reflet. Ce n'était pas un paysage pour l'appareil photographique : la forêt tropicale ne peut être mieux suggérée que par les gravures sur acier des livres de voyage du siècle dernier.

Nous étions bercés. Le Dr Talbot lisait un roman populaire dont je n'avais jamais entendu parler. Je sortis mon livre, l'édition Penguin de l'*Immoraliste* — cela me faisait les pieds, de lire par sens du devoir — et fus immédiatement touché par la possible impropriété du titre. Car le Dr Talbot m'avait mis au courant des interdits imposés par la mission, dans le bateau de laquelle nous voyagions : pas de cigarettes, pas d'alcool, pas de café, pas de thé, pas de poivre, pas de viande, pas de poisson à chair grasse, interdiction de chanter ou siffler quoi que ce soit sinon des cantiques. Nous avions déjà enfreint quelques règles. L'Américain avait pris du café et je n'avais

cessé de boire du whisky pour compenser l'inconfort de mes vêtements trempés de cacao. J'avais aussi fumé.

Nous avancions maintenant entre des rochers, les bateliers criant des messages aux Amérindiens qui se trouvaient sur les berges, et nous arrivâmes au portage. On entendait le grondement des chutes. Le soleil éclairait une rive et l'eau, qui dans l'ombre était noire, miroitait comme du vin rouge qu'on tient à la lumière, avec des fils de lumière qui s'entrecroisaient en dansant. La vedette fut déchargée. Le Dr Talbot et moi-même confiâmes nos bagages aux Amérindiens et nous mîmes en route, marchant avec difficulté dans la boue parmi de grands arbres droits et blancs de circonférence variée. Nous glissâmes une ou deux fois. L'Américain ne laissa personne toucher ses sacs en plastique ; il les suspendit tous à sa personne et lentement, très lentement, vacillant plus encore qu'il n'avait fait lorsqu'il se dirigeait vers le Dakota sur le terrain d'aviation d'Atkinson, il se fraya un chemin dans la boue épaisse et collante. Nous l'attendîmes de l'autre côté ; et quand, de nombreuses minutes plus tard, il apparut, aucun signe de victoire ni de sacrifice n'apparaissait sur son visage fatigué et froissé.

Notre voyage touchait à sa fin. En quelques minutes, nous arrivâmes à Paruima. Le village était sur notre gauche ; sur l'autre rive on avait aménagé un terrain d'aviation. Palmer, l'ingénieur agronome anglais, homme frêle d'une vingtaine d'années, portant un pantalon kaki, des chaussures en toile et un grand chapeau de paille, était sur la rive pour nous accueillir. Il accueillit le Dr Talbot avec une chaleur particulière : il y avait beaucoup de malades à la mission, parmi lesquels le pasteur et sa famille. Le Dr Talbot descendit avec ses livres et son parapluie ; il devait habiter dans la maison du chef de village. Nous franchîmes les quelques centaines de mètres qui nous séparaient de la mission proprement dite. Et là sur la rive, vêtus de maillots de bain, se trouvaient deux enfants, blancs, blonds et avec des taches de rousseur, vision surprenante après une journée de rivière, de forêt et de visages amérindiens.

« Qui êtes-vous ? » me demanda le garçon le plus âgé,

m'enlevant les mots de la bouche. Son accent américain ajoutait à l'irréalité de la rencontre, et donnait une touche d'impertinence à sa demande simple et légitime.

Son père, le pasteur, l'air jeune, grand, svelte et portant des lunettes, descendit la rive escarpée jusqu'au bord de l'eau noire.

« Je m'appelle Winter », dit mon Américain, tendant une main couverte de rougeurs et étonnamment grande. Entendant son accent après celui du pasteur, je me rendis compte à quel point Mr. Winter était exagérément sudiste.

Nous escaladâmes la berge. La mission, ensemble de bâtiments en bois disposés en cercle, était située sur une pente, au bout d'une large clairière encore hérissée de souches qui suggéraient la dévastation plus que le développement. De grands rochers, comme ceux que nous avions vus sur la rivière, étaient enchâssés dans la terre. En deux ou trois endroits, des racines d'arbres brûlaient, sans flammes, avec une épaisse fumée blanche.

Les Américains semblaient avoir un effet l'un sur l'autre. Mr. Winter, oublieux de ses bagages, parlait à flot continu d'une voix traînante et indistincte comme s'il se débarrassait des paroles qu'il avait retenues depuis deux jours. Le pasteur se fit plus chaleureux et son accent plus affirmé. Il nous invita à dîner et dit qu'il aurait voulu faire plus pour nous.

« Si ma femme n'avait pas été malade, dit-il, nous vous aurions volontiers reçus chez nous. »

Brusquement, le bourdonnement de Mr. Winter cessa. Quand le pasteur précisa avec désinvolture qu'il s'agissait de la fièvre jaune, Mr. Winter regarda autour de lui comme s'il cherchait ses sacs en plastique. Son visage redevint maussade, et il dit qu'il n'aimait pas utiliser les rations des autres.

Nous devions partager une chambre dans une maison de bois inachevée qui sentait encore l'odeur âcre du cèdre tropical. Le pasteur accrocha mon hamac. J'éprouvai un certain plaisir en découvrant que, malgré tous ses sacs en plastique, Mr. Winter n'avait pas de hamac. Il avait une paillasse et la seule chose sur laquelle il pouvait l'étendre était un établi bas qui était plus court que lui d'environ

trente centimètres. Tout en rangeant ses sacs dans un coin, autosuffisant encore une fois, il ne voulut pas entendre les regrets du pasteur, et on eût dit qu'il ne voulait plus entendre le pasteur lui-même.

Je voulais aller nager avant le coucher du soleil. Le pasteur me dit que l'eau était trop froide pour les perai à dents de scie, en garantie de quoi il m'offrit de m'accompagner à la rivière. J'étais intéressé par les énormes rochers enfoncés dans le sol. Ils étaient creusés de rigoles nettes, comme s'ils sortaient d'un moule — l'effet de l'eau, je supposai — et ces rigoles étaient si larges qu'elles indiquaient l'échelle d'un temps et d'un monde révolus. Je demandai au pasteur s'il connaissait l'âge de ces rochers. Il me répondit que les adventistes se passaient du « galimatias des géologues » ; le monde avait six mille ans. L'eau était brun-noir ; et il était terrifiant, entre chien et loup, dans le silence de la forêt, de plonger dans cette noirceur liquide. On ne voyait pas la noirceur. On sentait qu'on avait les yeux fermés ; on était dans le vide.

Des lumières brillaient çà et là dans les maisons au pied du mur noir de la forêt. Les souches qui se consumaient rougeoyaient ; leurs craquements portaient loin. Notre chambre inachevée était dans l'obscurité. Mr. Winter avait fait son lit — on aurait dit un berceau — et avait tendu sa moustiquaire au-dessus. Il mangeait des sandwiches arrosés de café à la lumière de sa torche électrique. Je pris une gorgée de whisky, allai à la maison de l'un des instituteurs noirs — bibliothèques avec des livres religieux et des livres de classe, la famille (grand-mère comprise) mangeant silencieusement à une table recouverte d'une toile cirée — et empruntai une lanterne. Me rappelant mon haleine chargée de whisky, je demandai à l'instituteur s'il était interdit de fumer. Grand-mère me regarda. L'instituteur dit que le pasteur était tolérant, mais il se demandait si je ne voudrais pas profiter de l'occasion pour arrêter. Je promis d'essayer, et m'empressai de sortir avec ma lanterne.

« Eh ben, merci », dit Mr. Winter. Il était assis au bord de son lit, dans l'obscurité la plus complète, cherchant une station sur son transistor.

La maison du pasteur, peinte et imposante vue de l'extérieur, avec une barrière basse en bois, avait à l'intérieur la rusticité des maisons de pionniers. Elle avait une odeur réconfortante de peinture fraîche. Réconfortante, parce que Mr. Winter avait parlé en marmonnant des risques de contagion de la fièvre jaune. La famille du pasteur — jolie fille, garçons blonds avec des taches de rousseur, et même la petite Deborah Sue, qui avait apporté sa poupée, le landau de sa poupée et son ours en peluche — était ce que, d'après les livres, les films et les touristes américains, on attendait que soit une famille américaine. Seul le fait qu'ils soient végétariens était inattendu. Nous mangeâmes des noix, des biscuits, du corossol ; et nous bûmes du lait.

« Tu ne m'en as pas donné assez, dit le plus jeune des garçons, comme on servait les noix.

— Hé, dit le pasteur d'un ton moqueur, tu es censé ne pas aimer ça, tu te souviens ? »

Le pasteur m'apprit que la mission avait été établie vingt-cinq ans auparavant au pied du mont Roraima du côté vénézuélien de la frontière. Quand les autorités, sous la pression de l'Église catholique romaine, leur avaient demandé de partir, ils étaient venus en Guyane britannique, et les Amérindiens les avaient suivis.

Nous étions dans la région où se trouvent les plus grandes chutes d'eau du monde — la plus haute, au Venezuela, faisait 90 mètres de haut — et le pasteur pensait que j'aimerais aller aux chutes d'Utshi. Avec leurs vingt mètres, Utshi n'étaient rien, pas plus hautes que Kaieteur, mais elles n'étaient qu'à six heures d'ici.

En sortant de chez le pasteur, je m'arrêtai chez l'instituteur noir. Il avait un petit Chinois avec lui, l'un de mes voisins dans la maison inachevée. L'idée d'aller à pied jusqu'à Utshi ne leur souriait pas. Ils parlèrent de serpents, de tigres et de cochons sauvages. Les cochons sauvages chassaient en bandes et la seule façon de leur échapper était de grimper dans un arbre, et les arbres droits sans branches de la forêt n'étaient pas faciles à escalader. Je me rappelai une histoire frappante écrite par un écrivain guyanais, dans laquelle un petit garçon était attaqué par des cochons sauvages qui l'avaient mangé en commençant par les pieds, si rapidement qu'il ne tomba pas mais semblait seulement rapetisser.

Plus tôt dans la journée, au dispensaire de Kamarang, j'avais demandé au Dr Talbot quelles étaient les conditions de vie à Paruima. « Comme dans une ville, m'avait-il répondu d'un air désapprobateur. — Sauf qu'il n'y a que des cantiques dans les juke-box », avais-je répliqué. Agrippa avait ri, mais le Dr Talbot dit : « *No llames bocazas al cocodrilo hasta que cruzes el rio*. Ne traite pas le crocodile de grande gueule avant d'avoir traversé la rivière. » Pourtant je n'étais pas loin de la vérité car le lendemain matin je fus réveillé par la voix rauque du petit Chinois qui chantait un cantique dans la pièce voisine. Il en fut ainsi de toute la journée : les gens se contentaient de fredonner des cantiques, et le petit Chinois braillait sa dévotion à tous moments.

Après avoir tant entendu parler de maladies contagieuses, je ne me sentais pas très bien au réveil, sans compter que j'étais moulu par ma lutte avec le hamac tout au long de la nuit. Mr. Winter avait, lui aussi, passé une nuit inconfortable dans son berceau à moustiquaire, à essayer de dormir avec les genoux pliés.

« Eh ben, bonjour, dit-il d'un air misérable en s'asseyant sur le bord de son lit dans ses sous-vêtements. Comment... vous... vous... en... êtes... tiré... avec... votre... hamac ? » Il parlait si lentement que je tendais l'oreille, m'attendant à chaque mot à ce que le suivant fût très important. « Je me rappelle, continua-t-il, la première fois que j'ai dormi dans un hamac. »

J'arrêtai de nouer mes lacets pour l'écouter.

« C'était... »

J'attendis.

« ... Plutôt difficile. »

Je ne me sentis pas mieux quand le petit Chinois me dit que lui aussi avait eu la fièvre jaune, ni quand Palmer vint du village nous dire que le Dr Talbot n'était pas très bien. Mr. Winter et moi-même nous rapprochâmes. Je devins un bouilleur d'eau aussi fanatique que lui, et même cela n'était pas complètement rassurant, car nous étions obligés d'utiliser la bouilloire de la mission et le fourneau commun de la mission. J'abandonnai mes bonnes résolutions et pris des gorgées prophylactiques de whisky tout au long de la journée. Mr. Winter ne voulut pas de mon whisky ; à la place, il prenait des pilules et buvait constamment et en secret du café chaud. « J'aime bien le café », me dit-il, alors qu'il en était à sa dixième ou douzième tasse.

A la mission, on se préparait au sabbat du samedi, faisant la cuisine et le pain à l'avance. Le magasin de la mission était plein d'Amérindiens, parmi lesquels les bateliers, qui attendaient d'être payés et de dépenser leur paye. Au pied des marches, parmi les régimes de bananes géantes qui poussent dans cette partie du monde, un homme grattait une guitare. C'était un Amérindien de langue espagnole originaire de Santa Helena au Venezuela. Nous parlâmes un peu et, ensuite, il me suivit partout où j'allais, ne parlant que lorsque je lui adressais la parole et, le reste du temps, jouissant seulement de notre communion silencieuse.

Mr. Winter avait passé la matinée à prélever des échantillons de terre, qu'il avait posés sur des carrés de papier banc sur l'étroit banc de travail de menuisier dans notre chambre. Tel était, appris-je, le but de sa visite. « Cette terre est foutrement intéressante, dit-il d'une voix où perçait presque de l'allégresse. Foutrement intéressante. »

Alors que, faute de fauteuil, j'étais étendu dans mon hamac l'après-midi, la Noire qui était dans la pièce voisine me cria de regarder les singes dans les arbres qui bordaient la clairière. Ils étaient bien là, poussant des cris aigus et sautant en tous sens. « Ils sortent toujours à cette heure-ci », dit la femme. Elle n'était pas guyanaise ; elle venait d'une île. Son mari faisait des études pour être pasteur. Je confessai que je n'étais pas chrétien et nous parlâmes religion. Elle avait rencontré un hindou une fois et elle avait remarqué de grandes différences entre les idées hindoues et les idées adventistes : les adventistes, par exemple, croyaient que le monde avait été fait en six jours. Ils ne prenaient ni thé ni café parce qu'ils contiennent de la caféine. Quelqu'un dans la mission avait essayé de prendre du Postum, arguant qu'il ne contenait pas de caféine, mais le pasteur avait mis fin à cela. Elle me fit bouillir de l'eau et je lui demandai aussi un peu de sucre. Puis, me rappelant ce qu'elle avait dit à propos de l'épidémie à la mission (« Il faut faire attention. Il n'y a que ceux qui se mélangent qui ont été malades » — une remarque qui contenait des sous-entendus raciaux inattendus), je n'utilisai pas le sucre, me contentant de jouer avec, afin de suggérer que j'en avais pris un peu. A la place, j'ouvris ma boîte de lait condensé.

Plus tard dans l'après-midi, je me baignai dans la rivière. Mr. Winter descendit, en short, avec son seau, et se doucha. Des Amérindiennes lavaient leur linge sur l'un des rochers de la rivière. Je les trouvai pittoresques, mais elles laissèrent Mr. Winter plus inquiet que jamais. Il dit qu'il pensait que toute la rivière était polluée. Nous rentrâmes à notre chambre dans l'obscurité, ruminant de sombres pensées. Il n'y avait pas de moyen de quitter Paruima autrement que par la vedette de la mission, qui ne partait que dans quatre jours. Je dînai de fromage cuit et d'une tasse de café, l'eau bouillie étant fournie par Mr. Winter. Le petit Chinois chantait des cantiques à pleine voix. Notre lanterne n'avait plus de pétrole, et lorsque je me rendis chez l'instituteur noir pour en chercher, je trouvai toute la famille en train de chanter des cantiques. Lanterne éteinte en main, j'attendis sur les marches, regardant la nuit tomber sur la clairière, les souches rougeoyant de plus en plus, la maison du pasteur tout illuminée.

A huit heures, dans la faible lumière de la lanterne, nous étions installés pour la nuit, moi dans mon hamac, Mr. Winter dans son berceau, et nous parlâmes du voyage à Utshi, que je devais entreprendre dimanche, après le sabbat de samedi. J'avais parlé à Palmer des cochons sauvages. Il m'avait dit qu'un jour il était tombé sur un troupeau ; les Guyanais qui étaient avec lui avaient fui, terrifiés, et s'étaient blessés en essayant d'escalader des arbres impossibles à escalader, tandis que lui, qui n'avait jamais entendu les histoires horribles qu'on racontait, avait sorti son appareil et avait photographié le troupeau tandis qu'il galopait de part et d'autre de lui : sa mère vivait à la campagne et aimait recevoir des photos de la forêt tropicale et de la vie sauvage.

« J'aimerais drôlement venir avec vous, disait Mr. Winter de temps à autre. J'aimerais drôlement. Mais je suis trop vieux. Je vous retarderais. Je flâne toujours au début pendant une heure ou deux. Je laisse tout le monde prendre de l'avance. Je flâne jusqu'à ce que je trouve mon second souffle. Dites, vous savez ce qui donne de l'énergie pour marcher ? Le maïs grillé. En Équateur j'avais toujours du maïs grillé sur moi. Je flânais. Mangeais une poignée de maïs grillé. Je flânais. Je mangeais encore une poignée de maïs grillé. Jusqu'à ce que je trouve mon second souffle. C'est comme ça que je faisais en Équateur. Je vous retarderais, de toute façon. J'aimerais drôlement venir. C'est trop bête d'aller si loin et de ne pas voir ces chutes. Dites, vous pourriez faire quelque chose pour moi ? Vous pourriez m'envoyer une photo de ces chutes ? »

Le samedi à la mission était vraiment comme le dimanche : tout le monde avait ses beaux habits et il ne se passait pas grand-chose. Le petit Chinois resta dans sa chambre et fit une orgie de cantiques. Mr. Winter m'offrit du jambon pour le petit déjeuner et ce fut enfin à mon tour de refuser. Il voulut savoir pourquoi. J'expliquai que j'avais été élevé dans un semi-végétarisme et il dit que lui-même ne buvait pas pour des raisons de religion.

« Sûr qu'on se complique la vie, dit-il. Vous croyez que ça les embêterait si je faisais cuire du jambon sur leur fourneau ? Sûr que ça embête ces gens qu'on fasse des choses qu'ils désapprouvent.

— Je le crois, dis-je. Et quand je pense à toutes les cigarettes que je fume...

— Et à tout le café que je bois. » Sa bouche s'ouvrit légèrement et un sourire de pure malice éclaira son visage tout fendillé. « Mais j'aime bien le café. Vous en voulez ? »

Ensuite nous allâmes jusqu'au village où, à notre grand soulagement, nous trouvâmes le Dr Talbot occupé à arracher des dents. Lui-même n'avait pas mis son dentier et il était d'excellente humeur : il avait juste eu un rhume. La plupart des Amérindiens étaient au cours d'instruction religieuse. Beaucoup d'hommes portaient des pantalons en serge et un ou deux étaient en costume. Dans une maison inachevée, encore squelettique, deux adolescents écoutaient des calypsos de Sparrow sur un gramophone.

Ce soir-là, à la mission, avait lieu une projection de diapositives en plein air organisée par la sœur du pasteur et les Amérindiens venaient en file du village, chacun habillé en blanc et portant une torche électrique, si bien que, lorsque la nuit fut complètement tombée, on ne vit plus qu'une procession de lumières dansantes. On passa d'abord des diapositives de la Hollande. Le public exprimait sa surprise de voir des maisons pressées les unes contre les autres, et il y eut des exclamations d'incrédulité et de pitié quand la sœur du pasteur expliqua par l'intermédiaire d'un interprète, fier de révéler tant de choses étonnantes, que le petit jardin devant leur maison était toute la terre que possédaient la plupart des Hollandais. Puis vinrent des diapositives de Pariuma. Chacune des scènes et chacun des visages connus suscitait les rires de l'assistance. Lorsque les instituteurs noirs apparurent sur l'écran, comme leurs traits étaient indistincts, les Amérindiens firent jouer le faisceau de leurs torches sur leurs visages, comme pour les éclairer. L'intention était moqueuse, et inquiétante.

Les seules difficultés du voyage vers Utshi furent la boue et les uniques troncs d'arbres jetés au-dessus des petits ravins parfois rocheux et abrupts. Les jeunes Amérindiens qui m'accompagnaient couraient sur les troncs avec légèreté ; je les passais à califourchon. Il y avait très peu d'animaux sauvages. Des cochons sauvages nous ne vîmes que des traces, et Lucio et Nicolas, avec un large sourire, firent du bruit pour les attirer. « Un serpent ! » cria Lucio à un moment, alors que je n'avais rien vu. Il coupa un baliveau, l'ébrancha, s'en servit pour donner deux ou trois coups au serpent, sans méchanceté, puis il jeta son cadavre hors du chemin. Le sentier n'était parfois visible que pour les garçons et, vers la fin, passait sur un chaos de troncs d'arbres abattus. Nous entendîmes les chutes, les aperçûmes à travers les cimes des grands arbres et soudain nous nous retrouvâmes à découvert : la nature, déjà grandiose, plus grandiose encore, les chutes au centre d'un vaste mur de pierre incurvé, un petit arbre unique au sommet, un brouillard léger recouvrant le tout, l'herbe épaisse, élastique, montant jusqu'à la taille, le brouillard s'élevant en volutes de la gorge grondante comme de la fumée. Lucio descendit jusqu'aux rapides, et lorsque je le vis de nouveau il était en train d'escalader la pente rocheuse de la gorge, vêtu d'un caleçon de bain bleu, tâchant de s'approcher le plus possible des chutes. Dans sa partie supérieure la gorge, bien qu'elle fût bosselée et à pic, était couverte d'herbe et semblait aussi luxuriante qu'un pâturage. Nicolas suivit Lucio. Ils donnaient une échelle aux galets de l'éboulis et au mur de pierre.

Ensuite, sur la rive de l'Utshi, ils construisirent à moitié une hutte de feuilles. Ils ne le firent qu'à ma demande pressante (il se faisait tard, mais après tout ils me coûtaient chacun 3 dollars par jour). Je me baignai nu dans la rivière, après m'être déshabillé devant eux. Eux, plus pudiquement, s'habillaient et se déshabillaient hors de ma vue. Puis nous mangeâmes. Ils prirent tout ce que je leur offrais, sans plaisir ni dégoût, sans commentaires ; et ensuite ils sortirent leur pain de manioc, ouvrirent des boîtes de sardines et firent ce qu'ils considéraient à l'évidence comme un vrai repas. Ils manifestèrent plus d'intérêt pour ma bouteille de whisky. « C'est du rhum, monsieur ? — Non. — Du whisky ? — Non. C'est contre les piqûres d'insectes. » Lucio se passa la langue sur la lèvre supérieure.

Autour du feu, avec le bruit de la rivière dans notre dos, nous parlâmes. Lucio avait dix-sept ans ; il voulait apprendre le français. Je lui dis quelques mots qu'il répéta avec un bon accent. Mais la conversation n'était pas facile. Ils semblaient avoir une conception limitée du temps : ils étaient capables de saisir le présent mais incapables de considérer le passé lointain ni l'avenir. Si ce que j'avais entendu dire à Kamarang était vrai, c'est seulement l'alcool — et l'alcool auquel il n'est pas habitué — qui stimule le sens du temps de l'Amérindien. Lucio ne put me dire que peu de choses de lui-même et de sa famille, sinon que son père était mort.

« Comment est-il mort ? » Et je regrettai immédiatement d'avoir posé la question, parce que je connaissais la réponse et ne voulais pas l'entendre.

« Kanaima le tue », dit Lucio, et il jeta un bâton dans le feu.

Il ne pensait pas à l'avenir. Bien sûr il aurait aimé se marier, mais il ne voulait pas d'une Amérindienne, et qui d'autre accepterait de l'épouser ? « Indiennes pas bonnes. Elles savent rien. »

Le missionnaire doit avant tout enseigner le mépris de soi. C'est la base de la foi du païen converti. Et sur ces territoires antillais, où le problème spirituel est en grande partie le mépris de soi, le christianisme doit être considéré comme faisant partie du conditionnement colonial. C'était la religion des propriétaires d'esclaves et au début elle était une foi exclusivement raciale. Elle conférait la vérité à ses possesseurs. Elle permit aux Hollandais qui occupaient la Guyane de diviser la population entre chrétiens et Noirs : la révolte des esclaves de Berbice, en 1762, fut une guerre entre chrétiens et rebelles. Les rebelles capturés étaient jugés pour « meurtre de chrétien » et la lecture du compte rendu de la mort d'Atta, le chef de la rébellion, est sur ce point instructive :

> Cinq d'entre eux furent ensuite brûlés à petit feu, ou plutôt rôtis, en même temps qu'ils étaient sans cesse tenaillés ; et un autre fut attaché au sommet d'un bûcher et mourut immédiatement. Ensuite le feu fut lentement allumé autour d'Atta afin que ses souffrances durent plus longtemps ; il les supporta si bien que, le feu ayant été allumé à onze heures, il était encore vivant une demi-heure après. Il est surprenant que tous se soient laissés brûler, rouer, pendre, etc., sans un cri ni une plainte. La seule chose que dit Atta ce fut au gouverneur, à qui il criait fréquemment dans sa langue nègre : « Mon Dieu, qu'ai-je fait ? Le gouverneur a raison. J'ai mérité mes souffrances. Je le remercie ! » Telle fut la fin de ce monstre fameux dont la soif de sang et la cruauté provoqua la mort de tant de chrétiens et la destruction quasi irrémédiable de cette colonie.

Alors même que j'étais en train de lire ce compte rendu de la révolte des esclaves de Berbice par Hartsinck à Georgetown, les chrétiens de Guyane britannique protestaient contre l'intention du gouvernement de faire passer sous son contrôle les écoles subventionnées. Le christianisme était menacé en Guyane britannique. Les descendants des rebelles d'Atta se rassemblaient en masse, écrivit un missionnaire à *Time* magazine. On a si rapidement adopté les positions, les cris de guerre du *jihad* ; on a si rapidement oublié l'histoire récente. Bien que, depuis l'émancipation, le christianisme se soit imposé de lui-même et ait de nombreuses façons sauvé la société de la corruption totale, il n'a pas perdu ses associations raciales, son association avec le pouvoir, le prestige et le progrès. Les ministres de Dieu, comme les hauts fonctionnaires, devaient être blancs ; ce n'est que récemment que le blanc des cols de l'église et de l'administration s'est mis à rehausser le noir. Les efforts pour rendre accommodante la foi d'une race qui ne l'est pas n'ont pu que créer de profonds troubles psychologiques. Ils ont confirmé le colonisé dans son rôle d'imitateur, de voyageur qui n'arrive jamais au but. « Indiennes pas bonnes. Elles savent rien. » En manifestant cette attitude envers son peuple, Lucio ne parlait pas seulement pour le converti amérindien mais aussi pour l'Antillais. Quant aux descendants des rebelles d'Atta, c'est l'article cardinal de leur foi.

J'étais content d'avoir insisté pour la hutte, car il se mit à pleuvoir dans la nuit : un bruit agréable sur les feuilles qui m'abritaient. « Excusez-moi, monsieur. » C'était Lucio. « Est-ce que Nicolas et moi on peut apporter nos hamacs ici ? » Ils dormaient à la belle étoile ; et je fus surpris de les voir en pyjamas, tout autant qu'au matin de les voir sortir des brosses à dents et des tubes de Colgate.

Sur le chemin du retour, nous croisâmes un vieil Amérindien courbé sous un fardeau énorme qu'il portait dans son *warishi*.

Décevant : les caisses étaient des cartons de bière Heineken ; et le chargement était surmonté d'un panama flambant neuf. Une demi-heure plus tard, nous rencontrâmes le reste de sa famille en train de franchir le lit d'une rivière : deux très vieilles femmes et deux jeunes filles, toutes pieds nus et portant des fardeaux. Une des femmes tenait dans la main une bouteille de rhum contenant un liquide blanc étiqueté « Le Mélange ». La forêt semblait pleine d'Amérindiens ce matin-là. Un peu plus tard, au bord d'un cours d'eau peu profond et frais qui coulait sur des rochers grands et plats comme des pierres à paver, nous trouvâmes le joueur de guitare de Santa Helena qui se reposait avec sa famille et son chien sur les hauts rochers secs à côté de la rive. Ils retournaient à Santa Helena : une semaine de marche. Ils avaient fait un feu sur un rocher, et le joueur de guitare, qui portait une chaîne de couteau, des chaussures et des chaussettes, se servait de son couteau pour faire une sorte de *warishi* pour ses deux valises en carton. Il me demanda une cigarette. Puis, soudain, à la façon amérindienne, il partit, le chien suivant en tremblant dans le cours d'eau peu profond mais rapide et agitant frénétiquement la queue quand, après deux échecs, il parvint à escalader l'autre rive.

Pas loin de Paruima, nous arrivâmes dans une clairière où une hutte basse en boue à moitié écroulée était érigée au milieu d'une petit champ de bananiers géants et de bouquets de cannes à sucre géantes. Une famille était assise au soleil dans la cour en boue jaune. La petite fille et la femme, vêtues de robes sales qui ressemblaient à des sacs, se réfugièrent dans l'obscurité de la hutte, abandonnant deux petites poupées en caoutchouc rose parmi des bouts de canne à sucre mâchée. L'homme, nonchalamment assis par terre, mangeait de la canne à sucre : il mordit, mâcha, suça, avala, cracha. Nous échangeâmes un salut et continuâmes notre chemin. La hutte était à une cinquantaine de mètres derrière nous quand Lucio demanda : « Vous voulez bien m'attendre ici ? » Ils avaient été invités à manger. Les garçons enlevèrent leurs *warishis* et s'assirent sur des bancs bas dans la cour. La femme posa une râpe par terre, une natte en paille sur la râpe, et du pain de manioc sur la natte. Ils sortirent divers récipients émaillés contenant l'un des légumes baignant dans une sauce huileuse, l'autre des racines de taro, le troisième des haricots noirs. Lucio et Nicolas mangeaient à même les récipients avec leurs mains, pêchant la nourriture à l'aide de bouts de pain de manioc. Puis, à un autre récipient et avec le plus grand contentement, ils burent un liquide épais et blanc. Leurs hôtes les regardaient d'un air approbateur, l'homme riant et bavardant dans la cour, les femmes en silence, debout dans la hutte. On me donna des bananes et de la canne à sucre[1].

« Eh ben, bonjour ! », me cria Mr. Winter comme je montais la colline. Il me bombarda de questions. Alors, les cochons sauvages ? Les troncs d'arbres sur les ravins ? (Le petit Chinois nous avait parlé de ces troncs d'arbres, ce qui avait dû effrayer Mr. Winter autant que cela m'avait effrayé.) Les garçons avaient été bien ? Est-ce qu'ils m'avaient laissé tomber ? Est-ce que j'étais fatigué en arrivant là-bas ? Combien de temps j'avais mis à trouver mon second souffle ?

« Ça vous a pris deux heures, non ? C'est comme ça que j'aurais fait. Juste flâner pendant ces deux heures. Dites, comment était l'eau là-bas ? Blanche ou noire ? J'en ai vraiment marre de cette eau noire. Avec toute la lessive qu'elles ont faite, toute la rivière est polluée, c'est sûr. » Il me donna de ses nouvelles. Il avait été en bateau à rames en amont de la rivière où il avait découvert un cours d'eau blanche. Il avait enfin pu se laver comme il faut. « Dites, vous savez, cette fièvre jaune dont ils parlent ? Je ne crois pas que c'est la fièvre jaune du tout. C'est l'hépatite. »

Ce mot m'était inconnu.

« Vous avez de la chance. J'ai connu un homme qui avait une hépatite. Ils en avaient eu douze cas. Et ça suffit pour une ville de bonne taille. Je sais que ce n'est pas bien de ne pas manger leur nourriture et tout ça. Mais si

1. « Bien qu'il n'y ait pas de preuve que la canne à sucre soit indigène à l'Amérique, on la trouve néanmoins jusque dans les villages amérindiens les plus reculés, et de genres jamais vus aujourd'hui dans les plantations. Ces cannes proviennent probablement de plants apportés par les premiers colons. » Vincent Roth : « L'influence amérindienne sur les colons ». Colomb apporta des boutures de canne à son second voyage aux Antilles.

je vous invitais chez moi aux États-Unis — et j'aimerais beaucoup — et que j'avais l'hépatite, je ne vous inviterais pas chez moi. Je vous emmènerais au restaurant ou je ne sais pas. » Il n'avait toujours pas digéré l'invitation à dîner du pasteur. « Vous savez, ajouta-t-il d'un air de conspirateur, que je bous mon eau même dans mon hôtel à Georgetown ? Je la fais bouillir et je la mets au réfrigérateur. A refroidir. »

Dans la pièce à côté, l'instituteur noir et le petit Chinois parlaient d'œufs à la coque. On aurait dit que tout le monde ne pensait qu'à la nourriture.

Quand je sortis de mon hamac, le lendemain matin, Mr. Winter était habillé et il avait fait ses bagages. Sa moustiquaire avait été démontée et se trouvait sans doute dans l'un de ses sacs en plastique. Nous bûmes du café ; et, en attendant la vedette, nous parlâmes du problème de l'eau et d'hygiène.

« Ils vont avoir un sacré problème d'hygiène. Déjà ces latrines sentent et sont pleines de mouches. Je ne sais pas ce que ça sera quand ils vont avoir les vingt-cinq garçons dont ils parlaient. Vingt-cinq garçons en pleine forme. Mon pote, ils vont avoir un problème. »

A onze heures, il n'y avait aucun signe de la vedette. Nous refîmes du café. Tandis que nous le sirotions, avec dans la bouche le goût de l'eau noire de la rivière, nous parlâmes du goût délicieux de l'eau pure et sans goût. Je lui proposai la papaye que m'avait cueillie le pasteur sur un de ses arbres.

« Non merci ! Jamais de fruit mou. »

Mais il prit l'une des bananes de l'Amérindien. Nous mangeâmes lentement, sans parler. La banane n'arrangeait pas ma soif, ni mon désir d'eau fraîche.

« Vous savez, me dit-il après un certain temps, vous savez — sûr que ce n'est pas le moment d'en parler — mais vous connaissez ces boîtes de jus d'orange de Trinidad ? Ces grandes boîtes avec l'étiquette noire et orange ? J'aimerais bien en avoir une maintenant. La prochaine fois que je fais un voyage comme ça je ferai un stock de ces boîtes. Elles sont lourdes, mais elles valent vraiment la peine. »

Tandis que j'étais en train de négocier l'achat d'une des noix de coco gigantesques et trop mûres de la mission, on annonça la vedette. Nous courûmes à la rivière, montâmes à bord, et nous assîmes. On nous dit qu'il y aurait du retard. Le soleil était brûlant, l'eau aveuglante et il n'y avait pas de brise.

« Je suppose, dit Mr. Winter — et j'admirai alors son calme — je suppose que maintenant ils vont aller jusqu'au village et flâner un peu. »

C'est ce qu'ils firent, et après un temps nous les rejoignîmes. Là nous vîmes la cause du retard : un monomoteur seul sur le terrain d'aviation de l'autre côté de la rivière. Il appartenait à la mission et venait d'arriver, piloté par un Américain en pantalon vert et chemise verte, avec le pilote portugais de Kamarang Mouth comme passager. Il était maintenant une heure et demie et il faisait extrêmement chaud. Je parlais de récoltes avec Palmer, mais sans enthousiasme. Même si nous partions tout de suite, il était trop tard pour arriver à Kamarang Mouth aujourd'hui. Nous ne pouvions naviguer que de jour et serions obligés de passer la nuit dans un village amérindien à mi-chemin. Alors le pasteur suggéra que nous prenions l'avion pour retourner à Kamarang Mouth.

Une demi-heure plus tard, après avoir survolé les méandres et les boucles pervers du Kamarang dans lesquels nous aurions passé une journée, le Portugais et l'Américain n'ayant cessé de parler avions et routes comme d'autres parlent voitures et raccourcis, nous étions à Kamarang Mouth.

Je chargeai un petit Amérindien de mes bagages et courus presque au réfrigérateur de Seggar. Je bus deux bières, la première rapidement, la seconde lentement. La bouteille froide et humide dans ma main, je jouis avec délices de la chaleur. Pour la première fois depuis plusieurs jours le tabac avait un goût. J'inhalais profondément et avalais la fumée tout en regardant en aval du Mazaruni là où la Roraima était cachée par la brume. Dans la maison d'invités, je trouvai Mr. Winter allongé sur le dos en travers du lit, les pieds pendant, le chapeau repoussé derrière la tête, une expression de contentement béat sur le visage. Il leva une main languide pour désigner la table. Dessus, je vis une boîte de jus d'orange de Trinidad.

« Il est là, dit-il. Vous en ai laissé. »

Je ne lui parlai pas de la bière. Mais ce qu'il avait laissé aurait à peine fait un centimètre dans un verre.

« Oh, à propos, dit-il quand j'eus vidé la boîte, buvez autant que vous voulez. Buvez tout. J'ai eu ma part. »

Une heure et quelques plus tard, quand nous eûmes tous deux retrouvé le calme et tandis que nous nous préparions une fois de plus à partir — un Dakota arrivait inopinément et nous amènerait à la côte l'après-midi — même — Mr. Winter dit : « Sûr que ce jus d'orange était bon. » Un sourire se dessina et s'épanouit lentement sur son visage. « J'en ai bu plus que ma part. » Il se mit à rire. « Bu plus que la moitié. Presque bu toute la boîte. Vous en avez eu beaucoup ? »

Je lui montrai combien.

« Mince, je suis désolé. » Mais il souriait. « J'ai bien l'impression que j'ai bu plus que ma part. »

Je lui avouai la bière.

« Sûr que c'était bon. Mon pote ! Sûr que j'ai hâte d'être à Georgetown. J'ai deux bouteilles au réfrigérateur. Bouillie. M'attendent dans le réfrigérateur depuis une semaine. Deux bouteilles. Dès que j'arrive, je vais boire une sacrée quantité d'eau.

— Pas de bière ?

— Touche jamais à l'alcool. Mais sûr que j'aime l'eau. »

QUATRE

SURINAM

> La langue dans laquelle nous parlons est sienne avant d'être mienne. Combien différents sont les mots *foyer, Christ, bière, maître,* sur ses lèvres et les miennes ! Je ne peux prononcer ou écrire ces mots l'esprit tranquille. Sa langue, si familière et si étrangère, sera toujours pour moi un langage acquis. Je n'ai ni fait ni accepté ses mots. Ma voix les tient en échec. Mon âme se tourmente dans l'ombre de sa langue.
>
> James Joyce, *Portrait de l'artiste en jeune homme.*

En 1699, un citoyen de l'île de la Barbade (265 kilomètres carrés) mentionne dans une lettre « un endroit dont on parle beaucoup ces temps derniers, pris aux Hollandais, qui s'appelle New York ». Le mépris était justifié, car même cinquante ans plus tard la Barbade exportait presque autant en Angleterre que toutes les colonies américaines réunies. Ce qui s'était passé, c'est que, en 1667, par le traité de Breda, les Hollandais avaient abandonné New York aux Anglais et pris le Surinam en échange. Les Hollandais pensaient avoir gagné au change, et le pensent toujours, car, ainsi qu'on l'apprend aux écoliers hollandais, les Anglais ont perdu New York tandis que les Hollandais ont toujours le Surinam.

Le Surinam, anciennement Guyane néerlandaise, jouxte la Guyane britannique sur la côte nord-est de l'Amérique du Sud ; et bien que la Corentyne, la région la plus à l'est de la Guyane britannique, et Nickerie, la plus à l'ouest du Surinam, aient beaucoup plus en commun qu'avec leurs capitales respectives, se rendre en avion de Georgetown à Paramaribo — une heure de vol — est plus dépaysant que de se rendre en avion de Londres à Amsterdam. Car soudain la Hollande, presque inconnue à Trinidad et en Guyane britannique, si ce n'est comme exportatrice de bière et de lait en poudre, devient importante, beaucoup plus importante que ne l'est l'Angleterre pour Trinidad ou la Guyane britannique. Ce n'est pas seulement la surprise d'entendre des Noirs et des Indiens, en tous points semblables à ceux de la Guyane britannique et de Trinidad, parler néerlandais ; ni de voir, dans un cadre antillais, les *Ingang, Uitgang, Niet Rooken* et *Verboden Toegang* jusqu'à présent vus seulement en Hollande, ou les sobres bâtiments de l'administration de Mirandastraat. Ici, on ne parle que de « Hol-lond » et de « Omsterdom ». Au Surinam, la Hollande est l'Europe ; la Hollande est le centre du monde. Même l'Amérique passe au second plan. « La première chose que vous devez vous ôter de l'esprit, me dit un officiel américain, c'est que vous êtes en Amérique latine. Pensez qu'ils n'ont même pas ouvert leurs volets pendant la période électorale. Tout ce qui s'est passé, c'est que certains, des membres de l'opposition qui avaient perdu leurs sièges ont quitté le pays. Et ils sont allés en Hollande. » Bien que depuis 1955 le Surinam soit indépendant de fait, province autonome du royaume des Pays-Bas à égalité avec les Antilles néerlandaises, la Nouvelle Guinée et la Hollande elle-même, on a la sensation de se trouver dans une annexe tropicale et sans tulipes de la Hollande ; certains Surinamois l'appellent la douzième province de Hollande.

Tous les gens instruits, ou presque, ont été en Hollande, et il existe une réelle affection pour la Hollande. On ne trouve pas la moindre trace du ressentiment racial que l'Antillais britannique rapporte d'Angleterre. L'atmosphère est reposante. Avec les Noirs, les Indiens, les Hollandais, les Chinois et les Javanais, le Surinam a une population plus mêlée que celle de la Guyane britannique et de Trinidad. Pourtant il n'a pas les problèmes raciaux de ces territoires, bien qu'on ne puisse éviter qu'il y ait une rivalité croissante entre les Indiens et les Noirs, les deux groupes principaux. Avec un réalisme tout néerlandais, les Surinamois ont évité le conflit racial non pas en ignorant les différences de groupes mais en les reconnaissant ouvertement. Les partis politiques sont raciaux, mais le gouvernement est une coalition de ces partis. Chaque groupe est ainsi engagé au développement du pays. Les Hollandais se plaignent de l'hostilité des Noirs, mais les plaintes, comme la démonstration de l'hostilité, sont étouffées ; et en dépit de tout ce qui s'est passé en Indonésie et en Hollande, les relations entre Hollandais et Javanais sont cordiales.

Sans problème politique explosif, sans problème racial aigu, et avec le gouvernement hollandais qui contribue pour deux tiers au budget (un tiers en dons, un tiers en prêts) du développement du pays, le nationalisme pourrait sembler une excroissance aussi perverse qu'improbable. Mais un nationalisme est né, qui perturbe l'ordre établi, prouvant que le rejet du colonialisme aux Antilles n'est pas seulement économique ou politique ou, comme beaucoup le croient, simplement racial. Le colonialisme altère l'identité des peuples assujettis, et le Noir en particulier est désorienté et irritable. L'égalité raciale et l'assimilation sont bonnes en apparence mais ne font que souligner la perte, car accepter l'assimilation est d'une certaine façon accepter une infériorité permanente. Le nationalisme qui existe au Surinam, qui ne se nourrit pas de ressentiments économiques ou raciaux, est le mouvement anticolonial le plus profond des Antilles. C'est un mouvement idéaliste, un mouvement plutôt triste dans la mesure où il montre à quel point l'Antillais est prisonnier de sa culture coloniale. L'Europe, dit le nationaliste surinamois, ne doit pas être considérée comme la seule source de culture ; l'Afrique et l'Asie doivent aussi avoir leur part. Mais l'Europe est dans le sang du nationaliste et, au fond de lui-même, il juge l'Afrique et l'Asie méprisables et ridicules. La langue néerlandaise doit être abandonnée car « mon âme se tourmente dans l'ombre de sa langue » — et remplacée par — quoi ? Un dialecte local limité qu'on appelait autrefois le *talkie-talkie*.

Corly m'attendait à ma descente d'avion et me souhaita la bienvenue dans les formes au nom du ministère de l'Information du Surinam.

« Vous êtes écrivain et poète, dit-il.

— Pas poète.

— J'ai su tout de suite que c'était vous. J'ai ressenti une sorte de tremblement. »

Corly lui-même était poète. Il venait de publier le jour même — à ses frais et à quatre cents exemplaires — son second recueil de poèmes. Il en avait un paquet à son bureau et me promit de m'en donner un dès que nous serions arrivés à Paramaribo. Corly était accompagné de Theresia, grande et jolie métisse avec de belles mains, et de belles chevilles. Elle parlait à peine l'anglais, ce qui me surprit quelque peu ; et tandis que la voiture roulait dans la lumière de la lune sur la route droite et égale (construite par les Américains pendant la guerre), Corly me parla du problème de la langue et de la lutte culturelle au Surinam, dont le reste du monde ignorait tout. Corly adorait la Hollande, la littérature hollandaise et les Hollandais et avait maille à partir avec les nationalistes parce qu'il écrivait en néerlandais, et pas dans le dialecte local, sur des thèmes qui n'appartenaient pas spécifiquement au Surinam. Le journal hollandais *Elseviers* n'avait pas arrangé ses affaires en qualifiant son travail d'« enrichissement de la poésie néerlandaise ».

Il n'était pas tard quand nous arrivâmes à Paramaribo mais la ville semblait dormir. Nous trouvâmes une *pension* — la propriétaire noire eut l'air un peu surpris — puis allâmes au bureau de Corly. Il y avait un drapeau miniature du Surinam posé sur un bureau : cinq étoiles, une noire, une brune, une jaune, une blanche et une rouge, pour représenter les différentes races, reliées par une ellipse noire, sur champ blanc. Je demandai à Theresia quelle était son étoile. Elle désigna d'un doigt incertain la brune ; et, de fait, dans un des dépliants que me remit Corly je lus : « D'une certaine manière, on peut dire que l'étoile brune a une signification cachée parce que sa couleur pourrait représenter aussi une expérience couronnée de succès : le mélange harmonieux de nombreuses races en un peuple, la clé de voûte de la population du Surinam. » Enfin Corly ouvrit un paquet emballé de papier brun et sortit son livre. Un coup d'œil rapide me montra que les critiques des nationalistes avaient dû avoir quelque effet : le mot de Surinam revenait fréquemment dans les poèmes. Corly me dit aussi qu'il avait inventé un nom pour la Surinamoise idéale. C'était « Surinette », et c'était le titre d'un de ses poèmes.

Conférence de presse. Peut-être à cause de son travail, Corly croyait en la valeur de la publicité et voulait que j'en aie ma part au Surinam. Il pensait que ma venue était une nouvelle suffisamment importante pour qu'elle paraisse dans la presse du matin ; et après que nous eûmes ramené Theresia chez elle, il m'emmena au bureau d'un journal dans une rue silencieuse bordée de palmiers. Le bureau était, je crois, à côté d'une boulangerie. Nous accédâmes par une porte de côté et un passage à une petite pièce brillamment éclairé, où un grand Hollandais en manches de chemise, fumant la pipe et tenant des épreuves et un crayon rouge, me serra la main avec un air surpris. Corly parla ; le Hollandais répondit. Il était trop tard. Le journal était sous presse. Effectivement, au bout de la pièce encombrée, derrière des pièces de machines, le journal était en train d'être imprimé, une grille aux airs de portail s'abaissant et se relevant, imprimant un côté de la feuille à la fois. Je ne parus donc pas dans la presse du matin.

Il est malheureux pour les Antilles britanniques que l'impérialisme britannique ait coïncidé avec une mauvaise période de l'architecture britannique. Trollope fut consterné par Kingston, mais il ajoutait ce commentaire : « Nous n'avons peut-être pas le droit de nous attendre à du bon goût, si loin de toute école où le bon goût est enseigné ; et certains diront peut-être que nous avons suffisamment péché chez nous pour être enclins garder le silence sur ce chapitre. » Les colonies hollandaises ont eu plus de chance avec les Hollandais ; et bien que Paramaribo ne soit pas une aussi belle ville que Georgetown, elle possède une élégance provinciale fatiguée, avec ses rues bordées de palmiers et ses trottoirs poussiéreux, ses maisons serrées les unes contres les autres, à l'étage supérieur prolongé par une véranda, sa place principale calme que bordent les bâtiments officiels, *l*'hôtel et *le* club.

En architecture comme en tant d'autres choses, ces territoires antillais font une fixation sur la mère patrie, et — comparez Rotterdam avec n'importe quelle ville britannique récente — les résultats continuent d'être aussi désastreux pour les territoires britanniques qu'ils sont heureux pour les hollandais. Federation Park, à Port of Spain, est un exemple de manque de goût qui frise le cynisme ; de même pour les bâtiments du University College of the West Indies à la Jamaïque. Paramaribo, en revanche, possède une demi-douzaine de bâtiments modernes dont n'importe quelle ville européenne pourrait s'enorgueillir. Mais ces bâtiments rappelant la métropole sont incongrus dans la chaleur, la poussière et la torpeur de l'après-midi. Car Paramaribo est provinciale. Paramaribo est ennuyeuse.

J'eus droit à une petite excitation provinciale, à mon premier matin, quand je fus réveillé par une fanfare militaire. La petite procession de soldats blancs et noirs en blanc et de policiers noirs en chocolat passa trois fois dans la rue sous mes fenêtres. Les rues ne devaient plus jamais m'offrir rien de comparable. En fait, il se passe très peu de choses dans les rues de Paramaribo l'après-midi. A cause de la chaleur, les bureaux et les commerces ouvrent à sept heures du matin et ferment à une heure et demie. En conséquence de quoi, tout le monde se couche tôt, et durant toute la matinée on voit des gens qui mangent dans des bureaux.

Il y avait une terrasse sur le toit du nouvel immeuble de Radio Apintie. C'était un club, me dit Corly ; mais en tant qu'étranger je pourrais entrer sans problème. Nous fûmes accueillis par le barman, qui n'avait pas d'autres clients et était content de nous voir. Nous regardâmes la ville silencieuse. Derrière la plupart des maisons, il y avait des rangées de bâtiments ancillaires : la maison principale et les locataires : une survivance de l'esclavage, qui n'avait été aboli ici qu'en 1863.

« Que font les Surinamois, me demanda Corly, quand ils ne font rien ? »

A Georgetown, l'animation de Port of Spain m'avait manqué. Maintenant c'est Georgetown, qui me manquait, et les habitants de Paramaribo me dirent que je ne savais pas ce qu'était l'ennui : je devrais aller de l'autre côté de la frontière en Guyane française.

L'homme de L'I.C.A. J'avais rencontré l'inspecteur de la branche spéciale de l'Administration internationale pour la coopération dans l'une des belles banques neuves où je changeais désavantageusement mes dollars des Antilles britanniques pour des florins. Il m'invita à venir le voir au siège, et lorsque je le fis, je le trouvai dans un petit bureau blanc plein de journaux de divers territoires antillais. L'inspecteur lisait ces journaux avec application. Il s'inquiétait de la sécurité du Surinam et il était de son devoir d'étudier les courants politiques dans les territoires voisins. Il allait en Guyane britannique pour « observer » les élections.

Sous le silence de l'après-midi abrité derrière les volets, toutefois, des passions s'affrontaient. Quinze jours auparavant, un « conseil consultatif pour la coopération culturelle entre les pays du Royaume des Pays-Bas » avait été fondé dans le but, au Surinam, de promouvoir « l'intérêt pour et la connaissance de la culture occidentale, particulièrement dans ses manifestations hollandaises ». Les nationalistes avaient réagi violemment ; et leur manifeste de quatre pages, publié alors que j'étais là, contenait leurs dénonciations et résolutions, avec le texte d'un entretien radiophonique du Dr Jan Voorhoeve. Il est caractéristique de l'équité et de l'urbanité de l'administration d'inspiration hollandaise (qui a produit la seule police incorruptible de l'hémisphère occidental) que les nationalistes aient accès à une station de radio ; et pas surprenant que le Dr Voorhoeve soit lui-même hollandais, membre, qui plus est, de la société biblique des Pays-Bas. Le discours intelligent et modéré de Voorhoeve était particulièrement intéressant pour son analyse de la société coloniale.

> Une colonie est une étrange sorte de société, une société sans élite... Les dirigeants viennent de la métropole, sont des gens d'une autre culture... L'idéal culturel colonial a des conséquences très fâcheuses pour l'individu. C'est en fait un idéal inaccessible... Quelques personnes exceptionnelles... font de grandes choses, mais perdent de ce fait leur nationalité... Et ce qui est valable pour eux ne l'est pas pour dix milliers d'autre qui doivent rester prisonniers d'une imitation sans âme, sans jamais rien faire de personnel. Ils apprennent à se mépriser, mais n'obtiennent rien en échange. Ainsi, après la guerre, il y eut beaucoup de gens au Surinam qui se jugeaient bien au-dessus des gens ordinaires parce qu'ils avaient réussi à assimiler la langue hollandaise et la culture hollandaise. Parfois ils écrivaient un joli petit poème à la Kloos, ou faisaient une jolie petite toile, ou jouaient une sonate de Mozart pas maladroitement ; mais ils n'étaient pas capables de réussir quelque chose de vraiment culturel. Quand cette nouvelle génération put après la guerre se rendre en Hollande en plus grand nombre... ils découvrirent leur vacuité culturelle avec un choc. Ils entraient en contact avec le monde, la communauté des nations, et restaient là les mains vides. Ils n'avaient pas leurs propres chansons ; ils avaient à peine Mozart. Ils n'avaient pas leur propre littérature ; ils n'avaient que Kloos. Ils n'avaient rien et étaient des éléments sans valeur dans la vie des nations. Ce qui avait été par le passé une cause de fierté — « le Surinam est la douzième province de la Hollande » — était maintenant une cause de honte et de déshonneur.

La controverse, à ce niveau, ne pourrait devenir publique aux Antilles britanniques. Certes, on parle de la culture antillaise, mais on n'en parle avec franchise que lorsque cela ne touche pas la politique, et toujours à partir de l'attitude coloniale qui rejette comme barbare tout ce qui ne provient pas de la mère patrie blanche. Qu'une société coloniale puisse ne pas avoir d'élite est chose trop effrayante pour être même perçue. Une des raisons de cette passivité antillaise britannique est que les Anglais n'ont jamais essayé de faire des Anglais de leur colonisés. En fait, ils étaient irrités qu'on puisse penser, comme le font les Antillais français et hollandais, que des chances égales à celles de leurs ressortissants de souche puissent les attendre en métropole. Dans leur empire les Anglais étaient « européens », et la conception antillaise de la mère patrie n'a été reçue qu'avec amusement, consternation et crainte en Angleterre. Dernièrement, les Hollandais ont encouragé les Surinamois à croire qu'ils pouvaient devenir hollandais ; et on m'a parlé d'un club à Amsterdam où, devant leur *genever*, ces Hollandais surinamois parlent avec nostalgie de la perte de l'Indonésie. Le paradoxe est que l'idéalisme hollandais conduit au rejet, tandis que le cynisme britannique a eu pour conséquence une relation relativement facile entre colonisés et métropolitains.

Les Hollandais ont offert l'assimilation mais ne l'ont pas rendue obligatoire. Leur tolérance et leur compréhension de la culture étrangère est plus grande que celle des Anglais, et l'inverse même de l'arrogance française qui rend les Antilles françaises insupportables pour qui n'est pas francophile. Et on ne peut s'empêcher de trouver injuste que les Hollandais voient le don de leur culture rejeté avec mépris par leur ancienne colonie. Le Surinam, au sortir de la domination hollandaise, s'est trouvé être le seul territoire véritablement cosmopolite de toutes les Antilles. Le cosmopolitisme de Trinidad n'est en réalité qu'une question de races ; au Surinam, différentes cultures, modifiées mais toujours distinctes, cohabitent. Les Indiens continuent à parler le hindi ; les Javanais vivent dans leur propre monde, un peu obnubilés, dans ce pays plat et sans beauté, par la nostalgie des montagnes de Java ; les Hollandais vivent dans leur autosuffisance hollandaise ; dans la forêt, au bord des fleuves, les Noirs de la brousse ont recréé l'Afrique.

En dépit de l'abondance des discours sur la culture, les Surinamois ont peu d'idée de la diversité et de la richesse de leur pays. Mes exclamations répétées devant la beauté des costumes javanais faisaient rire mes amis créoles. Les créoles ne connaissent que l'Europe, ils n'ont fait aucun effort pour connaître les Javanais ou les Indiens et ce n'est que récemment, stimulés par le nationalisme, qu'ils ont essayé de comprendre les Noirs de la brousse. Un nationaliste alla jusqu'à dire que l'existence de la culture javanaise et indienne était un frein au développement d'une culture nationale ! Voilà qui trahit la confusion et les sentiments raciaux inattendus qui se cachent derrière l'agitation nationaliste. Le problème culturel au Surinam est principalement un problème noir ; seul le Noir a rejeté son passé, tout ce qui l'attache à l'Afrique.

Pour le Noir des îles, l'Afrique n'est pas plus qu'un mot, une émotion. Pour le Surinamois, l'Afrique est presque son jardin. Au bord des fleuves, les Noirs de la brousse ont conservé leur pureté raciale, leurs arts africains de la sculpture du bois, du chant et de la danse et, par-dessus tout, leur fierté. La redécouverte ne fut pas difficile pour eux.

A la maison. Le ministre, grand, gros, noir, et sans façons, écoutait des chants des Noirs de la brousse sur l'électrophone dans le salon au plancher en ébène vert de sa belle maison neuve de ministre. « Vous n'auriez pas entendu ça dans un salon il y a quelques années », me dit-il. Ensuite, comme pour mettre l'accent sur l'ère nouvelle, il raconta des blagues dans la langue locale, le *talkie-talkie* pour l'irrévérencieux, le *negerengels* — anglais noir — pour le littéral et le *Surinam* pour le nationaliste. Plus tard, il emmena les deux autres ministres, de races différentes, au bar dans un coin de la pièce pour parler politique. Pendant ce temps, les trois épouses faisaient de petites plaisanteries à propos de la politique et des manières de faire des hommes politiques.

Les nationalistes espèrent remplacer le néerlandais par l'anglais noir ; et Mr. Eersel, qui a beaucoup travaillé sur la langue, m'en expliqua les possibilités dans son bureau du *Volkslecturing*. Mr. Eersel devait avoir la quarantaine ; il était grave et très doux, avec un de ces visages noirs dont chaque trait semble avoir été moulé séparément, de sorte qu'on regarde le visage trait par trait. Il me dit que le néerlandais n'était pas vraiment compris ni correctement parlé par la majorité des Surinamois, tandis que tout le monde comprenait l'anglais noir. Un dictionnaire d'anglais noir avait déjà été réalisé ; et la langue se développait : on inventait des mots en parlant tous les jours. Je dis que l'adoption de cette langue signifierait que les livres les plus importants du monde devraient être traduits. En avaient-ils les possibilités ? Ils s'arrangeraient Mais les écrivains ? Était-il juste de leur demander d'écrire dans une langue parlée par un quart de million de gens ? Ce n'était pas un problème, dit Mr. Eersel. S'ils étaient bons, ils seraient traduits. Cette langue était-elle capable de subtilité ? Était-elle capable de poésie ? Mr. Eersel me demanda de le tester. J'écrivis de mémoire :

They flee from me that somme time did me seek
With naked foot stalking in my chamber
I have seen them gentle, mild and meek
That now do scorn to remember
That they have taken bread from my hand.

Il traduisit sur-le-champ :

Den fre gwe f'mi, d'e mek' mi sœkoe so,
Nanga soso fœtoe waka n'in' mi kamra.
Mi si den gendri, safri,
Di kosi now, f'no sabi
Fa den ben nian na mi anoe.

Ma mémoire avait mutilé et simplifié les vers simples de Wyatt et Mr. Eersel les avait simplifiés encore plus, mais on ne pouvait pas nier la douceur et le rythme de la langue. J'aurais aimé voir ce qu'aurait donné quelque chose de plus abstrait, mais ma mémoire me faisait complètement défaut.

Je ne connais pas le néerlandais mais j'en goûte l'invraisemblance, l'air de fabrication récente et arbitraire. *Oost woost thoos boost*, prononcez-vous, ou des sons similaires, et vous avez dit « East, west, home's best ». Tandis que l'anglais donne naissance à des dialectes dont l'origine est reconnaissable et qui modifient peu la langue d'origine, le néerlandais, à cause de sa difficulté ou de son invraisemblance, donne naissance à des langues nouvelles et distinctes qui le détruisent très rapidement. Il y a le néerlandais de cuisine d'Afrique du Sud, le *papiamento* des Antilles néerlandaises, le *negerengels* du Surinam. La passion de la mauvaise grammaire est un des traits distinctifs de la fierté régionale dans les territoires hollandais. Le district de Nickerie, au Surinam connu pour son esprit d'indépendance, possède un journal ronéoté dont le titre est *Wie for Wie*. Le journal est écrit, sans doute impeccablement, en néerlandais ; mais son titre, qui est simplement de l'anglais dialectal sans grammaire — « we for we » — proclame le dialecte comme une possession exclusive.

L'importance de l'anglais dans le dialecte du Surinam est surprenante jusqu'à ce qu'on se rappelle que la Guyane britannique est à côté — dans le Nickerie on joue même au cricket — et que le Surinam était anglais jusqu'en 1667. C'est en réalité l'anglais que les Britanniques ont laissé derrière eux, dans l'esprit des esclaves, qui est la base de l'anglais noir du Surinam. Et c'est cela qui est véritablement étonnant. Bien que Trinidad ait été espagnole jusqu'en 1797 et qu'ensuite, avec l'immigration depuis les îles françaises, on y ait parlé français pendant trois quarts de siècle, l'espagnol à Trinidad est mort et le français ne survit qu'en quelques expressions et tournures. Au Surinam, toutefois, après trois cents ans, une forme d'anglais survit. Au premier abord, l'élément anglais dans la traduction de Mr. Eersel semble négligeable ; mais cela est largement dû à la corruption de la prononciation.

Ah dee day day we. Ceci, contre toute vraisemblance, est presque entièrement de l'anglais, et provient de Trinidad la sophistiquée, dont la langue est l'anglais. Décrypté : *I did there there, oui : I did find myself there (to there* : se trouver, être), *yes* : *I was there*. J'étais bien là. Vu l'anglais que devaient parler les esclaves du Surinam en 1667, et vu la prononciation de l'époque en Angleterre, il est remarquable que tant de mots soient encore reconnaissables. Il est possible de constater le développement de la langue dans les années 1770 grâce au *Récit d'une expédition de cinq ans contre les Nègres révoltés du Surinam*, de Stedman.

Au cours d'une des actions de peu d'importance de la guerre, un détachement fut taillé en pièces dans la forêt par les esclaves rebelles qui, suivant la coutume de l'époque, se mirent à décapiter les cadavres des soldats. L'un d'eux faisait seulement semblant d'être mort, toutefois ; et avant que ne vienne son tour, le coupeur de tête rangea son coutelas, disant : « *Sonde go sleeby caba mekewe liby den tara dogo tay tamara* — The sun is going to sleep. We must leave these other dogs till tomorrow. » Le soleil va dormir. Nous devons laisser ces autres chiens jusqu'à demain. Durant la nuit, le soldat prit la fuite. Bien que la phrase ait été rapportée deux fois, d'abord par le soldat hollandais puis par Stedman, il suffit de la dire rapidement pour reconnaître que c'est de l'anglais, de l'anglais dans la bouche d'un Africain de l'Ouest.

You no sabi waar she iss ? Le néerlandais semble à ce point fabriqué de toutes pièces que parfois il provoque une sorte de délire sous l'emprise duquel il semble qu'il suffit de dire n'importe quoi avec l'accent hollandais pour être compris. Un jour, dans un restaurant à Arnem, je me retrouvai en train de parler, avec le plus grand sérieux, un pur charabia à une serveuse qui, continuant à sourire, me confirmait dans mon erreur. C'est à peu près la même chose qui arriva lorsqu'un après-midi j'allai rendre visite à Theresia. Une femme qui habitait un des logis de l'arrière-cour (vestige de l'esclavage, me rappelai-je) me dit que Theresia était sortie. Improvisant un accent, les mots sortant je ne sais d'où, je demandai : « *You no sabi waar she iss ? — Ik weet niet waar ze is*, me répondit la femme en néerlandais appliqué, et elle secoua la tête. *Ik spreek geen talkie-talkie, Mijnheer*. Je ne parle pas talkie-talkie, monsieur. » Ainsi donc je n'avais pas parlé charabia ; j'avais parlé *negerengels*.

Il est peut-être élégant pour les ministres et autres de parler *negerengels*, mais pour le prolétariat, à qui il vient naturellement, cela continue d'être dégradant. Jusqu'à récemment, si j'en crois le Dr Voorhoeve, les mères qui surprenaient leurs enfants à parler *negerengels* les obligeaient à se laver la bouche.

A quatre-vingt-quinze kilomètres de Paramaribo, dans un endroit appelé Brokopondo, une société d'aluminium américaine construit une centrale hydro-électrique pour alimenter une fonderie d'aluminium. Le projet rapportera plus à la société qu'au Surinam, mais il est considéré comme faisant partie du développement du pays, et le ministère de l'Information avait organisé une visite dans une grande voiture américaine du genre fourgonnette de luxe.

Nous allâmes chercher à un hôtel important un officiel noir important d'Aruba, et son photographe. Dans une rue poussiéreuse bordée de palmiers, à une *pension* moins imposante que la mienne, nous prîmes Alberto. Alberto était un photographe de magazine italien qui faisait un tour éclair de l'Amérique du Sud. J'avais lu l'annonce de son arrivée dans les journaux de Georgetown quelques jours avant mon départ ; et son départ, je pense, précéda le mien. Maintenant il était au Surinam pour quelques jours avant de se rendre en Guyane française. Il espérait atteindre Rio à temps pour le carnaval. Alberto était mince, de taille moyenne, et ses mouvements étaient empreints de l'« élégance » italienne. Il avait d'épais cheveux bruns ondulés qu'il peignait continuellement, une épaisse moustache dans un visage rougeaud et joufflu, et des sourcils très fournis surplombant de grands yeux clairs. Il avait à peine dépassé vingt ans mais — la moustache peut-être, et son assurance de journaliste — il en paraissait au moins trente-cinq. Sa voix était rauque.

Nous nous installions pour le long voyage lorsque nous nous arrêtâmes devant un lotissement petit-bourgeois de banlieue ; trois femmes sortirent d'une maison et coururent joyeusement vers la voiture. Elles venaient avec nous, et Alberto, le photographe d'Aruba et moi-même dûmes quitter notre confortable banquette du milieu pour nous installer dans l'étroit espace arrière, face à la route. Il n'y avait pas de compensations. L'une des femmes était brésilienne, grosse, avec de vilaines cuisses blanches et un vilain chapeau en paille blanc et jaune fixé par d'innombrables barrettes à des cheveux bruns en désordre. L'autre était hollandaise et jeune et lourdement enfantine. La troisième était grande et grave, mariée, plus âgée que les deux autres et légèrement maternelle à leur égard ; elle aussi était hollandaise.

Dès que nous eûmes démarré, les femmes se mirent à entonner une chanson incompréhensible. Nous fixions la route d'un regard plein de rancune. L'asphalte fit place à la terre, et bientôt nous fûmes sur la route rouge qui traversait la forêt. Nous ne vîmes pas la forêt ; nous ne vîmes que de la poussière rouge. Elle nous arrivait dans la figure et nous fûmes obligés de relever la vitre. De la poussière rouge glissa le long de la vitre, s'y colla et il se formait de petits monceaux et de petits bancs de poussière qui obstruaient la vue, que nous essayâmes tous trois de dégager en frappant sans cesse la vitre de nos paumes, un accompagnement discordant du chant dans notre dos. De la poussière légère s'était infiltrée par les fentes isolées par du caoutchouc et s'était déposée si doucement sur nous que nous ne l'avions pas sentie. Nous n'avions pas l'air poudrés ; nous avions l'air teints, et la teinture était de plus en plus foncée. Les deux jeunes femmes essayaient maintenant de chanter en étroite harmonie. Chaque fois qu'elles échouaient, elles se mettaient à glousser comme des petites filles.

En dépit de nos supplications, les femmes gardèrent leurs vitres fermées pour se protéger de la poussière soulevée par le passage des voitures. Nous suffoquions. Alberto avait perdu son air frais et bien peigné du matin. La poussière rougissait sa coiffure négligée. Il cessa de parler de ses voyages (« Haïti était une chose dégoûtante ») et se tassa dans son coin. « Je souffre », dit-il, sa voix rauque corsée par l'angoisse. Je crus qu'il voulait qu'on s'arrête et qu'il était trop gêné pour le demander. Mais à ce moment la grosse femme au chapeau de paille se mit à chanter une chanson portugaise ; et Alberto, tournant lentement les yeux de côté et fronçant les sourcils, ce qui fit tomber de la poussière de son front, s'écria : « Grands dieux, je souffre ! »

Un verre à l'auberge de Brokopondo nous rafraîchit. Alberto retrouva son énergie et sa cruauté de journaliste. Il n'était plus que questions et demandes. Pouvait-il traverser la rivière ? Y avait-il des Noirs de la brousse dans le voisinage ? Est-ce qu'on pouvait l'emmener à un de leurs villages ? Et tandis que l'homme du ministère de l'Information cassait quelques aiguilles du pin du Honduras qui se trouvait dans le jardin de l'auberge et les tendait à l'officiel d'Aruba — cependant que le photographe d'Aruba mitraillait — et à moi-même pour que nous les sentions, Alberto allait et venait, prenant des photos. A un moment je le vis loin en dessous de nous sur l'un des rochers qui émergeait de la large rivière peu profonde.

Quand il fut revenu, nous remontâmes en voiture pour nous rendre au barrage. Sur la berge, la grosse femme perdit une chaussure dans la boue. Elle poussait de petits cris de déconfiture. Alberto lui jeta un regard de mépris courroucé et se mit à escalader la butte escarpée avec des mouvements rapides et sûrs en dépit de son élégance italienne et de ses coups de peigne. « Pas de photos ! s'écria l'homme du ministère de l'Information. C'est interdit. » Alberto ne l'entendit pas ; il avait disparu. Quand nous le revîmes, il était à l'autre bout du remblai, s'accroupissant, se relevant, minuscule silhouette se déplaçant rapidement à petits pas, genoux rapprochés, ne bougeant que les jambes.

Deux Noirs de la brousse, la peau d'un noir violet et luisante, seulement vêtus d'un pagne rouge, arrivèrent en canoë et essayèrent de nous vendre un melon d'eau. Je n'avais jamais vu de Noirs de la brousse mais leur apparence m'était familière : j'avais vu leurs semblables sur d'innombrables cartes postales à Paramaribo.

Nous attendîmes Alberto à l'ombre de l'immense pont neuf. Il arriva enfin et nous lui parlâmes des Noirs de la brousse. « Mais je veux voir des Noirs de la brousse », dit-il d'un ton irrité. Cela devint un refrain dans sa bouche : « Vous ne pouvez pas m'emmener voir des Noirs de la brousse ? Je veux voir des Noirs de la brousse. C'est un Noir de la brousse ? »

De retour à l'auberge, nous prîmes tous deux une douche avant le déjeuner, qui fut rapidement avalé. La grosse femme au chapeau de paille mangea des montagnes de pommes de terre. Tout le monde se mit à parler. Les présentations furent faites — le photographe d'Aruba ne cessant de mitrailler — et les professions révélées.

La jeune fille hollandaise, toujours énergiquement enfantine, dit qu'elle avait douze enfants.

« Douze enfants, dit Alberto d'un air de commisération, refusant de voir la plaisanterie. C'est atroce. »

La fille fit une nouvelle tentative. « Je connais un écrivain, dit-elle. A Rio. »

Elle avait fait mouche. Alberto, toujours à la recherche d'adresses et de noms utiles en Amérique du Sud, se radoucit. Il sortit son carnet. « Il est gentil ?

— Il a cinquante ans. »

Alberto perdit son calme. « Je ne vous comprends pas, dit-il en rangeant son carnet. Je vous demande s'il est gentil et vous me dites qu'il a cinquante ans. »

Le photographe d'Aruba photographiait l'officiel d'Aruba, qui était en train de se reposer et de se curer les dents, ses lunettes de soleil reflétant le paysage sauvage de forêt, de rivières et de rochers.

Après le déjeuner, Alberto fut exaucé. Nous allâmes à un village de Noirs de la brousse. Il se trouvait dans une clairière à quelque distance de la grand-route, une courte rue poussiéreuse avec des boîtes en planches bien nettes de chaque côté, pas du tout ce que nous attendions : pas de portes sculptées, pas de traces d'artisanat africain ainsi que nous l'avions lu, que des radios aperçues dans des intérieurs sombres, des machines à coudre et une ou deux bicyclettes bien entretenues. L'homme du ministère de l'Information nous rappela que le village était proche d'un chantier moderne ; les hommes travaillaient sur ce chantier et portaient des vêtements appropriés. Mais il y avait des enfants nus qui se roulaient dans la poussière et les femmes avaient la poitrine découverte, choses pendantes qui ressemblaient à des papayes écrasées. Alberto se mit à mitrailler. Les femmes se réfugièrent, en souriant, à l'intérieur de leurs boîtes. L'officiel d'Aruba, qui regardait autour de lui avec bienveillance, eut plus de chance. Il ne portait pas d'appareil, et un florin persuada une femme de danser avec un chien derrière sa maison. Comme

Alberto et moi-même, visiteurs non payants, approchions, elle s'arrêta.

« Il faut que je photographie ces Noirs de la brousse », dit Alberto. Mais il ne voulait, ou ne pouvait payer. Nous marchâmes entre les maisons, les femmes s'égaillant devant nous, seins nus balançant et battant. « Cette fille est complètement idiote. Il est gentil ? Il a cinquante ans. Est complètement idiote. Chut ! »

Il s'approcha avec précaution d'une femme qui était à sa machine à coudre. Elle ramassa son ouvrage et disparut.

Il me rejoignit. Puis il me quitta de nouveau, appareil prêt, son toupet de cheveux tressautant au rythme de ses petits pas rapides. Cette fois-ci, il eut plus de succès. Je le vis entrer dans une hutte. C'est alors que les filles bondirent. La Hollandaise poussa un cri et se précipita dans la hutte sur les pas d'Alberto, et Alberto émergea sur-le-champ, intensément irrité.

« Dieu que je souffre ! Mais comme je souffre ! »

Nous reprîmes la route, Alberto inconsolable. « Grands dieux, je voulais une photo de ces Noirs de la brousse. » Et durant tout le trajet jusqu'à Paramaribo, il laissa libre cours à son irritation. « Vous avez entendu cet homme au barrage ? Pas de photos. Mais pourquoi ? C'est une loi complètement idiote, et quand quelque chose est si complètement idiot l'Italien dit d'accord, mais laissez-moi essayer de trouver un arrangement qui me permette de prendre des photos. Je remercie Dieu d'être italien. Pourquoi est-ce qu'on va si lentement ? La route est vide. Pourquoi est-ce qu'on va si lentement ?

— La limite de vitesse, dit le photographe d'Aruba. Et nous sommes dans une voiture officielle.

— C'est une raison idiote. En Italie nous dirions *parce que* c'est une voiture officielle. » Il s'interrompit et ordonna : « Stop ! » Il sortit en hâte pour photographier un concasseur de bauxite. « J'aimerais avoir plus de temps, dit-il en revenant. Je pourrais faire de bonnes photos. Hé ! »

Un bout de papier avait été glissé dans sa main par la Hollandaise qui regardait devant elle en souriant. Sur le papier était dessiné d'une main enfantine un profil de femme.

« Qu'est-ce que je fais de ça ? demanda-t-il. Je tenais juste ma main comme ça et une lettre arrive dedans. Qu'est-ce que je fais ? » Il le glissa dans sa chaussette à rayures rouges et murmura : « C'est une insulte ? »

« Dieu, dit-il plus tard, comme j'ai souffert aujourd'hui ! »

Le petit garçon perdu. L'Africain de l'Ouest se définit comme noir. Pour certains Antillais, qui s'évertuent sans cesse à transformer le noir en blanc, la chose est trop brutale : elle suggère que l'évolution est impossible. Les euphémismes varient selon les territoires et au Surinam on me rapporta la description d'un petit Noir parue dans la rubrique des personnes disparues d'un journal : *een donkerkleurige jongen met kroes, haar,* un garçon au teint foncé et aux cheveux frisés.

Le leader des nationalistes, probablement la personne la plus controversée du Surinam, est Eduard Bruma, un avocat noir d'environ trente-cinq ans. Il est brun foncé, de taille et de corpulence moyenne, avec un visage frappant : son front se plisse fréquemment au-dessus de son nez et ses sourcils plantés haut retombent abruptement sur des yeux intenses, profondément enfoncés. Quand il passe dans Paramaribo au volant de sa Chevrolet d'un vert monstrueux, les garçons et les hommes lui font un signe de la main et il y a quelque chose du conspirateur dans leur salut. Car bien que l'agitation nationaliste se fasse au grand jour, les nationalistes n'ont toujours pas de statut officiel et le mouvement est d'une certaine manière clandestin. Je vis un jour une femme âgée attraper Eersel par la manche pour le féliciter à voix basse.

C'est à Amsterdam, ville connue de tout Surinamois instruit, que naquit le mouvement nationaliste. Bruma y passa sept ans. Il y fut heureux et déclare que le mouvement n'a rien à voir avec le ressentiment racial et n'est dirigé contre aucun groupe racial. C'est une idée que ne partageraient pas tous les partisans de Bruma, noirs pour la plupart ; ni les Hollandais du Surinam. On voit mal comment le sentiment racial peut être évité, car le problème culturel qui tourmente Bruma et ses partisans est essentiellement le problème du Noir dans le Nouveau Monde. A Trinidad et en Guyane britannique, la conscience de l'existence de ce problème n'est pas largement répandue, et on doit mettre au crédit des nationalistes du Surinam d'en avoir fait un débat public sans verser dans les extrêmes du retour à l'Afrique des Ras Tafariens de la Jamaïque ou des musulmans noirs des États-Unis. Ils ne craignent pas, toutefois, d'effrayer le bourgeois et de pousser au *jihad*. Leur conception du christianisme est historique : ils le considèrent comme faisant partie de la culture européenne au même titre que le néerlandais.

Mais par quoi le christianisme — qui est pour l'Antillais plus qu'une foi : une victoire — peut-il être remplacé ? Par l'adoption des survivances de la religion africaine trouvées chez les Noirs de la brousse ? Par l'adoption de l'islam ? Les religions ne peuvent pas plus être remplacées par décret que les langues. L'anglais noir n'est pas un substitut pour une langue développée. Les Noirs de la brousse sont intéressants et à certains égards admirables, mais entre ces habitants de la forêt et le Surinamois sophistiqué il ne peut exister de sympathie profonde. Il apparaîtrait alors soit que la solution à ce problème doive être violente et extrême, soit qu'il n'y a pas de solution du tout. Peut-être aucune solution n'est-elle nécessaire, et tout ce qui est nécessaire est une prise de conscience réelle que les pays et les cultures existent au-delà de la mère patrie blanche, au-delà de l'Europe et de l'Amérique. Créer une telle prise de conscience n'est pas chose facile. Car tout comme le christianisme est embrassé avec plus de ferveur à la Jamaïque, disons, qu'à Londres, de même le provincialisme de la mère patrie trouve une expression plus extrême dans la colonie antillaise : pour le bourgeois noir antillais, l'Italie est aussi étrangère et ridicule que le Japon ou le Nigeria.

Il est douteux que les nationalistes puissent créer cette prise de conscience au Surinam sans verser dans un racisme noir puéril. Le fait qu'ils aient discerné si précisément le problème est dû, je pense, quelque paradoxal que cela paraisse, à leur héritage hollandais et par-dessus tout au fait qu'ils parlent le néerlandais. L'anglais appartient à tous ceux qui le parlent. Le néerlandais appartient si évidemment aux Hollandais que le colonisé qui le parle comme sa langue maternelle ne peut manquer d'être frappé par l'étrangeté d'une situation qui pour l'Antillais est naturelle et normale. Du fait que leur langue est peu parlée à l'extérieur, les Hollandais sont devenus de grands linguistes. Il en est de même pour les Surinamois. L'anglais, le néerlandais, le français, le *negerengels* : ce sont les langues que parlent les Surinamois instruits ; et à cette liste les Indiens ajoutent le hindi, les Javanais le javanais. Ayant accès à tant de mondes, le Surinamois n'est pas un colonial-provincial comme l'Antillais anglais et est capable d'avoir une vue plus objective de sa situation.

Une langue en plein développement. Je montrai à Corly la traduction qu'Eersel avait faite des vers de Wyatt et je vis que, malgré ce qui le séparait des nationalistes, il était impressionné. Il relut la traduction. « Gendri, dit-il enfin. Qu'est-ce que c'est que ce mot ? Je ne sais pas ce qu'il signifie. Ça ne fait que vingt-quatre heures qu'il existe. »

Pas loin de l'aéroport international de Zanderij se trouve un village de Noirs de la brousse qui s'appelle Berlin. Corly, Theresia et moi-même nous y rendîmes en voiture un samedi après-midi. Pas pour voir les Noirs qui, vivant si près de la capitale, sont devenus des citadins bien différents des authentiques habitants de la forêt. Nous allions là-bas pour la crique d'eau noire, ces criques en forêt, eau noire entourée de sable blanc comme neige, étant pour le Surinamois le substitut des plages dont est dépourvue la côte sud-américaine boueuse. Nous pagayâmes dans la crique parsemée de nénuphars, le soleil qui passait à travers le feuillage transformant l'eau Coca-Cola (le terme surinamois) en vin. Theresia, plus belle que le modèle de Rembrandt, complétait le tableau de Rembrandt.

Plus tard, nous traversâmes à pied le village, qui n'avait rien d'un village de Noirs de la brousse. Des maisons en bois de style hollandais bordaient la rue en terre, ici et là il y avait des haies ; et il y avait même une cabane-buvette avec une ou deux publicités. Deux enfants roulaient dans la poussière, nus ; mais tout le monde sinon était habillé. En arrivant au bout de la rue, nous entendîmes des tambours. Theresia frémit. Elle se précipita dans une cour où elle posa des questions en *negerengels* ; elle obtint des réponses offensées en néerlandais et revint en disant quelque chose qui ressemblait à : « *Hit iss in de bos.* » Nous nous dirigeâmes donc vers la *bos*.

La brousse commençait juste à la fin de la rue. Et là, au-delà d'un court sentier sinueux à travers les hautes herbes, se trouvaient les danseurs, sous un petit abri au toit de tôle ondulée. Corly était nerveux ; il dit qu'il avait entendu des gens dire : « Qui sont ces *bakra* (blancs, étrangers) qui viennent voir ? Qu'est-ce qu'ils veulent ? » Mais les hommes et les femmes qui ne dansaient pas semblaient plutôt bienveillants, et nous nous assîmes sur un banc devant l'abri pour regarder. On passait du whisky à la ronde entre danseurs et spectateurs, de la bière, aussi, dans des verres. Les percussionnistes, qui frappaient des troncs d'arbres et des bidons, étaient installés à un bout de l'abri et devant eux, comme devant un autel, se tenaient les danseurs, chacun absorbé dans sa danse individuelle : un homme dansait à la cosaque, un autre était accroupi et ne dansait que des orteils, une vieille femme, les yeux clos, exécutait des mouvements d'accouplement stylisés. Les pieds poussiéreux des danseurs étaient continuellement balayés à l'aide de brindilles mouillées par les spectateurs.

Jusqu'alors chaque danseur s'était tenu dans son coin, mais un homme trapu se jeta sur le sol où il se roula en gémissant. Je crus qu'il faisait cela pour nous, mais la sueur qui apparut sur son visage était réelle. Il roula jusqu'à une vieille femme en robe bleue. Elle se leva pour lui faire de la place en nous adressant un sourire amical. « Je n'aime pas ça », dit Corly, le visage figé de dégoût et d'inquiétude. Deux hommes simulèrent un combat qui n'avait rien de simulé dans leurs expressions et leurs mouvements. Corly voulait que nous partions mais Theresia, qui battait la mesure du pied, résistait.

C'est alors qu'apparurent deux personnages étonnants, une femme et un homme, le visage et le corps blanchis à la craie. La femme portait une sorte de sari bleu qui laissait ses épaules nues, l'homme un sarong rouge et un bonnet rouge. Ils dansaient à peine. Au beau milieu de toute cette vigueur, ils faisaient étalage de leur faiblesse, et de temps à autre l'homme devait être soutenu par l'un des danseurs. Son visage crayeux n'exprimait aucune émotion, et il se badigeonnait constamment de craie, passant la craie de temps à autre à la femme. La danse était devenue intime et je me mis à être aussi inquiet que Corly. Je me rappelai que nous étions près de la ville, que l'aéroport n'était pas loin (« Le Surinam appartient à l'ère du jet », disait le dépliant du gouvernement), mais je fus content lorsque, au grand dam de Theresia, Corly insista pour que nous partions. Comme nous sortions de la brousse, une vieille femme soûle embrassa Corly et un homme embrassa Theresia. Et Corly, qui avait craint tout ce temps qu'on lui offre à boire, dut avaler un petit verre de whisky.

« Si j'étais resté une demi-heure de plus, dit-il, j'aurais eu une crise cardiaque. »

Corly était né à Paramaribo, à quarante minutes de là, mais il ne put rien m'apprendre sur la danse que nous venions de voir ; et pas plus Theresia. Elle était aussi nouvelle pour eux qu'elle l'était pour moi. Je n'avais pas jugé absurde l'agitation de Corly, en dépit de la proximité de l'aéroport et de la ville, et l'autorité que je consultai — *L'Art des Noirs de la brousse : un art africain aux Amériques*, de Philip Dark (Londres, 1954) — ne me rassura pas complètement. Si j'avais bien observé et si j'avais lu correctement, la danse était « spirite » :

> Des messages aux vivants peuvent également être transmis par l'intermédiaire d'une personne qui est devenue possédée en dansant au son des tambours. Le possédé transmet le message en chantant. Apparemment quelqu'un peut sentir que son dieu désire qu'il transmette un message aux vivants, ce qui se traduit par une agitation. Cette agitation le pousse d'abord à se laver puis à s'enduire d'argile blanche, le blanc étant la couleur des ancêtres...
>
> Au jour propice la personne s'enduit d'une nouvelle couche d'argile blanche, et peut-être aussi certains participants à la cérémonie, et se prépare ensuite à entrer en

transe afin que le dieu puisse parler à travers elle. Le rythme des tambours aide à provoquer la possession.

*

L'esclavage fut aboli au Surinam en 1863; il est donc possible que des gens vivent aujourd'hui qui naquirent esclaves. Il était difficile de ne pas penser à l'esclavage, et pas seulement parce que je pouvais voir partout les maisons de maîtres flanquées des quartiers des esclaves. Tant de choses, je commence juste à le voir, parlent de l'esclavage dans les territoires antillais. Il y a de l'esclavage dans la végétation. Dans la canne à sucre, apportée par Colomb à ce second voyage quand, à la fureur d'Isabelle, il proposa qu'on réduise en esclavage les Amérindiens. Dans le jaquier, nourriture d'esclave, dont trois cents arbres furent apportés à St Vincent par le capitaine Bligh en 1793 et vendus pour 1000 livres, quatre ans après qu'une affaire similaire eut été empêchée par la mutinerie du Bounty. Et tout comme, dans la savane désolée de la Guyane britannique, les bosquets d'anacardiers marquent l'emplacement d'un village amérindien, à la Jamaïque les bosquets d'arbres à pomme étoilée indiquent que le sol était cultivé par les esclaves pour leur propre consommation. (Trinidad, qui ne connut que quarante ans d'esclavage, a proportionnellement beaucoup moins d'arbres de cette sorte que la Jamaïque.) Il y a de l'esclavage dans la nourriture, dans le poisson salé toujours prisé par les habitants des îles. Esclavage dans l'absence de vie de famille, dans le rire au cinéma devant les images des camps de concentration allemands, dans le goût pour les insultes raciales, dans la brutalité dont usent les forts à l'encontre des faibles : nulle part au monde les enfants ne sont plus sauvagement battus qu'aux Antilles.

Les Antillais éprouvent de la crainte et de la honte pour leur passé. Ils ont entendu parler de Christophe et de l'Ouverture en Haïti et des Marrons de la Jamaïque; mais ils pensent qu'ailleurs l'esclavage était une condition établie, acceptée passivement pendant plus de deux siècles. Peu de gens savent qu'au XVIIIe siècle les révoltes d'esclaves aux Caraïbes étaient aussi fréquentes et violentes que les ouragans, et que beaucoup ne furent vaincues que grâce à la trahison d'esclaves « fidèles ». A Trinidad, on ne sait presque rien des Noirs de la brousse du Surinam, bien que leur histoire puisse être un facteur important dans le recouvrement de la fierté raciale.

Les esclaves noirs s'étaient toujours enfuis dans la brousse au Surinam — dans les îles la chose était impossible — mais le mouvement ne se généralisa pas avant 1667, dans l'intervalle qui sépare le retrait des Anglais de l'occupation hollandaise. Le mouvement continua durant les cent années suivantes, la brutalité provoquant fuites, massacres, représailles, et une brutalité accrue. « On ne peut terroriser plus un Nègre, écrivait un voyageur anglais encore en 1807, qu'en le menaçant de le vendre à un Hollandais » ; et la *Narration* de Stedman montre pourquoi. « La colonie du Surinam, écrit-il, est toute puante et teinte du sang des Nègres africains » ; et ce n'était pas une figure de style. La première chose que vit Stedman en débarquant (et qu'il dessina pour son livre) « diminua » le plaisir qu'il éprouvait à se trouver sous les tropiques. C'était :

> ... une jeune esclave vêtue seulement d'un haillon serré autour des reins, qui, comme sa peau, était lacéré en plusieurs endroits par des coups de fouet. Le crime commis par cette misérable victime de la tyrannie avait été de ne pas avoir accompli une tâche qu'elle n'était apparemment pas de force à faire, crime pour lequel elle avait été condamnée à recevoir 200 coups de fouet, et à traîner pendant quelques mois une chaîne de plusieurs mètres de long, dont une extrémité était attachée à sa cheville tandis qu'à l'autre était fixé un poids d'au moins 100 livres... Je fis un croquis de la malheureuse.

L'esclave lacérée avec sa chaîne, l'artiste avec son carnet : c'est une étrange scène. On se demande si elle provoqua quelque commentaire. Stedman n'en mentionne aucun, et peut-être n'y eut-il que cette surprise amusée que provoquent chez l'indigène les exclamations du touriste. La torture était chose courante au Surinam où on n'en fit jamais mystère. Stedman parla plus tard à un esclave qui était enchaîné à vie près d'un four, et lui donna quelques pièces ; il croqua un esclave qui avait été pendu vivant par les côtes à un crochet de fer jusqu'à ce que mort s'ensuive.

Au début du XIXe siècle, le livre du « cher vieux Stedman » — l'expression est de Kingsley — était populaire en Angleterre pour ses passages d'histoire naturelle et pour l'histoire d'amour de l'auteur avec la jeune esclave mulâtre Joanna, dont Kingsley écrit qu'elle est « une des plus délicieuses idylles de la langue anglaise ». Et cette popularité, cette histoire d'idylles, est une énigme ; non seulement parce que le raffinement du XVIIIe siècle tombe à plat aujourd'hui, particulièrement chez quelqu'un comme Stedman, à qui il ne vient pas facilement, mais parce que l'histoire de Stedman est terrifiante, et par son catalogue nauséeux d'atrocités ressemble aux récits des camps de concentration allemands durant la dernière guerre. Stedman n'était pas abolitionniste — il se rendit au Surinam pour aider à mater la révolte des esclaves de 1773 — et son œuvre ne peut être soupçonnée de partialité. Il fit beaucoup d'efforts pour faire montre de la belle sensibilité qui était en vogue à l'époque — il s'excuse, par exemple, auprès de ses « lecteurs délicats », de parler de poux — et on ne peut pas l'accuser de chercher le sensationnel. Pourtant il faut avoir l'estomac robuste pour lire Stedman aujourd'hui. Le Surinam qu'il décrit est pareil à un vaste camp de concentration, à la différence que les visiteurs sont invités à se promener, prendre des notes et faire des croquis.

Le propriétaire d'esclaves avait la conscience moins chargée que le commandant d'un camp de concentration : le monde était divisé entre Blanc et Noir, chrétien et païen. On peut s'attendre à ce que le Blanc fasse preuve de quelque scrupule dans ses relations avec le Noir ; mais le chrétien n'avait pas de telles inhibitions dans ses relations avec le païen. Il faut rendre justice aux Hollandais et donner la citation faite plus haut en son entier : « On ne peut terroriser plus un Nègre qu'en le menaçant de le vendre à un Hollandais. Le Hollandais, toutefois, éprouve une terreur pareille, et menace son esclave de le vendre à un Nègre libre. »

Les esclaves fugitifs combattaient avec un courage qui ne pouvait être égalé par les mercenaires hollandais ou les esclaves « fidèles » (dans le régiment de Stedman se trouvaient les Nègres Akera et Gowsary, qui dix ans plus tôt avaient trahi Atta, le chef de la rébellion du Berbice), et ils ne furent jamais vaincus. Vers la fin du XVIIIe siècle, les hostilités cessèrent, et l'indépendance des Noirs de la brousse fut tacitement reconnue. Dans la forêt, le Noir de la brousse réorganisa sa vie sur le modèle africain; des tribus furent formées, des territoires tribaux furent délimités. Le Noir de la brousse ne se mariait jamais hors de sa tribu ou de sa race et était fier de ses ascendances africaines sans mélange : elles faisaient de lui le descendant d'hommes libres. Établi au bord des cours d'eau, il développa ses talents exceptionnels de navigateur et de pêcheur. Isolé du reste du monde, il se rappela ses talents africains de sculpteur, de chanteur et de danseur; il se rappela ses religions africaines. Il développa sa langue; dans les territoires situés le plus à l'intérieur, elle s'africanisa. Et, il y a cinquante ans de cela, il inventa une écriture.

En 1916, le Docteur C. Bonne, de l'hôpital de Paramaribo, vit l'un de ses patients, un Noir de la brousse du nom d'Abena, de la tribu Aucaner ou Djuka, écrire des caractères étranges. Abena ne se fit pas prier pour en expliquer la signification et il dit qu'ils avaient été inventés par un membre de sa tribu, qui s'appelait Afaka. Bonne fit la connaissance d'Afaka, qui lui expliqua, ainsi qu'au Père Morssink (un missionnaire catholique), à diverses reprises, comment à l'époque de la comète de Halley il avait fait un rêve au cours duquel une Personne lui était apparue, tenant une feuille de papier dans sa main, et lui ordonnant d'inventer une écriture pour son peuple. La première lettre amènerait la seconde, la seconde la troisième; et ainsi de suite. Obéissant à sa vision, il inventa un signe tous les deux ou trois jours jusqu'à ce qu'enfin il ait environ 56 caractères qui lui permirent de consigner ses pensées. En

1917, Bonne se rendit en pays Djuka et envoya à l'aide de cette écriture des messages qui furent compris et exécutés [1].

Bien qu'Afaka ait été désavoué par le Grannam (l'étymologie est évidente) de sa tribu pour avoir osé inventer une écriture sans permission, et damné comme « *na wissi-wassi man* » — ce *wishy-washy man*, cet homme faible — son écriture survécut ; en 1958, Mr. Gonggrijp envoya et reçut des messages dans cette écriture. Afaka Atumisi mourut en juillet 1918. Sur sa tombe on trouva une croix avec une épitaphe rédigée dans son écriture : « *Masa Atumisi fu da Santa Katoliki Kerki* », Atumisi appartenait à la sainte Église catholique. Ce n'était pas la stricte vérité ; mais ce furent ses inclinations chrétiennes qui le rendirent suspect aux yeux des chefs de la brousse. Un mystère subsiste : on retrouve trente-quatre des signes d'Afaka dans l'écriture de la tribu Vai du Liberia. Est-ce un exemple de mémoire raciale ? Ou Afaka avait-il quelque chose du Moïse des *Tables de la Loi*, le conte malicieux de Thomas Mann ?

Une invitation à prendre le café. Je téléphonai à Corly et l'invitai à prendre un café avec moi à ma *pension*. « Oui, dit-il. Je viendrai prendre un café avec vous. Je viendrai à sept heures trente. Nous boirons du café jusqu'à huit heures. Mais de quoi parlerons-nous après huit heures ? Du ministre ? Votre entretien avec le ministre vous a plu ? Était-il intellectuellement profitable ? Non ? Ça n'est pas comme ça que j'aime faire. Nous devons remplir notre soirée de manière substantielle. Laissez-moi voir. Oui. Bruma. Nous parlerons de Bruma. » Mais à ce moment je jugeai préférable de retirer mon invitation.

Je ne pouvais quitter le Surinam sans me rendre dans le district de Coronie, dont les habitants avaient gagné ma sympathie par la réputation qu'ils avaient d'être les gens les plus indolents du Surinam et leur titre universel de *de*

1. J.W. Gonggrijp, « L'évolution d'une écriture djuka au Surinam », *Nieuwe West-Indische Gids*, 1960, p. 40.

luie neger van Coronie, les Noirs paresseux de Coronie[1]. Quand l'esclavage fut aboli, les planteurs de cocotiers abandonnèrent leurs plantations à leurs anciens esclaves, qui inaugurèrent une existence idyllique et isolée (on communiquait entre Coronie et Paramaribo par la mer), chassant tout nouvel arrivant d'une autre race, parmi lesquels cent Indiens, dont l'énergie menaçait le calme de Coronie : jusqu'à ce jour, les Noirs ne vendent de la terre qu'aux Noirs, et aux Noirs qui sont comme eux. De temps à autre, ils ont besoin d'argent ; ils ramassent alors quelques noix de coco qu'ils vont vendre à l'huilerie. L'huilerie n'est considérée que comme une commodité et elle tourne rarement à plein rendement. Les planteurs se désespèrent, mais les Noirs de Coronie, qui ont maintenant le droit de vote et connaissent leur force, refusent d'être bousculés. Ils permettent aux Chinois de tenir les commerces du district ; et sans qu'on sache pourquoi, ils ont permis à une famille indienne d'établir une ferme.

Du moins c'est ce qu'on dit à Paramaribo. Johnny, le barman du Palace Hotel, qui connaissait Coronie et son unique famille indienne, m'offrit de m'accompagner ; et tôt un matin nous nous mîmes en route pour le voyage de cent soixante kilomètres. Au sortir de la ville, la route n'avait plus de revêtement et était creusé d'ornières comme par le passage d'un tank. Les cyclistes portaient un

1. Extrait d'un article sur le Surinam dans *L'Almanach 1958 des Témoins de Jehovah* :

« En dépit de conditions de voyage difficiles, après avoir traversé deux rivières en ferry et finalement embarqué tous les frères dans des camions pour la dernière étape, 175 témoins fatigués mais contents atteignirent la destination de l'assemblée, une plantation de cocotiers appelée Coronie. Un des points marquants de l'assemblée fut la présence inattendue de 408 auditeurs à la réunion qui se tint en face de l'église protestante. La vue de 300 et quelques personnes assistant au baptême de douze nouveaux frères dans un canal proche rappelait l'époque des apôtres.

« Nous sommes fiers de l'un de nos frères isolés, qui, en plus de pêcher dans les rivières pour sa subsistance, prend aussi le temps de pêcher des hommes et des bonnes volontés. Bien qu'il soit le seul témoin ici, il ne se décourage jamais, mais est connu pour son activité de prêcheur. »

masque pour se protéger de la poussière et beaucoup des innombrables cantonniers portaient des lunettes.

Le terrain était plat, toujours plat. La forêt commençait juste après les huttes qui s'égrenaient le long de la route. Le Surinam est un pays sous-peuplé. Ici il donnait l'impression d'être négligé et abandonné et, curieusement, isolé du reste du monde, avec ses habitants, javanais pour la plupart, perdus dans un paysage étranger, dont la monotonie n'invitait pas à l'exploration. Mais chaque hutte avait son potager ; on était loin des serfs de la côte de Guyane britannique.

Des palmeraies ombragées, parsemées de taches de soleil d'un blanc atténué, annonçaient Coronie. Nous nous arrêtâmes sous l'auvent d'une boutique chinoise, et je cherchai *de luie neger*. Trois vieillards potinaient de l'autre côté de la route dans l'ombre maigre d'un arbre. Subrepticement, à cause de l'hostilité envers les étrangers dont on m'avait parlé, je m'apprêtai à les photographier. Me voyant, ils se mirent à poser, le sourire figé. Un homme en train de remplir un tonneau posé sur un char à bœufs se mit lui aussi à poser et obligea son fils à sourire. Un autre homme poussait une bicyclette sur le guidon de laquelle était posé un sac de noix de coco, se dirigeant sans doute vers cette fameuse huilerie. Il n'y avait personne d'autre. Je rangeai mon appareil. Je suppose que je m'attendais à quelque chose de plus arcadien, quelque chose de moins familier qu'un village antillais délabré avec ses bâtiments officiels en béton et ses magasins d'alimentation en bois et tôle ondulée.

Sous le ciel haut et brûlant, les champs plats s'étendaient au nord en direction de la mer, coupés de longs canaux droits au fond desquels un ou deux bâteaux mâtés à la Van Gogh reposaient penchés dans la vase. Nous allâmes à pied jusqu'aux champs de cocotiers, où l'herbe est épaisse, les douves engorgées, et les moustiques grands et vicieux, transperçant de leurs dards mon pantalon kaki et mes chaussettes en Térylène. De petites maisons gris-noir se dressaient sur de courts pilotis au centre de cours propres en boue cuite par le soleil ; et dans ces cours poussaient des grenadiers, trois ou quatre par maison.

Chaque cour avait un petit tas de noix de coco, et dans chaque cour se trouvait un petit étal en bois portant un modeste étalage de fruits : deux ou trois oranges, un melon peut-être, trois ou quatre grenades, rien de plus : ces éventaires miteux se faisaient face de part et d'autre du sentier herbu et des rigoles profondes. Des planches dangereusement étroites, et parfois un simple tronc de cocotier élagué étaient jetés sur les rigoles.

Johnny le barman avait sept enfants et voulait rapporter des fruits à Paramaribo. Il traversa une rigole, pénétra dans une cour, gravit les marches de la maison et frappa à la porte fermée dont le linteau portait cette inscription à la peinture bleue : *God is boven alles*. Une fenêtre s'ouvrit ; Johnny s'expliqua. La porte s'ouvrit alors et un Noir, ajustant son pagne, descendit pieds nus dans la cour, cueillit des grenades, se haussant sur les orteils à deux ou trois reprises, les donna à Johnny, reçut quelques pièces, nous souhaita poliment une bonne journée, gravit les marches et referma la porte.

Nous eûmes quelque mal à trouver la famille indienne : les sentiers, les rigoles, les maisons et les champs se ressemblaient tous. La maison était bâtie sur une parcelle rectangulaire, et, avec des rigoles de tous côtés, avait l'air entourée de fossés. De la ferraille rouillant dans un débarras en tôle ondulée rouillant ; une roue de bicyclette contre un pilier ; des poules dans la poussière et la boue séchant sous les deux ou trois cocotiers nains ; un bâtard mal luné aboyant ; et les moustiques denses dans la chaleur moite. Une jeune Indienne animée de mouvements convulsifs, vêtue d'une robe en coton informe retint le chien. Nous traversâmes le fossé et nous dirigeâmes vers l'arrière de la maison où, en plein soleil, un très vieil homme à cheveux blancs avec une barbe blanche de quelques jours était assis par terre, en train de s'enduire le corps d'huile. Les moustiques le laissaient tranquille ; ils laissaient Johnny tranquille. Mais ils s'attachaient à moi, à mes cheveux, à ma chemise, à mon pantalon, et même aux œillets de mes chaussures. Les mouvements ne les gênaient pas ; il fallait les balayer de la main[1].

Le vieil homme était content d'avoir de la visite. Il venait juste d'avoir un vilain accident : il était tombé de la fenêtre la plus haute de sa maison. « Ça lui a coûté 30 florins », dit Johnny. Mais le vieil homme raconta l'histoire comme si c'était de la pure comédie. Sa propre décrépitude l'amusait — c'était, après tout, tellement absurde — et il nous invitait à partager son amusement. Son visage, bien que ratatiné, était encore beau ; ses yeux étaient ce qu'il avait de plus vivant. Il était né en Inde et il avait signé un contrat à long terme pour venir travailler en Guyane britannique. Il avait rempli son contrat et était retourné en Inde ; puis il avait signé un nouveau contrat. Il parlait une sorte d'anglais et le hindi, pas le néerlandais. Comment était-il venu au Surinam ? C'était la meilleure partie de la plaisanterie. Il s'était marié en Guyane britannique et puis — il avait fui sa femme ! Il dit cela plus d'une fois. Cette friponnerie qui datait de quarante ou cinquante ans était la grande affaire de sa vie et n'avait jamais cessé de l'amuser. Il avait fui sa première femme !

Tandis que nous parlions, la femme, assise à l'ombre avec le chien coléreux à quelque distance de là, nous regardait en jouant avec son dentier branlant.

Et moi, le vieil homme voulait savoir, j'avais été à l'étranger ? A quoi ça ressemblait ? Est-ce que les gens étaient obligés de travailler ? Quel sorte de travail faisait-on à l'étranger ? A quoi ressemblait l'étranger ? Il voulait que je lui donne des détails concrets. J'essayai. Et alors je connaissais vraiment cet étranger ? Il était amusé et incrédule mais respectueux : il m'appelait *babu*. Il avait peine à concevoir un monde en dehors de la Guyane britannique et de Coronie — même l'Inde s'était estompée, mis à part le souvenir d'une certaine gare — mais il avait le sentiment que le monde extérieur était le vrai monde, le monde magique, sans moustiques, sans boue, sans poussière ni chaleur. Il allait bientôt mourir, sur cette parcelle entourée de fossés à Coronie ; et il parlait de la mort comme d'une

1. Stedman tua un jour trente-deux moustiques d'un seul coup.

corvée comme une autre. En attendant il passait ses journées assis au soleil, parfois allongé dans ce qui ressemblait à une cage à poules ; ce n'est qu'à la nuit qu'il rentrait. Mais il s'oubliait : nous étions des visiteurs, voulions-nous quelque chose ? Une noix de coco ?

Il se leva, la femme se leva, le chien grogna. Il prit une machette qui était dans la poussière sous la maison et coupa quelques noix de coco pour nous.

Mon dos me grattait. Les piqûres de moustiques y faisaient des bosses. Mon cuir chevelu me grattait aussi. Ni le coton italien ni une épaisse chevelure n'étaient une protection suffisante contre les moustiques de Coronie.

Un homme abandonné dans un pays abandonné ; un homme se découvrant, avec surprise et résignation, perdu dans un paysage qui n'avait jamais cessé d'être irréel parce qu'il avait toujours été le cadre d'une résidence forcée et toujours temporaire ; les esclaves enlevés à un continent et abandonnés sur les plantations qui n'étaient plus rentables d'un autre continent, duquel il ne serait plus jamais possible de s'échapper : j'étais content de quitter Coronie car, plus que des Noirs paresseux, c'était le pays de la désolation totale, lot de ceux qui avaient fait la traversée du milieu.

CINQ

LA MARTINIQUE

Me déguiser et danser dans les rues ne m'a jamais amusé, et le carnaval de Trinidad m'a toujours déprimé. De plus, cette année-là, les fanfares « militaires » n'étaient pas si amusantes : elles rappelaient trop les tragiques absurdités du Congo. Avec cette dépression carnavalesque je m'envolai en direction du nord au-dessus des Caraïbes. La mer était turquoise, avec des bancs de sable blanc aux contours estompés et des fonds bleus ; il s'en élevait des îlots bruns festonnés de blanc.

Dans la page mondaine du *Trinidad Guardian*, j'avais lu qu'un autre Américain avait encore acheté un morceau de l'île de Tobago, à la suite de ceux qui avaient acheté des bouts de la Barbade, d'Antigua, de la Dominique, de Montserrat (le gouvernement de Montserrat avait fait une campagne publicitaire pour attirer les acheteurs américains). Ces îles étaient petites, pauvres et surpeuplées. Jadis, à cause de leur richesse, un peuple avait été réduit en esclavage ; aujourd'hui, à cause de leur beauté, un peuple était dépossédé. Le prix de la terre avait monté vertigineusement ; dans certaines îles les paysans ne pouvaient plus acheter de terre ; et l'émigration en direction des bas quartiers hostiles de Londres, Birmingham et une demi-douzaine d'autres villes anglaises augmentait. Tout pays pauvre accepte le tourisme comme une dégradation inévitable. Aucun n'a été aussi loin que certaines de ces îles des Antilles qui, au nom du tourisme, se vendent elles-mêmes en un esclavage d'un nouveau type. L'élite de ces îles, dont les plaisirs, de manière révélatrice, sont des plaisirs de touristes, ne demande pas mieux que d'être autorisée à se mêler aux touristes blancs et les gouvernements stipulent de faibles conditions touchant la barrière des couleurs.

« Alors elle est allée aux toilettes des dames, me raconta un chauffeur de taxi de l'une de ces îles. Et — vous connaissez ces gens — ils l'ont prise pour une Noire comme les autres. Et ils lui disent non, désolé, pas de Noires dans les toilettes des dames. » Le chauffeur de taxi s'esclaffa. « Ils ne savaient pas que c'était la femme du ministre, mec. Ils ont du s'excuser comme des fous. Pas de ça chez nous. » Pour le chauffeur de taxi, c'était une victoire personnelle que la femme du ministre, à défaut d'autres, puisse « se mêler » aux touristes.

Nous fîmes un arrêt de quelques minutes à St Lucie. Le terrain était à côté de la mer et les bâtiments de l'aéroport ressemblaient à ceux d'une petite gare ferroviaire. « Ça me rappelle la bonne vieille Tobago », dit un touriste en bermudas. Et ma dépression fut complète[1].

La Martinique est la France. Arrivant de Trinidad, vous avez l'impression d'avoir traversé non les Caraïbes, mais la Manche. Les policiers sont français ; les plaques des noms des rues en émail bleu et blanc sont françaises ; les cafés sont français ; les menus sont français et sont écrits en calligraphie française. Le paysage, dans le sud, n'est pas violemment tropical. Une terre à pâturages valonnée, rendue unie et stérile par la culture, avec des taches sombres d'arbres éparpillés, et de petites serres et des langues de terre s'avançant dans la mer claire, suggère une Cornouailles plus douce. A la différence des autres îles, qui ont une seule ville principale autour de quoi tout gravite, la Martinique est pleine de petits villages français,

1. Sur la tranquille et pittoresque île de Tobago, à vingt minutes de vol au nord-est de Trinidad, le chef de district dit que ses humbles habitants auraient aisément la première place aux Antilles pour la politesse et l'accueil chaleureux. Il y a beaucoup de gens doux comme des agneaux à Tobago, et par la grâce imméritée de Jehovah, ils seront rassemblés avant Armageddon. Extrait de *L'Annuaire 1958 des Témoins de Jehovah*.

chacun avec son église, sa mairie et son monument aux morts *(Aux enfants de — morts pour la France)* , chacun avec son histoire et ses hommes illustres aux descendants desquels des places sont réservées à l'église. La radio s'annonce comme la « Radiodiffusion française ». Les affiches politiques — *Voter oui à de Gaulle* (le référendum venait d'avoir lieu) et *Meeting de protestation : les colonialistes ont assassiné Lumumba* — sont de la France métropolitaine et comparables à rien d'autre aux Caraïbes. Les kiosques à tabac ont des Gauloises ; et les publicités sont pour Cinzano, Saint-Raphaël et *Paris-Soir*. Seulement, la plupart des gens sont noirs.

Ils sont noirs, mais ils sont français. Car la Martinique est la France, un département français légalement constitué, si assimilé et intégré que la France, ou ce qui est largement supposé être ce pays, est rarement mentionnée par son nom officiellement. « M. Césaire est en métropole », me dit le *chef-de-cabinet (sic)*, comme si M. Césaire était simplement allé en voiture passer un long week-end à la campagne et n'avait pas fait quatre mille huit cents kilomètres en avion jusqu'à Paris. Le mythe de la non-séparation est porté jusqu'au point que ce sont des *routes nationales*, qui sont censées mener à Paris, qui parcourent la campagne martiniquaise.

Même trente ans auparavant, d'après Geoffrey Gorer dans *Africa dances*, un Martiniquais servant dans l'armée française en Afrique occidentale était officiellement français, supérieur à l'Africain indigène, tenu à part de lui. Les temps ont changé ; à la Martinique je rencontrai une Martiniquaise qui avait quitté son Sénégal natal à cause du racisme africain, à ses yeux un phénomène incompréhensible, une sorte de perversité primitive ; elle tenait des propos amers et se qualifiait de française. Dans un restaurant au cours d'une invasion touristique, je vis une Blanche se tourner vers un Martiniquais portant des lunettes de soleil et lui dire : « *Nous sommes les seuls Français ici.* » « Vous êtes anglais ? » me demanda un Martiniquais blanc. Non, dis-je ; je venais de Trinidad. « Ah ! me dit-il en souriant. *Vous faites des nuances* ! » Alexandre Bertrand, le peintre martiniquais, qui n'est pas entièrement satisfait des conditions de vie à la Martinique, une sorte de nationaliste, me demanda de lui parler des émeutes raciales en Angleterre. Qu'est-ce qui en avait été la cause ? Il ne pouvait pas comprendre comment les préjugés raciaux pouvaient exister dans un pays comme l'Angleterre. Sa pipe lui tomba presque de la bouche quand je lui parlai de la discrimination qui avait cours dans le logement et l'emploi ; c'était comme d'expliquer la Terre à un habitant d'une autre planète. « Je suis content d'être français », me dit-il. Le mot lui avait échappé. « Je veux dire un Martiniquais avec des attaches à la France. » Plus que l'Angleterre pour l'Antillais britannique ou même la Hollande pour le Surinamois, la France est la mère patrie pour le Martiniquais. Les plus hautes positions lui sont ouvertes en France ; c'est une cause de fierté, et non de surprise, qu'un Antillais français soit député d'une grande ville française à l'Assemblée nationale et ait été pendant quelque temps le successeur constitutionnel du Général de Gaulle.

Le Dr Saint-Cyr, qui appartient à l'une des familles de couleur les plus importantes de la Martinique, m'invita à déjeuner un dimanche dans la maison de campagne de ses beaux-parents à Sainte-Anne. Saint-Cyr était un grand mulâtre bien en chair ; mais après une minute, on oubliait sa race et on n'avait plus conscience que de sa francité, en paroles, en manières, en gestes. En route, nous nous arrêtâmes pour guider d'autres invités, deux Français et une Française métropolitains, qui attendaient dans leur voiture sur le bas-côté de la route. Nous étions en retard au rendez-vous et les excuses abondantes de Saint-Cyr furent adroitement écartées par l'un des Français : « *Mais c'est ma faute. On m'a dit qu'aux Antilles il est impoli d'arriver à l'heure.* » Après cet échange de courtoisies, nous nous mîmes en route, nous arrêtant en deux ou trois endroits pour admirer, durant quelques minutes comptées, certaines vues homologuées. Après avoir passé les douces pentes brunes de la Monnerot, nous arrivâmes à Vauclin où, les bâteaux de pêche rentrant au port comme sur un signe de Saint-Cyr, nous fîmes une halte supplémentaire pour admirer les pittoresques scènes de marchandage. Et c'est ainsi qu'enfin nous arrivâmes à Sainte-Anne.

Nous fûmes présentés à Mme Saint-Cyr, son père, et ses deux frères qui, en apparence et en charme, ne pouvaient être distingués de Français. Des invités ne cessaient d'arriver dans des voitures neuves, gravissant l'allée bétonnée entre les minces troncs des arbres, passant la vieille grille, et s'arrêtant sur le terre-plein spacieux devant la maison spacieuse, qui avait cent cinquante ans, ce qui en faisait une antiquité selon les normes de Trinidad. Assis sur la véranda bordée par un parapet, nous bûmes un apéritif composé de lait, de rhum et de noix de muscade tout en grignotant de la friture en amuse-gueule et regardant la mer en contrebas, au-delà d'une rhumerie rouillée, avec Diamond Rock au loin, la lumière changeant continuellement et avec elle les couleurs de la mer et du ciel, Diamond Rock disparaissant chaque fois qu'il bruinait [1].

Le préfet, un Corse petit aux traits rudes, arriva. Tout le monde se leva pour le saluer, lui et sa belle épouse aux cheveux blancs.

Le Dr Saint-Cyr annonça qu'il y aurait une brève baignade avant le déjeuner pour ceux qui le voudraient. J'allai me changer dans une des chambres du premier. Le lit était haut, large, massif. Sur une étagère, se trouvait une petite collection de vieux livres, parmi lesquels une vieille édition de *La Cathédrale,* jaunie et sentant le moisi comme seuls les vieux livres français, témoins d'un goût français qui fut jadis vif et révélateurs, aujourd'hui, non d'une maison antillaise, mais d'une maison française d'où le goût de la lecture a disparu avec le vieillissement des aînés et le départ des plus jeunes.

1. En janvier 1804, durant la guerre contre Napoléon, ce rocher nu et isolé, qui comporte autant de facettes qu'un diamant, était tenu par l'équipage — cent vingt hommes et garçons — d'un croiseur britannique et armé en aviso. H.M.S. *Diamond Rock* harcela les navires français pendant dix-huit mois et ne se rendit qu'au bout d'un blocus de quinze jours tenu par « deux vaisseaux de soixante-quatorze, une frégate, une corvette, une goélette, et onze canonnières ».

Nous allâmes à la plage dans deux voitures ; et après les exclamations provoquées par la beauté et la tiédeur de l'eau, la blancheur du sable, la perfection du corail en forme de cerveau trouvé sur la plage — chacun de ces plaisirs constaté et souligné, semblait-il, pour le bénéfice de notre hôte, qui paraissait instruire et diriger notre ravissement —, après une baignade des plus brèves, nous retournâmes à la maison où nous nous rhabillâmes et prîmes un nouvel apéritif avant de nous asseoir à la longue table, où il y avait au moins vingt couverts.

Le Dr Saint-Cyr était assis à un bout de la table ; le préfet, je crois, à l'autre. On nous servit d'abord des oursins. Puis du homard. Puis un troisième plat de poisson, le grand poisson étant servi entier, mais découpé. Puis vint la viande. Un hachis au riz, pour commencer. Puis, salué par des soupirs et des exclamations, un serviteur fit son entrée, portant un cochon rôti entier sur un immense plateau. Le cochon fut présenté à chaque invité, le serviteur faisant le tour de la table en réprimant un sourire, son périple accompagné d'exclamations continuelles et même de quelques applaudissements légers. Le cochon fut alors emporté pour réapparaître, démembré, sur plusieurs plats plus petits. Entre les plats, on nous servait de la salade ; et depuis les oursins jusqu'au blanc-manger aux différents parfums, le champagne ne cessa de couler. Quand arrivèrent le café et le cognac, il était quatre heures et demi. Le père de Mme Saint-Cyr était en train de raconter des histoires de sa jeunesse et de ses premières années de maturité. Le préfet, qui, durant le déjeuner, avait étonné la compagnie en annonçant de manière semi-officielle qu'un développement économique inattendu attendait la Martinique, raconta des histoires touchant la récente visite du Général de Gaulle. (J'avais entendu dire que le président avait reçu un accueil tellement délirant qu'il n'avait cessé de demander à son entourage : « *Mais sont-ils sincères ? Sont-ils sincères* ? » L'île était vichyssoise durant la guerre.) « *Vous m'avez trompé,* avait dit le président au préfet. Vous m'avez dit que nous étions à trois pas de l'Hôtel de Ville. Il n'y en a que deux. » On rit autour de la table ; des yeux s'embuèrent.

Le préfet partit le premier ; et les hôtes suivirent deux par deux. Tant qu'il resta des invités, on servit des rafraîchissements : café, cognac, glace, et même du thé. Une fois que la plupart des invités furent partis, Mme Saint-Cyr lut une lettre de son fils, qui faisait ses études à Paris. Elle était pleine de critiques sur les étudiants et les professeurs ; son irrévérence fut saluée par des rires.

Que la Martinique soit la France, et plus qu'en apparence, que la France ait réussi là, comme peut-être nulle part ailleurs, sa « *mission civilisatrice* », ne peut être mis en doute. C'est cet aspect du colonialisme français aux Antilles qui a impressionné les voyageurs anglais, de Trollope à Patrick Leigh Fermor. « C'est un hommage significatif rendu à l'administration de l'empire français, écrivit Leigh Fermor en 1959, que ses territoires lointains considèrent cela (l'assimilation à la métropole au titre de département) comme le plus grand compliment et le plus grand bienfait qu'ils puissent recevoir. »

Cependant, huit ans après que ces lignes furent écrites, des émeutes raciales éclatèrent à la Martinique au cours desquelles trois personnes furent tuées ; et ces troubles se répétèrent en 1961, juste quinze jours après que j'eus quitté l'île. Les Martiniquais sont peut-être tous français, mais la plupart ne peuvent être de simples Français qu'hors de la Martinique. A la Martinique, ce sont des Français noirs ou des Français bruns ou des Français blancs.

En dépit de ce qui a été dit sur l'indifférence des Français à la couleur, la race a toujours été une chose importante à la Martinique. A l'époque de l'esclavage, les hommes de couleur libres n'avaient pas le droit de porter les mêmes vêtements que les Blancs ; et les généalogies sont si soigneusement surveillées qu'il n'y a absolument aucune possibilité pour quiconque a la moindre goutte de sang noir, quelque inapparent qu'il soit, de passer pour Blanc. L'un des talents futiles inconsciemment acquis par quiconque a grandi aux Antilles est la capacité de distinguer chez les autres l'ascendance noire. Je croyais posséder ce talent jusqu'à ce que j'aille à la Martinique. A d'innombrables reprises, je m'entendis dire que telle personne à la peau blanche, aux yeux clairs, aux cheveux raides que je venais de rencontrer était en réalité « de couleur ». Une telle information circule sans cesse ; c'est ainsi que, dans cette tradition orale martiniquaise, les sagas familiales sont conservées.

Trinidad est plus humaine et permet à ceux qui ont l'air plutôt blancs de passer pour Blancs. Humaine n'est peut-être pas le terme exact, car cette générosité peut parfois imposer au Trinidadien le fardeau d'une dissimulation que le Martiniquais, qui se dit ouvertement « de couleur » parce que toute l'île sait qu'il n'a que quinze seizièmes de sang blanc, n'a jamais à porter. Trollope acquit le talent de repérer ceux que leur blancheur incomplète avait rendus névrosés ; ses trucs valent encore aujourd'hui[1]. Toutefois il existe à Trinidad une volonté de tolérance et un laxisme général qui consterneraient le Martiniquais. Et bien qu'il existe des distinctions de nuances à Trinidad, elles ne sont jamais aussi oppressives qu'en Martinique. Cela ressort clairement si l'on compare la *Stratification sociale à Trinidad,* de Lloyd Braithwaite, à *Contacts de civilisation en Martinique et en Guadeloupe,* de Michel Leiris. Braithwaite est trinidadien et noir ; dans son admirable étude, la comédie ne cesse de faire des apparitions. Leiris, un Français aux vues libérales, conduit son étude avec un sérieux soutenu qui se mue parfois en accès d'indignation.

Si les Français ont exporté leur civilisation à la Martinique, ils ont également exporté leur structure sociale. Les préjugés sociaux rigides de la bourgeoisie métropolitaine se sont fondus avec les distinctions raciales dérivées de l'esclavage pour produire la société la plus organisée des Antilles. Dans cette société l'éducation, l'argent et la culture importent, mais le sang noir est pareil à une vulgarité

1. « "Un brave type, Jones, hein ? très intelligent, et bien élevé, dit un étranger, qui ne sait rien des antécédents de Jones. — Tout à fait, répond Smith, de la Jamaïque, un type très bien. On dit qu'il est de couleur ; bien sûr vous le savez." La prochaine fois que vous voyez Jones, vous l'observez de près, et n'y voyez rien de l'Éthiopien. Mais qu'il se mette à disserter sur la pureté du sang, et l'impudence insupportable des gens de couleur, alors, mais pas avant, vous commenceriez à avoir des doutes. »

indéracinable, la marque d'une ascendance esclave ; et dans cette société, dont le seul modèle est le bourgeois français, les préjugés sociaux (qui peuvent être des préjugés raciaux) ont leur importance. Il n'y a pas de préjugé social ni de sanction sociale qui soit vraiment importants à Trinidad : les modèles sont trop divers et la société est divisée en trop de clans. Ayant vécu à Trinidad puis en Angleterre en tant qu'étranger, je n'avais jusqu'alors aucune expérience d'une société organisée sur un modèle unique dont les sanctions pouvaient mutiler ceux qui en étaient l'objet ; et à la Martinique, je me sentais étouffé. Les préjugés ont été importés en bloc de la *métropole*. Je n'ai jamais pu m'habituer à entendre des Martiniquais de couleur dire, exactement comme certains Français : « La place de ce foutu Juif est au ghetto. »

Nulle part ailleurs n'ai-je entendu des ragots de tables plus hypocrites et assassins — la saveur française du dernier adjectif y est des plus appropriée. Cela, combiné avec ce qu'un officiel américain qualifia de « moralité des Antilles françaises », qui veut que tout homme qui se respecte ait une maîtresse et toute femme qui se respecte un amant, cependant que toute l'île sait exactement qui couche avec qui — cela me faisait regretter la bonne humeur, la tolérance, l'amoralité et le désordre social généralisé de Trinidad.

La division de la société martiniquaise en Blancs (de pureté certifiée), mulâtres et Noirs est acceptée comme valide et inaltérable par toutes les parties. Aucun autre territoire aux Antilles ne pourrait produire une chanson populaire noire comme celle-ci :

Béké ka crié femme-li chérie,
Mulâtre ka crié femme-li dou-dou,
Neg-la ka crié femme-il i-salope.
En vérité neg ni mauvais manière.

Le Blanc appelle sa femme *chérie* ; le mulâtre appelle sa femme *dou-dou* ; le Nègre appelle sa femme salope. Le Nègre en vérité a de mauvaises manières.

Béké ka mangé dans porcelain,
Mulâtre ka mangé dans faience,
Neg-la mangé dans coui.
En vérité neg ni mauvais manière.

Le Blanc mange dans de la porcelaine ; le mulâtre mange dans de la faïence ; le Nègre mange dans une calebasse. En vérité le Nègre a de mauvaises manières.

A un niveau plus élevé, on pourrait dire que, dans les poèmes qui ont pour thème son enfance dans l'île proche de la Guadeloupe, Saint-John Perse n'oublie pas qu'il est blanc ; tandis que le sujet du *Cahier d'un retour au pays natal* d'Aimé Césaire est la négritude. A tous les niveaux, en Martinique, la race est importante et inévitable C'est peut-être une des raisons pour lesquelles tous les Martiniquais sont français. Tous ne peuvent être blancs, mais tous peuvent aspirer à la dignité de Français, et dans la dignité de Français tous sont égaux.

Les préjugés de la Martinique perdent leur validité en France métropolitaine, et à la Martinique les Français métropolitains sont exemptés des règles raciales de la société. Mais l'un des paradoxes de la situation martiniquaise est que c'est contre les Français métropolitains que l'animosité est dirigée. La politique d'assimilation, qui dans son intention était idéaliste et généreuse, a eu des conséquences malheureuses. Elle n'a pas, ainsi que l'écrit Patrick Leigh Fermor, donné à la Martinique « les mêmes privilèges, statuts et représentation que les Bouches-du-Rhône ou la Seine-Inférieure ». Les avantages sociaux de la France métropolitaine n'ont pas été étendus à la Martinique : l'économie de l'île en aurait été bouleversée, dit-on, et le coût en aurait été trop important de toute façon. Les investissements ne sont pas venus à la Martinique. Avec la jalousie féroce caractéristique des communautés mesquines, fermées sur elles-mêmes et vaniteuses, chaque capitaliste martiniquais tourne en ridicule et fait son possible pour bloquer tout projet auquel lui-même ne participe pas. Ainsi peu de choses se font et le capital martiniquais est investi en France et ailleurs. La Martinique est pauvre, disent les Martiniquais de la moyenne bourgeoisie. Le développement n'est pratiquement pas possible, car il n'y a pas d'industrie martiniquaise qui pourrait soutenir la concurrence d'une industrie française ; et sans ses liens avec la France, la Martinique serait perdue.

Ainsi la Martinique ne produit rien à part du rhum, du sucre et des bananes. Ne pourraient-ils pas même faire leur propre huile de noix de coco pour la fabrique de margarine qui emploie sept personnes ? On ne peut pas faire pousser des cocotiers en Martinique ? « Impossible », dit l'un. « Cet homme est fou. N'y faites pas attention », dit l'autre. Et ainsi la querelle continue et l'huile de noix de coco est importée, et le lait vient des Vosges, par l'avion laitier d'Air France. Et parce que la Martinique fait partie de la France, son rhum unique ne peut être exporté directement en Amérique du Nord ou du Sud, mais doit d'abord traverser l'Atlantique pour Paris, d'où il est réexpédié, enrichissant des intermédiaires tout au long de son trajet. L'assimilation n'a pas fait de la Martinique une partie intégrante de la France prospère, mais a réduit l'île à l'état de colonie sans défense où, aujourd'hui plus que jamais, le commissaire est roi.

Pour le fonctionnaire métropolitain, la Martinique est un poste reposant mais pas important qu'il espère quitter pour quelque chose de mieux en métropole. Pour le *colon* métropolitain ou d'Algérie, même s'il a peu d'argent, la Martinique, avec son réservoir inépuisable de main-d'œuvre à bon marché, est tentante. Les incidents sont constants ; et pour la population de couleur la présence de la police française (les policiers martiniquais font leur service en France) est une provocation de plus.

C'était l'époque de la coupe de la canne à sucre, et en jeep des policiers français armés patrouillaient continuellement les routes de campagne jonchées de bagasses. Vision inhabituelle dans les Antilles ; mais je l'attribuai au goût qu'ont les Français pour le mélodrame.

Un jour, dans un restaurant, un jeune mulâtre bien bâti se pencha sur ma table pour me dire en anglais, avec une passion qui lui faisait grincer des dents, qu'il allait déclencher une révolution. Il était scandalisé par la façon dont avait été traitée une petite prostituée triste avec son bébé endimanché. Cela l'irritait, me dit-il, de voir les Noirs maltraiter les Noirs. Il n'était pas politicien ; mais il allait déclencher cette révolution, chasser tous les Blancs, puis remettre l'île entre les mains des politiciens. Il avait déjà commencé en petit : il venait de gifler un métropolitain rue Victor-Hugo.

Et puis, tôt un matin, un jeune Noir vint me voir à mon hôtel. Il attendit patiemment au restaurant. Il avait dû me prendre pour un journaliste : il me dit qu'il voulait que je connaisse certains faits touchant la Martinique. Il me dit peu de choses que je n'avais déjà apprises — la race, la pauvreté, la surpopulation — mais son désespoir me marqua. Il promit de revenir, mais ne le fit pas.

Le *chef-de-cabinet* français en complet bleu me dit avec de grands gestes français et un sourire officiel qu'il n'y avait pas de problèmes graves à la Martinique. On encourageait l'industrie et ainsi de suite. Derrière lui, un grand tableau de couleurs vives représentait une scène martiniquaise. Le fauteuil où j'étais assis, l'un des trois réservés aux visiteurs, était si éloigné de son bureau massif que je devais me pencher en avant tandis qu'il se penchait en arrière en faisant continuellement des gestes circulaires des deux mains. A la fin de chaque longue phrase, le mouvement de ses mains était suspendu et j'étais fixé avec un bref et large sourire.

C'est de M. Gratian, le maire communiste de Lamentin, la petite ville où se trouve l'aéroport, que j'appris qu'il y avait une grève des ouvriers agricoles. Les communistes avaient regagné des forces en Martinique et leur cause avait été aidée par la façon dont M. Gratian avait administré Lamentin. Selon tous, il l'avait fait de manière efficace et honnête, ce qui embarrassait les opposants à Gratian, qui se voyaient obligés d'abandonner l'idée que l'honnêteté est la pire des politiques. Tout en faisant sauter son petit-fils sur un genou, M. Gratian (il avait été l'orateur principal au *meeting de protestation : « Les colonialistes ont assassiné Lumumba »)* dit que la grève était ce qui se passait de plus important à la Martinique. En tout cas, elle mena, quelques semaines plus tard, aux troubles les plus sérieux jamais connus par la Martinique.

Je ne connaissais pas l'existence de la grève parce que la Martinique n'a pas de journaux. Le Surinam en a six, plus sept hebdomadaires ; mais à la Martinique, les journaux arrivent de Paris, avec le lait. Un des résultats est le manque cruel de papier d'emballage, et des vieux journaux doivent être importés en gros de France, particulièrement par les cultivateurs de bananes. Les bananes sont délicates, et doivent être soigneusement enveloppées avant d'être embarquées. L'emballage consiste en une feuille extérieure d'épais papier brun entourant un rembourrage de paille maintenue dans du papier journal. La paille, le papier brun et le papier journal doivent tous être importés de France[1]. Et c'est en France qu'ils retournent. Seule la Compagnie générale transatlantique a le droit de faire le transport de marchandises entre la Martinique et la France ; c'est une ligne qui a bien de la chance : elle transporte les mêmes marchandises dans un sens et dans l'autre, se fournissant ainsi son propre travail.

La Martinique de l'intérieur est joliment féodale, avec sa noblesse blanche et de couleur et une masse respectueuse de Noirs portant chapeau de paille qui ne peuvent être qualifiés que de « paysans », la découverte littéraire du XXe siècle, dont les manières douces, la résignation à leur état et le manque d'ambition ou de courage peuvent être interprétés comme de la « dignité ». Le paysan tire son chapeau au maître, mais un homme est un homme et le paysan sera offensé si le maître ne lui serre pas la main. Ce paysan pêcheur avait un homard vivant et frénétique

1. Extrait de l'article sur la Martinique de L'*Annuaire 1959 des Témoins de Jehovah* : « On a une bonne occasion de témoigner auprès des chauffeurs des camions qui apportent des régimes de bananes des trente-trois communes de l'île pour être chargées dans des bateaux spéciaux. A certains moments, cinquante ou plus de ces camions attendent en file à l'entrée des docks. L'éditeur entreprenant proposera le magazine *Awake !* au chauffeur du premier camion pour descendre ensuite toute la file. Un pionnier nous a dit : "J'ai placé plus de trente magazines en une heure." »

dans chaque main ; lorsque je lui fus présenté, je me contentai de m'incliner. Ce qui me fut ensuite reproché par mon hôte. J'avais blessé le paysan ; et je sentis que j'avais également mis à mal la dignité de l'hôte lui-même. J'aurais dû tendre la main ; le paysan eût alors détourné les homards et m'aurait offert son avant-bras, son biceps ou même son épaule. Ainsi, quand par la suite je fus présenté à cet autre paysan dont les mains étaient pleines de boue, je tendis la main en toute confiance, et, effectivement, il m'offrit son avant-bras plein de sueur.

Dans ce village, lundi était un grand jour pour les paysans, avec des combats de coq l'après-midi et des danses folkloriques le soir. Sur la route pierreuse, pleine d'ornières et de nids de poule qui courait entre les cannes à sucre d'où l'eau tombait goutte à goutte — il avait plu — nous dépassâmes un paysan droit comme un i sur un cheval famélique. L'arène se trouvait dans la cour boueuse de quelqu'un, au sommet aplati d'une déclivité basse qui s'élevait directement de la route. C'était une petite arène, un O en bois entouré d'une palissade au-dessus de laquelle étaient penchés des paysans pieds nus portant des chapeaux de paille et des casques coloniaux, qui criaient : « Tor ! Tor ! » Entourant l'arène en surplomb, se trouvaient deux rangées de sièges faits de branches élaguées ; mais personne n'y était assis, à part deux ou trois enfants absorbés par leurs propres affaires. Les cages des coqs étaient à un bout de l'arène.

Les têtes des coqs étaient pleines de coups de bec, sanglantes et déformées, leurs cous et leurs croupions aussi, qui avaient été rasés et avaient l'air obscène. Les coqs étaient fatigués et j'avais l'impression qu'ils ne voulaient pas combattre ; un des Martiniquais avec qui j'étais venu dit qu'ils étaient de piètre qualité. Parfois les coqs se contentaient de frotter leurs cous ensanglantés l'un contre l'autre. Parfois ils s'éloignaient l'un de l'autre ; alors les cris des paysans les ramenaient face à face et ils bondissaient et se becquetaient pendant quelques instants, ailes déployées. Lorsqu'un des coqs s'effondrait il y avait une clameur comme pour un KO, et le combat s'interrompait, les propriétaires enjambant la palissade et tenant leurs coqs jusqu'à ce que la cloche (je suppose) résonne.

Sans raison apparente, le combat prit fin — on me dit, bien que je ne l'aie pas vu, que les spectateurs avaient beaucoup parié — et les coqs mal en point furent emportés, la tête droite, l'œil brillant et fixe. Leurs propriétaires les caressaient en leur murmurant des mots tendres. C'était un moment soudain de sollicitude, de douleur et de calme, oiseau et propriétaire retirés dans leur monde au milieu des cris suscités par le nouveau combat. Des doigts essuyaient le sang du croupion, de cou et du bec. Puis le propriétaire, murmurant des mots qu'on eût dit de l'amour le plus pur, mit la tête du coq dans sa bouche, en suça le sang noir qui commençait à coaguler, et le recracha. Il répéta l'opération quatre ou cinq fois. Un citron fut pelé et frotté doucement, comme pour un sacrifice, sur la peau rasée et déchirée de l'oiseau.

Le soir venu, la cour fut éclairée aux flambeaux. L'arène était occupée par les joueurs, et la déclivité de terre noire et boueuse entre l'arène et la cabane par des danseurs aux pieds nus. Les danseurs faisaient semblant de se battre ; les joueurs de tambour tambourinaient, et tout le monde chantait : « *Votez oui, pas votez non* » — le mot d'ordre des gaullistes pour le référendum, déjà devenu une chanson populaire. Quand le maître se joignit à la danse, les paysans applaudirent, et même les joueurs dans l'arène se redressèrent pour regarder et battre des mains.

Les Américains débarquèrent en uniforme, les marins dans le leur, les touristes dans le leur : les hommes en bermuda, chapeau de couleurs vives, chemise à manches courtes, hommes et femmes portant un petit sac de voyage bleu marqué « Caribbean Luxury Cruise » ou quelque chose dans le genre. « Où est-ce qu'on déjeune ? » demanda quelqu'un. « Restaurant dee Europe », dit un autre, lisant l'enseigne. Les gendarmes français, dans leur short kaki très court, se raidirent de manière sensible. Les taxis patrouillaient fiévreusement, cherchant le client à la trace, scrutant l'intérieur des cafés, accostant quiconque avait l'air étranger, même ceux qui s'étaient installés au Restaurant de l'Europe. Les touristes eurent bientôt disparu de la grand-place. Moins d'une heure après ils revinrent, l'air satisfait, chacun portant un sac de la boutique hors-taxe Roger Albert, chacun portant un plant de balisier comme un drapeau. Un marin américain buvait du rhum blanc à la bouteille et criait d'un bout à l'autre de la rue Victor-Hugo. Les touristes le contemplaient avec dégoût. Dans le bar, le grand Américain du Nord au visage plein d'humour, qui n'avait cessé de boire depuis le soir précédent et d'offrir à boire à tout ceux qui parlaient avec lui, psalmodiait : « Je ne suis pas ricain. Je suis canadien. »

On a dit que les Caraïbes étaient l'autre mer de l'Europe, la Méditerranée du Nouveau Monde. C'est une Méditerranée qui rassemblait tous les instincts les plus sombres de l'homme sans les élans complémentaires vers la noblesse et la beauté des pays plus anciens, une Méditerranée où la civilisation devint satanique, pervertissant ceux qu'elle attirait. Et si on considère cette mer, que le touriste égaye aujourd'hui de son uniforme grotesque, comme une gaspilleuse d'hommes durant plus de trois siècles — la population aborigène de quelques millions d'individus anéantie ; les plantations insatiables : 300 000 esclaves amenés au Surinam qui a aujourd'hui une population noire de 90 000 individus ; les guerres interminables : 40 000 soldats anglais morts entre 1794 et 1796 seulement, et 40 000 de plus réformés pour inaptitude au combat — il semblerait que le simple fait d'avoir survécu soit un triomphe.

Il y a des degrés de survie. Ici et là aux Antilles, survivent des petits groupes de « Blancs pauvres », Anglais, Irlandais, Français et même Allemands, dont la pauvreté est le dernier et triste attribut. Leur perte est plus grande : ils ont oublié qui ils sont. Un livre d'histoire que j'avais à l'école disait que les Amérindiens « tombaient malades et mouraient ». Ces Européens, durant une période d'autorité européenne incontestée, ne firent que tomber malades, et sont comme des gens encore étourdis par leur déportation dans les îles de cette mer satanique.

J'avais l'intention de me rendre aux Saintes, au sud de

la Guadeloupe, pour voir les pauvres Blancs bretons que Patrick Leigh Fermor a décrit dans *L'Arbre du voyageur* :

> Ce qui est remarquable chez eux, c'est qu'ils sont devenus noirs en tout excepté la couleur, et si toutes les races des Caraïbes devaient être rapatriées dans leurs pays d'origine, les Saintois se sentiraient aujourd'hui plus chez eux dans la jungle africaine qu'en Bretagne. Ils ont oublié le français depuis longtemps et ne parlent rien d'autre que le patois afro-gaulois des Noirs. Ils sont plus incapables de parler correctement le français et plus illettrés que les plus humbles habitants des savanes guadeloupéennes.

Après que j'eus découvert les Indiens de la Martinique, toutefois, je n'avais pas besoin d'aller voir les Saintois.

Je n'avais jamais su qu'il y avait des Indiens à la Martinique, mis à part les hommes d'affaires habituels venant de Trinidad. Je n'avais jamais su que dans les îles françaises, comme dans les îles anglaises, des immigrants indiens sous contrat à long terme et quelques Chinois avaient remplacé les esclaves après l'émancipation, et que soixante-dix mille Indiens ou plus étaient venus à la Martinique. Contrairement aux Indiens de Guyane britannique, de Trinidad et du Surinam, ils venaient de l'Inde du Sud, beaucoup des colonies françaises en Inde. Ils ne prospérèrent pas. Ainsi que me le dit un Martiniquais avec dégoût et fierté : « Ils mouraient comme des mouches. » Une partie des survivants émigra à Trinidad et s'installa dans la partie ouest de Port of Spain. Quatre ou cinq mille seulement restèrent à la Martinique, ouvriers agricoles dans les plantations de canne à sucre du nord, balayeurs en ville, et ils n'exercèrent aucune influence sur la société ; aucun Indien n'ouvrit même une boutique. Peut-être étaient-ils trop peu nombreux. Ou peut-être qu'à la différence des Indiens de Guyane britannique et de Trinidad, qui vinrent en proportions si égales qu'ils furent capables de recréer une Inde en miniature — avec l'antagonisme de base entre hindous et musulmans, les divisions entre shiites et sunnites chez les musulmans et un système de caste compliqué bien que se désintégrant rapidement chez les hindous — peut-être qu'à la différence de ces Indiens les Indiens de la Martinique appartenaient à une seule caste hindoue affaiblie. Leur ressemblance physique et leurs pratiques religieuses en sont un signe. Il est à remarquer que, tout comme en Inde, le village des balayeurs est séparé de la ville par une rivière souvent, de même à Fort-de-France les balayeurs indiens sont séparés du reste de la ville par un canal. Il est également à noter que, parmi ceux qui émigrèrent à Port of Spain, certains, aujourd'hui disparus, étaient par tradition balayeurs de route ; et ils se sont révélés être les plus assimilables des Indiens de Trinidad. On voit aisément comment de tels gens, sans les traditions, les aptitudes et l'énergie d'autres castes, peuvent se retrouver sans défense ; ou comment n'importe quel petit groupe étranger et pauvre peut se laisser submerger à la Martinique, où la société était organisée de manière aussi rigide que la société indienne mais où les modèles étaient aussi incompréhensibles qu'inatteignables. Le monde blanc-mulâtre-noir présentait un front commun de francité hostile ; les Indiens restèrent à l'écart.

J'ignorais l'existence des Indiens de la Martinique avant qu'Alexandre Bertrand ne me montre ses dessins de danseurs hindous martiniquais et ne me parle de leur « hindouisme », rien de plus que le sacrifice occasionnel d'un mouton, forme dégradée du dégradant *kali puja*, que, bien que convertis au catholicisme, ils continuent à pratiquer. Et un dimanche Anca Bertrand m'emmena dans le nord voir les « chapelles » hindoues. Nous traversâmes des collines bien entretenues de toutes les nuances de vert, un pays qui semblait avoir été transformé par les cultures, avec peu du désordre tropical de Trinidad ; nous aperçûmes la Montagne Pelée couronnée de nuages.

La première chapelle à laquelle nous arrivâmes était une petite baraque rectangulaire en béton avec un toit en tôle ondulée et des murs peints de bandes chocolat et ocre. Un certain nombre de personnes, Noirs et Indiens, sortirent d'un bâtiment crasseux aux airs de caserne qui donnait sur la même cour et nous regardèrent : une Indienne âgée aux traits grossiers et aux cheveux emmêlés, un bébé sur la hanche, et sa fille aux traits également grossiers, une femme très petite et très vieille, en haillons spectaculaires, une grande Négresse, une mulâtre dans une grande robe ample de coton, une Indienne portant un turban martiniquais, et un jeune Indien, petit et mince, les cheveux pris dans un filet sous un vieux chapeau de feutre, vêtu d'un short kaki en lambeaux, d'une chemise déchirée et sale, les pieds couverts de boue noire. Nous parlâmes au jeune homme. Ses traits étaient fins, comme usés par la malnutrition et la pauvreté, ses yeux brillants et faux ; il était même beau, si on oubliait la faiblesse de son visage et la débilité de ses membres amaigris. Sa tête oscillait comme celle d'un oiseau sur son cou maigre et il grattait continuellement son pied boueux avec l'orteil de l'autre. Il ne parlait pas français ; Anca Bertrand devait traduire son patois.

Le sacrifice, dit-il, se faisait sur la pierre devant la chapelle. La pierre se trouvait sous un frangipanier, maintenant presque sans feuilles et en pleine floraison ; les délicates fleurs roses étaient écrasées dans la boue noire piétinée par les poules. Il alla chercher les clés, et les femmes, nous regardant en silence, se rapprochèrent. Le jeune homme revint et ouvrit la porte de la chapelle surmontée d'un cintre peint en chocolat et calmement, sans fioritures, révéla la hideuse puérilité aux odeurs de suif qui était à l'intérieur : un grand cavalier à droite, un autre à gauche, tous deux grossièrement sculptés et peints en jaune et rouge stridents, les moustaches noires, les traits — pathétiques dans ce cadre — aristocratiques et sereins. De longues machettes ciselées reposaient sur leurs manches entre les antérieurs des chevaux ; le sol devant eux était noir de suif. Au fond, sur une plate-forme basse en béton, se trouvaient de nombreuses statues plus petites, rouges et jaunes, la forme miniature trahissant plus clairement la grossièreté de la main qui avait façonné les grandes statues. Celui-ci était le roi, dit le jeune homme, et celle-là était la reine ; et celles-ci étaient leurs enfants.

Tous les lieux de culte ont une odeur particulière de renfermé ; ce petit trou sombre avait une chaude odeur de renfermé, d'huile nauséabonde et de suif. Tandis que nous regardions, la femme au turban qui me faisait l'impression d'être une exhibitionniste, entra en se suçant bruyamment les dents et alluma des cierges devant les statues. Le jeune homme, après avoir donné ses explications, s'adossa au mur, détournant le regard de nous pour le fixer sur la boue à ses pieds ; il était presque imberbe. Il n'y avait pas de livres sacrés, dit-il ; il ne savait pas s'il y avait des chants sacrés ; le « prêtre » savait tout. Comment choisissait-on le prêtre ? Il n'aurait su le dire. On faisait des sacrifices quand on voulait solliciter une grâce du roi et de la reine. Quel genre de grâces ? Il ne savait pas ; le prêtre savait tout, et le prêtre travaillait à la sucrerie cet après-midi-là.

Nous nous rendîmes dans une petite ville où les ouvriers des sucreries vivaient dans des cabanes à côté de grandes remorques pleines de cannes soigneusement rangées. Nous entrâmes dans la cour d'une plantation entourée de baraquements où se trouvait une *épicerie* proposant de *l'huil* (réconfortant de voir de telles fautes d'orthographe dans un territoire français) et fûmes présentés à des Indiennes qui étaient très négroïdes. Puis nous pénétrâmes dans une petite pièce encombrée ornée d'images catholiques et de quelques photographies. Là nous rencontrâmes le « chauffeur » de la plantation. Il était petit, noir, fin de traits, bien qu'avec un nez en pied de marmite. Il portait une veste kaki et un casque colonial blanc (à la Martinique, il semble que ce soit un symbole d'autorité servile : il est porté par les chauffeurs des voitures officielles).

Il nous fit asseoir sur des bancs et des chaises et nous annonça avec une fierté paysanne qu'il travaillait depuis trente-six ans sur la plantation et que ce qu'il ne savait pas sur la canne à sucre ne valait pas la peine d'être su. Il ne parlait pas le français et ne le comprenait même pas ; il parlait le patois créole et dit qu'il savait « l'indien ». Comment s'appelait cette langue indienne ? « Le tamoul », dit-il. Et il pouvait chanter le chant sacré tamoul durant toute une nuit. Quel était ce chant ? Il prit l'air d'un homme qui ne veut pas révéler un secret.

Son frère entra, s'assit sur un banc devant la table couverte d'une toile cirée et ne dit rien. Un très petit garçon, le fils du chauffeur, très noir et très beau, arriva par hasard et fut présenté à la ronde. Il était très timide et tendait sa main gauche à serrer. Le chauffeur, qui était aussi le prêtre de la « chapelle » hindoue, dit qu'il était né sur la commune et y avait vécu toute sa vie. Étais-je indien ? Où étaient les Indiens à Trinidad ? Il semblait incrédule. Il dit qu'il aurait conservé son « indien » si seulement il avait eu quelqu'un avec qui le parler. Il dit quelques mots ; ne sachant pas un mot de tamoul, je ne compris pas. Il se permit un léger sourire.

On nous offrit à boire. J'acceptai une boisson sans alcool de couleur verte que je ne pus boire en entier. Le chauffeur sortit des photos du mariage de sa fille qu'il passa à la ronde. Sur les photographies, il portait un nœud papillon. Sur l'une d'elles, la mariée voilée était entourée de ses filles d'honneur et jouait le jeu du mariage, ces gens faisaient semblant d'être normaux, d'avoir des vies importantes. Les photos d'identité sur le mur, les verres sur la table, les boissons : c'était comme dans n'importe quelle cabane de l'île. Seulement, ça ne l'était pas. Avachi sur son banc, battant ses précieuses photographies et soudain perdu dans leur contemplation, le chauffeur me rappelait ces Amérindiens dont j'avais pénétré les cabanes en Guyane britannique et au Surinam. Vous entrez dans une cabane amérindienne crasseuse ; votre attitude est à la fois de curiosité et de dégoût ; le propriétaire est assis, satisfait, éméché, indifférent à votre intrusion. Posez-lui une question et il vous répondra ; ne dites rien et il restera silencieux.

Nous sortîmes le chauffeur de sa torpeur et il nous conduisit à sa chapelle. Les habitants des baraquements, Indiens et Noirs, nous suivirent du regard, fiers d'être l'objet de l'intérêt d'un visiteur. Cette chapelle était beaucoup plus petite ; presque comme un placard. Il y avait une gravure érodée et indistincte sur la pierre sacrificielle à l'extérieur, et les statues à l'intérieur étaient encore plus grossières que celles que nous avions vues avant. On ne voyait pas de cavaliers, rien qu'une étagère d'images. Celle-là, dit le chauffeur en désignant une statue du doigt, était *la Sainte Vierge*. Joseph était-il là aussi ? Bien sûr, bien sûr, dit le chauffeur, vexé de ma question. Les gens venaient du monde entier pour voir cette chapelle

Est-ce que je savais ça ? C'est son fils aîné qui avait fait les sculptures. C'était un art sacré, et il l'avait transmis à son fils. Est-ce que les Indiens de Trinidad — à l'existence de qui il faisait clairement comprendre qu'il ne croyait pas — avaient des chapelles aussi belles que celle-ci ? Non ? Est-ce qu'ils avaient une statue de *la Sainte Vierge* avec un bracelet ? Il commençait à me prendre pour un imposteur. Il y avait de petits bols sombres contenant une huile puante devant les statues ; cette huile était apportée par les fidèles. Nous retournâmes à la voiture, passant devant une remorque pleine de cannes à sucre. Est-ce qu'ils avaient des camions grands comme ça à Trinidad ? En Angleterre ? Je dis que non. Il eut l'air content, mais pas surpris.

Anca Bertrand, qui est une folkloriste aussi bien qu'une photographe originale et accomplie, avait une répétition de danse folklorique ce soir-là. Elle avait lieu dans un village au bord de la mer, dans une *case* basse toute en tôle ondulée, tapissée à l'intérieur de feuilles de *France-Soir*. La lampe à huile avait un long col fin en verre ; elle jetait des ombres théâtrales. Les joueurs de tambour étaient assis sur leurs tambours sur une table ; il y avait aussi des joueurs de tambour en bois et un accordéoniste. Après beaucoup de bavardages on fit de la place pour les danseurs, et ils commencèrent. On dansait le *bel-air*. Les femmes étaient vieilles et portaient de grands chapeaux de paille ; un homme portait un casque colonial blanc. Et dans la sombre *case* pleine de gens mal habillés dont les traits pour la plupart restaient purement africains — dans la longue pièce baignée de lumière jaune où, en prêtant l'oreille au-delà de la musique des tambours et de l'accordéon, on pouvait percevoir les instruments à cordes d'il y a deux siècles, et voir les danses qui même maintenant étaient à peine altérées de négritude — l'atmosphère se fit lourde et repoussante d'esclavage, faisant penser aux longues et chaudes journées sur la plantation, à la musique qui se déversait le soir venu des fenêtres brillamment éclairées de la maison des maîtres, aux intérieurs âcres, éclairés aux flambeaux, des maisons des Noirs qui étaient comme cette *case*. Il faisait chaud et l'air était lourd. Les danseurs transpiraient. Les vieilles dames, le visage caché par leurs chapeaux de paille, regardaient par terre comme si elles faisaient attention à leurs pas. En dépit de leur âge et de leur taille, elles bougeaient avec légèreté, délicatesse même. La musique et les mouvements des privilégiés, oubliés ailleurs, survivaient ici en une élégance fantomatique et réduite à la gueuserie : à cette mimique mignarde la violence, l'improvisation et l'effrayante adresse de la danse africaine avaient été réduites.

Pour les gens de Trinidad, Wilberforce est un nom dans un livre d'histoire. A la Martinique, le nom de Schoelcher, l'émancipateur qui vint dix ans après Wilberforce, est omniprésent. Il est commémoré dans un bâtiment grotesquement orné du centre de Fort-de-France, dans le nom des rues et des écoles partout dans le pays. Il est inutile de demander pourquoi.

Alors que je retournais à mon hôtel tard cette nuit-là, un jeune Noir me cria avec mépris : « Hé ! Toi ! Tu es un Anglais ! » Ce devait être la canne de laquelle je m'aidais pour marcher. Quoi que c'eût été, je commençais à me fatiguer des singeries de la société coloniale française.

SIX

EN ROUTE POUR LA JAMAÏQUE

ANTIGUA, ET UN APOLOGUE

Dès que nous fûmes assis dans l'avion des British West Indian Airways, le fait d'être français perdit son importance, et c'était une leçon d'humilité que de voir comment en quelques minutes certains des passagers martiniquais étaient déchus du statut privilégié de mulâtre, de Français, la crème de la société *café-au-lait*, à l'état de Noirs plutôt ordinaires, le terme « mulâtre » lui-même, avec sa connotation précise de fierté raciale, étant utilisé moins fréquemment hors des îles françaises.

Quelque heureux que je fusse de quitter la Martinique, je fus attristé au-delà de toute expression d'atterrir à Antigua. On a vendu des parties de la petite île aux touristes ; on a construit un bel aéroport pour recevoir les touristes ; et les touristes étaient aussi nombreux au sol que les Antillais aux gares de Victoria ou de Waterloo à l'arrivée des trains-paquebots des immigrants. Je n'avais pas prévu d'aller à Antigua — je n'étais là que parce qu'il n'y avait pas d'avions directs pour la Jamaïque — et je n'avais pas pris de dispositions. Une liste des hôtels, avec les prix affichés aussi en dollars américains, me montra que je ne pouvais pas me payer l'hôtel. Je pouvais à peine me payer une pension ; et le trajet de sept kilomètres qui me séparait de la ville coûtait 17 shillings. Il y eut quelque compétition entre les chauffeurs de taxi noirs en uniforme pour me prendre cette somme. J'en choisis un, et nous filâmes devant la désapprobation des autres.

« Ils ne m'aiment pas ici, vous savez, me dit mon chauffeur, commençant à bavarder sans perdre de temps (nous n'allions pas loin, après tout). Je ne suis pas né ici, vous savez. Je connais bien ces Antiguiens, mec. Il faut avoir vécu ici aussi longtemps que moi pour savoir le genre d'animaux que c'est. »

Nous nous arrêtâmes devant une maison en bois rosâtre, à la fenêtre du rez-de-chaussée de laquelle je vis deux patriarches noirs. Mon sac leur fut passé directement depuis la rue et j'entrai dans une pièce misérable meublée dans le style sombre et profus des maisons des petits-bourgeois noirs. Il y avait des calendriers et des images pieuses aux murs. Une porte de côté donnait sur un jardin où des tables et des chaises en métal ébréché rouillaient sous des arbres. La radio volumineuse braillait : l'Office de radiodiffusion d'Antigua, vieux de quelques jours, passait des disques. L'annonceur avait une voix douce qui se chargeait de ravissement et de révérence chacune des nombreuses fois où le programme était interrompu pour décliner l'identité de la radio nouveau-née. Quand, à deux heures, il dut annoncer la fin de la transmission, je sentis sa douleur.

Je sortis pour explorer la ville de St John's. Morte et vide, elle se décolorait sous le soleil. Les maisons étaient blanches et basses, les rues larges, droites et noires. Portes et fenêtres étaient partout fermées. *Ralentissez et restez en vie,* disait un panneau. Et : *e.e. moore,* disait un autre. Je retournai à la pension. La fenêtre sur la rue était fermée ; il n'y avait aucun signe des patriarches noirs. La porte était fermée ; je n'avais pas la clé. Personne ne répondit à mes appels. Je marchai jusqu'au bout de la rue chauffée à blanc et vide ; revins frapper à la porte ; refis un tour, plus long, jusqu'au panneau *e.e. moore* ; revins et, convaincu maintenant que je n'avais pas de public, frappai en plusieurs longs accès hystériques jusqu'à ce que, brusquement, la porte cède, et qu'une servante, très calme, me fasse entrer sans un mot. Je montai sans bruit à ma petite chambre, où rideaux, couvre-lit et linoléum étaient ornés de motifs à petites fleurs.

Je n'arrivai pas à dormir. Si sept kilomètres coûtaient

17 shillings je n'avais évidemment pas l'argent pour aller en taxi jusqu'à l'arsenal abandonné de Nelson's (considéré à son époque comme l'un des ports les plus insalubres de la Marine royale). Mes valises étaient à l'aéroport. Je n'avais ni livres ni papier, et j'avais vidé mon stylo pour le voyage en avion. Je me mis à inspecter la maison sur la pointe des pieds. Je tripotai timidement le bouton de la radio. Aucun son ne sortit. Dans le couloir menant au salon, je vis une bibliothèque avec des magazines en lambeaux et quelques livres reliés. Les magazines étaient religieux et annonçaient la fin prochaine du monde. Les livres étaient tous des annuaires. Ouvrant au hasard *L'Annuaire 1959 des Témoins de Jehovah*, je lus : « Guatemala. Il y eut cinq mois difficiles d'état d'urgence après l'assassinat du président guatémaltais, mais le prêche devait continuer. » Je tournai quelques pages et lus : « Bequia. L'enquête révèle que les bons efforts de deux sœurs pionnières sont largement annulés par la morale relâchée de ceux qui font profession de s'intéresser à la vérité. » J'emportai le livre dans ma chambre.

Juste avant quatre heures, l'idée me vint qu'il y avait peut-être le téléphone à Antigua. Je patrouillai dans la maison vide et fus rempli de joie de découvrir un téléphone et un minuscule annuaire. Je me mis à téléphoner aux services gouvernementaux. Parfois je raccrochais quand une voix répondait ; parfois je n'obtenais pas de réponse ; parfois je demandais du secours. Enfin, à ma surprise, j'obtins une réponse positive d'une voix empreinte de bonté que j'avais déjà entendue : elle appartenait à l'annonceur de l'Office de radiodiffusion d'Antigua.

Quinze minutes plus tard, il vint me prendre pour m'emmener en voiture à la station de radio de deux pièces qui se dressait fermée et désertée dans un champ brûlé par le soleil. Il avait les clés ; nous entrâmes. Tandis qu'il préparait l'émission du soir, je regardai les disques et les bandes de la station. Je tombai sur une de mes propres émissions et je la passai deux fois.

Une jeune femme alerte arriva. Elle s'assit devant le micro, regarda sa montre et demanda : « On commence maintenant ? » Mon annonceur acquiesça. La femme poussa quelques manettes et commença à parler. L'émission du soir avait commencé. Je sortis m'asseoir sur les marches en béton. Un cheval passa au galop, monté sans selle par un jeune Noir pieds nus. Le soleil se couchait. Les collines basses disparaissaient progressivement et pendant quelques instants une lumière dorée toucha le champ brun.

La pension était animée quand je revins. Les deux patriarches noirs étaient à la fenêtre et un trio de jeunes Anglais pleins de vie — les seuls autres pensionnaires, et en excellents termes avec la direction — remplissaient la vieille maison branlante de leurs ébats et de leurs rires. La servante marmonnait seule dans la cuisine, et quand je passai elle marmonna plus fort : « Je sais pas pour qui elle se prend. A me donner des ordres pour ci et pour ça. Ne fais pas ça. Fais ça. Hm ! Comme si elle croyait que j'étais forcée de rester ici. Hm ! Eh bien, tu ne sais pas ce qui t'attend, madame. »

Quand je descendis dîner, le trio anglais était en train de parler du problème racial aux Antilles. Ils exprimaient bruyamment leurs vues libérales ; leur libéralisme avait réduit la situation raciale antillaise complexe à la question simple et sans importance, bien que plus satisfaisante, des préjugés blancs.

« Trinidad est le pire endroit, dit l'un. Les Blancs là-bas sont la lie de la terre. Vous savez ce que... m'a dit ? «

J'étais intéressé, mais la phrase assurément sensationnelle qui suivit fut murmurée.

La fille, qui portait des pantalons moulants, dit à voix haute : « Eh bien, *moi*, j'ai des amis de *toutes* les couleurs. »

La conversation dévia sur la chasse à courre et à tir, et j'appris que le taux d'accidents était plus élevé en Amérique qu'en Angleterre.

« En Angleterre, dit le plus jeune des deux hommes, on apprend à ne jamais pointer un fusil sur quelqu'un. On apprend ça à la nursery. Si on appartient à une famille qui chasse. »

L'homme plus âgé vint à moi et me dit : « Excusez-moi, monsieur. Connaissez-vous le docteur ? » Il indiqua le plus jeune des patriarches noirs. « C'est son anniversaire. Il vient d'arriver et nous allons lui chanter Joyeux Anniversaire. »

Je repoussai ma tasse de café et me précipitai au premier étage.

L'annonceur m'avait promis de m'envoyer un de ses amis pour m'aider à passer la soirée ; et peu après les réjouissances de l'anniversaire, l'ami vint et m'emmena faire un tour d'Antigua by night. A un moment, nos phares éclairèrent le trio anglais qui dansait dans une rue vide. Les bars et les patios des hôtels pour touristes ressemblaient à des décors de films hollywoodiens avec des figurants bien entraînés et bien habillés mais sans vedettes. Dans un des hôtels, l'acteur le plus intéressant était un petit Noir énergique. Il était habillé comme les musiciens de l'orchestre et dansait sans inhibition ; de l'avis général il était mignon.

Le patriarche de ma pension m'avait donné trois feuilles de papier ligné et, après de longues recherches, il avait exhumé un bout de crayon. Avec cet équipement je travaillais au lit tard cette nuit-là, quand j'entendis frapper à la porte. C'était le patriarche. Il craignait que je ne me sois endormi en laissant la lumière allumée.

Le lendemain matin, je découvris que la servante avait été virée.

La propriétaire me dit : « La jeune fille blanche lui a demandé, innocemment, si elle aimait son travail. Vous auriez dû entendre ce qu'elle a dit ! Que je l'opprimais et qu'elle travaillait trop dur et que je lui donnais pas assez à manger. Me faire honte devant la pauvre jeune fille blanche. »

« Elle trop *généreuse,* tonna le patriarche. Trop *généreuse.* »

*

LE REJET DE BABYLONE

La Jamaïque était une belle île, mais la terre a été polluée par plusieurs siècles de crimes. Pendant 304 ans, depuis 1655, l'homme blanc et son allié brun ont maintenu l'homme noir en esclavage. Durant cette période, d'horribles crimes sans nombre ont été commis journellement. La

> Jamaïque est littéralement l'enfer pour l'homme noir, tout comme l'Éthiopie est littéralement le paradis.
>
> Le Credo du Ras Tafarien [1].

La Jamaïque présente au monde extérieur deux images opposées : le lieu de vacances pour gens fortunés — mer turquoise, sables blancs, serviteurs respectueux en nœud papillon, silhouettes portant des lunettes de soleil sous des parasols rayés :

Le tourisme est important pour vous est le thème d'une désespérante campagne de publicité lancée par le ministère du Tourisme de la Jamaïque pour lutter contre l'hostilité croissante de la population envers les touristes — et les trains-paquebots d'immigrants arrivant dans les gares sinistres de Londres : *Les nègres rentrez chez vous* peint en grandes lettres blanches à Brixton et *Gardons l'Angleterre blanche* écrit partout à la craie.

Il est possible, cependant, d'être quelque temps à la Jamaïque sans voir ni la Jamaïque des touristes ni celle des émigrants. Les touristes sont sur la Côte Nord, séparée du reste de l'île et presque comme un autre pays. Et le monde middle-class jamaïquain, dans lequel évolue le visiteur, avec ses larges espaces et sa gentillesse, sa tradition d'hospitalité, ses réunions du Pen Club et ses expositions, ses bars chers ou bohème, ses clubs et hôtels, ses cocktails et ses dîners, est physiquement disposé de telle façon — presque à dessein, semble-t-il — qu'on peut aller de banlieue en banlieue sans cesser d'être à l'abri de spectacles désagréables. Lorsqu'on traverse la campagne, on voit évidemment des paysans ; mais ces gens ont peu en commun avec le stéréotype désespéré et rébarbatif de l'immigrant ; leurs manières sont douces, ils ont un goût gallois pour la rhétorique et ils parlent l'anglais le plus pur de toutes les Antilles.

Pour voir la Jamaïque des émigrants, il faut regarder. Et une fois qu'on a commencé à regarder, on ne voit rien

1. *Le Mouvement Ras Tafari à Kingston, Jamaïque* par M.G. Smith, Roy Augier et Rex Nettleford. Institut de recherche économique et sociale, Université des Antilles, 1960. Je me suis largement inspiré de cette étude dans ce chapitre.

d'autre. Les taudis de Kingston sont au-delà de toute description. Même l'appareil photographique leur donne de l'éclat, sauf dans les vues aériennes. Des cabanes en planches, en carton, en toile et en boîtes de conserve se pressent les unes contre les autres sur des décharges humides derrière lesquelles le soleil se couche dans sa splendeur moqueuse. Plus respectables et bâties sur un sol plus sec sont les cages à poules, les plus petites maisons jamais construites, qui suggèrent une grande communauté enfermée et condamnée à jouer dans des maisons de poupées crasseuses. Puis il y a celles qui furent jadis de vraies maisons bourrées à craquer, maisons si proches les unes des autres dans des rues si étroites qu'on se sent totalement enfermé. Saletés et ordures sont partout ; partout il y a des mares ; et sur les tas d'ordures les latrines sont interdites par la loi. Cochons et chèvres vont aussi librement que les gens et paraissent aussi individuels et importants. Devant chaque « jardin », se trouvent des taillis de boîtes aux lettres sur pieds — ces Jamaïquains, me dit-on, aiment s'écrire des « petits mots » — et ces boîtes aux lettres sont comme des maisons de poupées miniatures qui répètent la forme, le nombre et souvent les positions des bâtiments dont elles reçoivent la correspondance. Elles font ressortir l'aspect lilliputien des taudis de Kingston, où tout a diminué au-delà de l'imaginable. Et où qu'on regarde, on voit les collines environnantes de Kingston, une des beautés de l'île : verdissant maintenant après la pluie, estompées dans la lumière du soir, leurs replis aussi doux que ceux de la peau d'un animal. Devant une telle vue est allongée une mule morte, les dents découvertes, le ventre gonflé et tendu. Elle est là depuis deux jours ; un plaisantin lui a planté un manche à balai dans l'anus.

Les névroses affectent les communautés aussi bien que les individus et dans ces taudis les sectes connues sous le nom de Ras Tafariens ou « Rastas » ont développé leur propre psychologie de la survie. Elles répondent au rejet par le rejet. Ils ne se coupent les cheveux ni ne se lavent ; et à cette négligence du corps, cette expression d'un profond mépris de soi, ils trouvent une sanction biblique.

Beaucoup d'entre eux refusent de travailler, faisant de nécessité loi ; et beaucoup se consolent avec la marijuana, que fume Dieu lui-même. Ils refusent de voter pour quelque parti que ce soit, car la Jamaïque n'est pas leur pays, et ils ne reconnaissent pas le gouvernement jamaïquain. Leur pays est l'Éthiopie, et ils adorent le Ras Tafari, l'empereur Hailé Sélassié. Ils ne désirent plus faire partie de ce monde qui n'a pas de place pour eux — Babylone, le monde du Blanc, du Brun et même du Jaune, gouvernée par le pape, qui est en réalité le chef du Ku-Klux-Klan — et ils ne désirent qu'être rapatriés en Afrique et en Éthiopie. Ils ne sont pas intéressés par le progrès à la Jamaïque — certains même le découragent — car un tel progrès ne ferait que les encourager à rester en esclavage à Babylone. Déjà le gouvernement jamaïquain oblige les Noirs à aller en Angleterre, où la reine Elizabeth I — réincarnée en Elizabeth II — et son amant Philippe d'Espagne — réincarné en Philip, duc d'Édimbourg — règnent en ultimes souverains de la Babylone blanche qui maintient les Noirs en esclavage. Mais l'émancipation et le triomphe de l'homme noir sont proches. La Russie, l'ours à trois côtes dont parle l'Apocalypse, détruira bientôt Babylone. Dieu, après tout, est noir, et la race noire est sa race élue, les vrais Israélites : les Juifs ont été punis de leur imposture par Hitler.

Le mouvement Ras Tafari n'est pas organisé. Il est divisé en diverses sectes et n'a pas de hiérarchie fixe, de doctrine ou de rituel. Le mouvement a son origine dans la campagne pour le retour à l'Afrique de Marcus Garvey (à qui plusieurs centaines d'orateurs qui ont abordé le sujet de l'harmonie raciale doivent la métaphore des touches blanches et noires du piano). Une des affirmations de Garvey était que la délivrance de la race noire aurait lieu quand un roi noir serait couronné en Afrique. En 1930, Hailé Sélassié fut couronné empereur d'Éthiopie. L'empereur était un homme brun et dans son pays il y avait encore des esclaves noirs. La chose fut ignorée ou passée sous silence. L'Éthiopie était un pays africain ; c'était un royaume ; il était indépendant. Des photographies de l'empereur furent accrochées par milliers dans les foyers noirs de toutes les

Antilles. Ce qui suivit demeure une énigme. Plusieurs prêcheurs jamaïquains, d'un genre dont l'île abonde, après avoir étudié la Bible, Garvey et les journaux, décidèrent que la race noire du Nouveau Monde était éthiopienne, que l'Éthiopie était la terre promise de l'homme noir, que Hailé Sélassié était divin ; et se mirent à répandre ce dernier message d'espoir dans les taudis de Kingston.

On vit dans l'invasion de l'Éthiopie par les Italiens en 1935 la réalisation de certaines prophéties de la Bible, ce qui donna de l'élan au mouvement. La propagande italienne fit plus. Peu après l'invasion, un Italien du nom de Frederico Philos écrivit un article révélant au monde blanc l'existence d'une organisation secrète de 190 millions de Noirs qui avaient juré d'exterminer la race blanche. Le chef de l'organisation était Hailé Sélassié ; elle s'appelait *Nya-Binghi,* « Mort aux Blancs », possédait une armée de 20 millions d'hommes et un fonds inépuisable en or. L'article fut repris par un journal jamaïquain, et la nouvelle fut reçue avec une satisfaction considérable par certains frères Ras Tafari. Des groupes Nyabinghi furent formés ; leur mot de passe était : « Mort aux Blancs ! »

A la Jamaïque, où les sectes pour le renouveau religieux sont innombrables, personne ne s'étonna qu'une partie de la communauté se soit retirée dans un petit univers aussi délirant que grotesque, et jusqu'au milieu des années cinquante les Ras Tafariens furent considérés comme des fous vagabonds et inoffensifs que leur indifférence à la saleté rendait plus repoussants que d'habitude. Mais le mouvement grandissait ; il attirait, plus particulièrement en Amérique, des gens qui étaient plus amers que résignés ; les relations avec la police se détériorèrent. Et ce ne fut pas avant que le mouvement ait revendiqué ses premiers morts en 1960 que sa force fut reconnue. La classe moyenne fut horrifiée et indignée. Il y eut des protestations lorsqu'une équipe d'étude de l'Université des Antilles fit un rapport sur le mouvement, exprimant sympathie et compréhension : c'était, selon le sentiment général, donner de la respectabilité à la canaille. Alors que j'étais à la Jamaïque, un Ras Tafarien allait être pendu. Le journal du soir local, dans un article savoureux où il relatait les dernières heures et les dernières paroles du condamné, rendait l'atmosphère de la pendaison publique presque, semblait-il, comme un avertissement aux autres. De sorte qu'enfin ce qui était une farce s'était mué en tragédie grotesque.

Le nationalisme au Surinam, mouvement d'intellectuels, rejette la culture européenne. Le Ras Tafarianisme à la Jamaïque n'est rien d'autre qu'une extension prolétarienne de cette attitude, qu'il poursuit jusqu'à son terme délirant et logique. Il ressemble au nationalisme africain, qui affirme l'importance de la « personnalité africaine », et est l'opposé du nationalisme des classes moyennes noires des Antilles, qui ne s'attache, lui, qu'à nier l'existence d'une personnalité particulièrement noire. Il est considéré par la classe moyenne jamaïquaine à majorité brune comme une contagion des classes inférieures, une sorte de Mau-Mau du pauvre. Votre jardinier commence à se comporter de façon étrange ; son langage devient hermétique ; il parle de la terre promise de l'Éthiopie ou de l'Arabie Saoudite (où il y a encore des esclaves) ou même d'Israël ; il se laisse pousser la barbe. Les Rastas l'ont eu : vous le ridiculisez ou vous le virez : le voilà désormais inemployable.

Le mouvement attend d'être organisé et exploité, par les communistes (Cuba est juste au nord) ou par des racistes aux ambitions politiques. Il est possible, toutefois, qu'il échappe ou détruise ceux qui tentent de le manipuler ; car le Ras Tafarianisme est pareil à une névrose de masse et ne peut réagir positivement qu'à une déraison qui soit à son propre niveau de déraison. C'est le plus grand danger. Sur les conseils de l'équipe d'étude de l'Université des Antilles, le gouvernement jamaïquain décida d'envoyer une mission dans certains pays africains afin d'étudier les possibilités d'une immigration jamaïquaine. C'était comme de traiter les symptômes d'une névrose : avant que la mission ne soit partie, un de ses membres Ras Tafariens fut envoyé en prison pour possession de marijuana. Le rapatriement, même s'il a lieu, ne supprimera pas comme d'un coup de baguette magique le sentiment de rejet qu'ont éprouvé toute leur vie les Ras Tafariens et ne changera pas les conditions sociales et économiques à la Jamaïque qui sont le ferment du mouvement.

La Jamaïque est noire à quatre-vingts pour cent ; et ce qui ne peut être nié est que, tout comme en Angleterre, les fascistes proclament frénétiquement les attitudes raciales de la majorité, que seul scandalise l'exhibitionnisme, de même à la Jamaïque les Ras Tafariens expriment les attitudes raciales de base de la majorité de la population noire. La race — au sens de noir contre brun, jaune et blanc, dans cet ordre — est le problème le plus important à la Jamaïque aujourd'hui. L'hypocrisie qui a permis à la classe moyenne brune jamaïquaine de parler d'harmonie raciale tout en maintenant soigneusement les distinctions de nuances qui préservaient ses privilèges provoque enfin la colère et crée un racisme purement noir qui pourrait fort bien faire de l'île un nouvel Haïti.

Le succès de la communauté chinoise et syrienne a suscité envie et hostilité. Et les riches touristes blancs, qui jouissent des plages de sable blanc privées d'hôtels où une nuit coûte plus que le salaire mensuel moyen du Jamaïquain, sont une provocation ouverte ; de sorte que le ministère du Tourisme doit à la fois attirer les touristes et faire accepter leur présence aux autochtones. Comme me dit quelqu'un qui avait des liens avec l'« industrie » : « Le gars paye un paquet son billet d'avion. Il arrive à l'hôtel, met son petit bermuda et sa chemise bariolée, se suspend son petit appareil autour du cou, se colle un cigare dans la bouche, sort sous ce foutu soleil d'hiver jamaïquain qui lui coûte la peau des fesses. Et *paf* ! Qu'est-ce qu'il voit ? Une affiche qui supplie les indigènes d'être gentils avec lui. »

Le *Sunday Gleaner* du 2 avril 1961 consacrait une page entière à un article sur le problème racial écrit par un étudiant de l'Université. Son auto-analyse franche et brutale rappelle l'humeur des Noirs de la Guyane britannique.

LA QUESTION DU NOIR ET DU BLANC : QUI HAIT QUI — ET POURQUOI

Lettre adressée au *Sunday Gleaner* par un auteur inconnu.
Il y a quelque temps, l'Honorable R.L.M. Kirkwood

condamnait au cours d'une émission l'incidence grandissante de la haine des Noirs pour les Blancs dans l'île...

Un autre éminent personnage, Mr. Barham, a écrit deux lettres au *Gleaner* dans lesquelles il rappelait que les gens qui contrôlaient l'argent dans cette île étaient blancs, chinois, syriens et juifs. Il affirmait qu'à moins que les Noirs ne cessent d'injurier et de diffamer ces gens ils quitteraient l'île et laisseraient, pour ainsi dire, les Noirs cuire dans leur jus — le chômage et la stagnation économique.

... Si le Jamaïquain noir hait les autres races dans le sens que dit Mr. Barham, alors il exprime sa haine différemment des autres peuples.

Je suis persuadé que, si le Créateur proposait aux Jamaïquains noirs de se transformer en Blancs, huit sur dix des Noirs de la Jamaïque sauteraient sur l'occasion... Le Noir en règle générale montre de la préférence pour les gens des autres races... Nous, les Noirs, aimons les gens qui ont la peau claire, le nez droit, les cheveux raides et les yeux bleus... On pourrait penser que l'éducation fait une différence, mais non. Ici même à l'université, une Noire devient reine de beauté seulement si les filles d'autres types restent en dehors de la compétition...

Il y a comparativement peu de parents noirs qui s'opposent à ce que leurs enfants prennent pour conjoint un membre d'une autre race. Si objection il y a, elle est habituellement fondée sur la peur que le beau-fils ou la belle-fille d'une autre race n'aliène l'affection du fils ou de la fille de leurs parents...

Les Noirs de la Jamaïque se sont échinés pour des gens d'autres races pendant de nombreuses décades. Nos derniers maîtres en date sont les Chinois qui s'entendent parfaitement à traiter les Noirs comme font les Blancs. En dépit de tout ce qu'il a souffert, l'homme noir continue à préférer servir et honorer l'homme blanc plutôt que ses propres frères...

Les boutiques chinoises ne cessent de pousser chaque jour partout dans la Jamaïque et ce sont de bonnes boutiques. Mais le commerçant chinois avec la promptitude de sa race a appris à snober le client noir quand des Blancs ou des gens à la peau claire sont présents...

Ce ne peut être un hasard si, dans un pays dont soixante-quinze pour cent de la population est noire, dans presque toutes les banques de Kingston le personnel est entièrement composé de gens de toutes les races sauf la noire. (Les femmes de couleur dans les banques seraient offensées si vous les qualifiez de noires.)

C'est une insulte à la race noire...

Aujourd'hui l'homme noir, à moins qu'il n'ait fait des études, est toujours un « black boy ». Dans l'administration, des pères de famille respectables sont appelés « Caleb » et « Williams », juste parce que ce sont de petits employés. Quiconque pense que l'homme noir est satisfait de l'état des choses se trompe. Il veut le changement de cette structure sociale conçue pour aider une minorité et bloquer la majorité ; il veut le respect et la reconnaissance de son statut. Il se peut qu'il décide que, s'il n'est pas respecté, il ne respectera personne. Par-dessus tout, il veut de l'argent et la stabilité économique en tant que race. Le dicton : « L'homme noir n'a pas d'argent », qui est vrai aujourd'hui, ne doit pas être vrai dans les trente prochaines années. Si un changement ne peut être effectué par l'évolution sociale, alors il deviendra nécessaire d'utiliser les méthodes que l'homme blanc a utilisées avec tant de succès en tant de pays. D'une manière ou d'une autre nous obtiendrons ce que nous voulons.

Quant à Mr. Barham et aux seigneurs désignés « par Dieu » pour régner sur notre race, s'ils ne peuvent tolérer les souffrances grandissantes que montre l'élément noir de notre société, nous leur souhaitons bon vent, ils peuvent aller en paix. Leurs avertissements et leurs menaces ne nous décourageront pas.

Pour finir, laissez-moi dire à tous les Noirs de cette île que jalouser et insulter les autres races n'est pas la solution à nos problèmes. Pour résoudre nos problèmes, voici ce que nous devons faire :

I. Nous respecter nous-mêmes.

II. Aider d'abord les nôtres — les autres ensuite. Toutes les autres races font cela.

III. Nos hommes doivent faire preuve d'un plus grand sens de la responsabilité et de courage physique.

IV. Nous devons développer notre capacité à agir indépendamment et ne pas dépendre du gouvernement pour tout.

V. Nous devons apprendre la valeur de la « conscience de groupe » et être prêts à sacrifier nos intérêts personnels et sectaires pour le bien de la race.

VI. Nous devons éliminer l'analphabétisme et l'illégitimité chez notre peuple.

VII. La promiscuité entre nos hommes et la légèreté de nos femmes sapent la vitalité de notre race. Nos jeunes hommes ont besoin de se marier plus tôt et d'élever des enfants dans des foyers bien ordonnés : dans l'état actuel des choses, nos jeunes hommes passent la plupart de leur temps à flirter, boire et faire la fête.

VIII. Faire des affaires — économiser et prospérer.

Pas un mot, remarquez bien, sur les touches blanches et noires du piano qui réalisent ensemble l'harmonie : c'est jusque-là que le nationalisme des années vingt et trente s'est chargé d'amertume, c'est jusque-là que les intellectuels se sont rapprochés du Ras Tafarianisme.

J'allai à la campagne pour parler à l'un des communistes « sur le terrain ». Il me reçut dans un bureau d'une pièce aux airs de boîte, sur pilotis, qui contenait deux tables, une chaise, une machine à écrire et rien d'autre. Il se leva et se mit à faire un discours avec tant de gestes et d'une voix si forte que je le priai de s'asseoir et de parler plus doucement. Il m'annonça avec un sourire légèrement pervers qu'il était un homme qui avait des « relations internationales ». La route avait été longue et j'avais trop chaud pour être effrayé ou impressionné. Il redit qu'il avait des relations internationales. Je l'invitai à boire un verre à la rhumerie chinoise, où nous aurions au moins plus de place. Il fit un discours sur les méfaits de la boisson. Je dis que, s'il ne venait pas, j'irais seul. Il ferma son petit bureau et nous allâmes en voiture jusqu'à la rhumerie. Il ne répondait jamais directement à aucune question et dit qu'il avait appris « la prudence ». Il ne parlait que par métaphores. Est-ce que les communistes se renforçaient dans la région ? « Le fleuve doit couler », dit-il. A une autre question il répondit : « Nous avons besoin de pétrole pour la lampe de la révolution. » A un moment il fit un long discours sur l'oppression du peuple et l'inéluctabilité de la révolution. Est-ce qu'il était aidé par Cuba ? « J'ai appris la prudence. Je suis un homme qui a des relations internationales. Croyez-vous que vous pouvez attacher le grelot ? » J'eus le sentiment qu'ils ne recevaient pas d'aide de Cuba. Je lui demandai comment il avait commencé. Il se fit plus disert et plus antillais, et me raconta ses débuts pendant la guerre comme agitateur parmi les Jamaïquains de la RAF. « J'étais une sorte d'avocat pour les gars. Chaque fois qu'il y avait un vrai problème, je leurs disais : "Les gars, votre seule chance, c'est de vous mettre à hurler au préjugé racial." » Le souvenir l'amusait. Puis, parlant comme d'un triomphe de ce qui était une injustice de plus, il dit : « Ils m'ont envoyé en Écosse. Il n'y avait pas un Noir là-bas. » Je vis alors que la rhumerie avait été une erreur. Les deux Jamaïquains stupides que j'avais amenés de Kingston à cause de leurs relations locales étaient soûls. Ils se mirent à parler contre le communisme en hurlements à percer les tympans et mon communiste, parfaitement sobre, répondit crânement avec sa rhétorique contournée de Jamaïquain-Gallois. Je les quittai pour aller boire au bar. Les cris continuaient. L'alccol, la rhétorique, les arguments répétitifs et bruyants : c'est ainsi que se terminaient un grand nombre des réunions jamaïquaines auxquelles j'assistai.

C'est ainsi que toujours, à la Jamaïque, on vivait dans deux mondes séparés, le monde de la classe moyenne — le discours grand style et pseudo-américain des hommes d'affaires, les bavardages des femmes au sujet du traitement et de la traîtrise des domestiques — et le monde plus vaste et effrayant qui était au-delà. Vous alliez à Caymanas voir une course de chevaux. Vous deviez retourner voir le Caymanas des plantations de sucre : les ouvriers agricoles au chômage en chandails de couleurs vives paressant sous un arbre, le visage renfrogné par la résignation, se plaignant sans passion de la destruction de leurs potagers par la plantation : « De toutes jeunes citrouilles », disaient-ils — et à les entendre on aurait dit qu'il s'agissait d'un meurtre, bien qu'à l'évidence ils ne disaient pas tout ; l'écriteau sur la grille de la plantation : « Quiconque sera pris en train de manger de la canne dans la cour sera renvoyé » ; la belle paysanne noire avec sept enfants de son « actuel » et douze en tout, avortements compris : « Ils n'ont aucune pensée pour nous, qui sommes dans la poussière et les cendres. »

Au-delà du monde des réfrigérateurs et des automobiles en location-vente (« Tout le monde pense aux voitures », me dit une jeune Anglaise), des chaînes haute-fidélité et des conversations sur Lawrence Durrell, l'attitude a peu changé, qui indignait Trollope cent ans auparavant, des gens qui refusent un travail régulier et se contentent de vivre au jour le jour. Comme l'homme dans la rhumerie aux abords de Mandeville, qui avait quitté son travail à l'usine de bauxite simplement parce que c'était toujours le même et préférait un emploi intermittent.

« Après que j'ai quitté l'usine, me dit-il, je me suis bien reposé pendant un mois, en prenant mes deux eaux (du rhum à l'eau) tous les jours. » Chaque monde rendait l'autre irréel; et les radios faisaient planer sur tous deux une atmosphère de fantasmagorie. La gaieté essoufflée et opulente des publicités de Radio Jamaïca; le service de qualité de la Radiodiffusion de la Jamaïque, ses causeries, ses sujets, ses discussions bien élevées et ses commentaires sur l'actualité: toutes deux appartenaient à une société assise, sûre d'elle-même. Je ne pouvais pas les associer aux gens et à la terre qui m'entouraient, et elles n'étaient pour moi que paroles et musique dénuées de sens dans l'air trop chaud.

*

Je voyageais depuis près de sept mois. Je commençais à me fatiguer. A la Jamaïque, les annotations sur mon journal se firent de plus en plus courtes puis s'arrêtèrent tout à fait. Rien de neuf à consigner. Chaque jour, je voyais les mêmes choses — chômage, laideur, surpopulation, racisme — et chaque jour j'entendais les mêmes arguments qui se mordaient la queue. Les jeunes intellectuels, dont les dons avaient été développés pour enrichir une société stable en développement, parlaient et parlaient et devenaient fous de frustration. Ils cherchaient un ennemi, et il n'y en avait pas. Les pressions à la Jamaïque n'étaient pas simplement les pressions de la race ou de la pauvreté. C'étaient les pressions accumulées de la société esclavagiste, de la société coloniale, d'un pays agricole sous-développé et surpeuplé; et elles échappaient au contrôle de quelque « leader » que ce soit. La situation ne requérait pas un leader mais une société qui se comprît elle-même et eût un but et une direction. Elle ne faisait que générer l'égoïsme, le cynisme et une rage autodestructrice.

*

FINALE A FRENCHMAN'S COVE

Un soir, le Dr Lewis, le principal de l'université, me dit : « J'ai une invitation indirecte pour vous. De Grainger Weston. Il a un hôtel sur la côte nord qui s'appelle Frenchman's Cove et désire offrir l'hospitalité à quelqu'un en rapport avec les arts. »

J'avais entendu parler de Frenchman's Cove presque en débarquant à la Jamaïque. Dans un pays d'hôtels chers — 13 livres la nuit pour une petite chambre double à Kingston et jusqu'à 20 livres et plus sur la côte nord — Frenchman's Cove était réputé pour être le plus cher. A quel point, personne ne le savait exactement. Certains disaient 2 000 dollars américains, pour deux personnes, pour quinze jours ; d'autres disaient 2 500. Le déjeuner coûtait 5 livres, le dîner 9. Et même alors, me dit un Jamaïquain avec une fierté de propriétaire, vous étiez refusé si vous n'apparteniez pas à la bonne société de New York.

Il semblait, cependant, qu'une fois que vous aviez été accepté et que vous aviez payé, le moindre de vos désirs était exaucé. Vous pouviez commander exactement ce que vous vouliez manger (« caviar au petit déjeuner ») ; vous pouviez boire autant que vous vouliez (« champagne toutes les heures ») ; vous pouviez vous promener en bateau ou en avion autour de l'île ; vous aviez une voiture à votre disposition, des chevaux, des radeaux ; vous pouviez téléphoner partout dans le monde. Vous pouviez même quitter Frenchman's Cove, s'il ne vous plaisait pas, et aller à l'hôtel de votre choix : Frenchman's payait.

Plusieurs jours après que le Dr Lewis m'eut parlé, je n'eus aucune nouvelle. Une grève des postes, manifestation parmi d'autres de l'agitation incessante, fut suivie par une grève des petits fonctionnaires. Je me préparais avec résignation à enquêter sur le problème du tourisme à la Jamaïque quand la grève prit fin et qu'arriva l'invitation de Mr. Weston.

Nous prîmes la route de montagne qui mène à la côte nord puis obliquâmes vers l'est. Cette partie de la côte n'est pas beaucoup développée ; les hôtels n'empêchent pas de voir la mer. Le sable, par endroits, est grisâtre, acceptable selon les critères anglais et même trinidadiens, mais localement méprisé. (On dit — ce qui est faux — que les hôtels ont acheté toutes les plages de sable blanc, ne laissant que le sable noir aux Jamaïquains : symbole évident de la rancœur raciale qu'excite le tourisme.) La route est étroite et sinueuse, pas comme la route pour touristes qui va de Ocho Rios à Montego Bay, qui est large, égale, raisonnablement droite et bordée de pancartes signalant les hôtels, les agences immobilières et rappelant aux touristes de conduire à gauche. Nous passâmes des villages en ruine, taudis ruraux des tropiques : délabrement dans la luxuriance : cabanes de planches cassées et de tôle ondulée rouillée badigonnées en rose, bâtiments plus ambitieux en béton, laids et tachés, cafés crasseux vendant de l'eau gazeuse, des gâteaux et des médicaments brevetés, rutilants de publicités émaillées pour des boissons non alcoolisées. Nous arrivâmes à Port Antonio, port bananier rarement en activité qui a cessé de croître. Puis la brousse et le sable blanc reçommencèrent. Il était difficile d'imaginer là le cadre luxueux d'une retraite pour milliardaires.

Nous longeâmes un long mur de pierre. FRENCHMAN'S COVE était écrit en lettres séparées fixées au mur. Nous tournâmes dans une large allée. Brusquement la végétation fut ordonnée et dégagée. Au-delà de l'espace goudronné, des sentiers recouverts de gravier montaient des pentes douces et disparaissaient. Tout était silencieux. Il y avait deux voitures de sport, une rouge, une crème, sous l'auvent en béton du pavillon principal, une construction basse de pierre et de verre aux lignes nettes et droites. Je cherchai avec intérêt et appréhension des milliardaires et des membres de la bonne société new-yorkaise. Je n'en vis aucun. Le silence était déroutant, mais le chauffeur se comporta comme s'il allait à Frenchman's Cove tous les jours. Il conduisit la voiture jusque sous l'auvent, s'arrêta à côté de la porte en verre du pavillon, descendit prestement et ouvrit portes et coffre avec une décision et un bruit dont je lui fus reconnaissant.

Une jeune femme jamaïquaine sortit du pavillon. Elle dit calmement : « Bienvenue à Frenchman's Cove », et me donna une lettre. Ensuite les choses se passèrent rapidement. Mon chauffeur fut renvoyé. Un Jamaïquain portant un pantalon noir, une chemise blanche et un nœud papillon noir mit ma valise sur une petite voiture électrique blanche ; je m'assis ; et avec ma valise et moi-même sans protection aucune, nous quittâmes l'auvent pour la lumière du soleil et l'étroit sentier gravillonné, sans entendre aucun son, si ce n'est le ronronnement du moteur. Nous prîmes un embranchement à droite, passâmes une piscine vert pâle ombragée puis gravîmes une pente entre des arbres. J'aperçus la plage : une brèche dans la falaise de corail, l'eau bleue virant au vert, et presque sans couleur là où elle touchait le sable blanc. Des fauteuils en toile noire étaient disposés à l'ombre d'amandiers ; mais la plage était déserte. Continuant à monter, nous arrivâmes au sommet d'une pelouse plantée de jeunes palmiers-cocotiers. Puis, après avoir grimpé une côte raide protégée par une voûte d'arbres, nous parvînmes à une maison. « Voilà votre pavillon », dit le chauffeur, s'arrêtant au pied d'un escalier en béton. Tout au long du trajet je n'avais vu personne.

Mon pavillon était un complexe de deux pavillons en pierre grise et d'une maison en pierre et en verre sur différents niveaux. Les pavillons étaient des deux côtés de l'escalier, la maison au sommet. La pierre était taillée à la main, les blocs de tailles différentes, le mortier profondément enfoncé. La porte noire de la maison s'ouvrit et une Jamaïquaine d'une quarantaine d'années portant des lunettes, une robe blanche et un petit tablier rose, m'accueillit d'un sourire.

J'entrai et me trouvai dans une grande pièce haute de plafond presque au bord d'une falaise de corail. Le mur donnant sur la mer était en verre. La terrasse était construite dans le corail, qui ressemblait à du caoutchouc mousse.

Je regardai l'ameublement : le canapé et les fauteuils bas, unis, accueillants, disposés de trois côtés d'un tapis indien à motif non indien, les grandes lampes montées sur des pots en terre cuite avec de grands abat-jours en toile de lin, la table basse en verre couverte de magazines et de livres (parmi lesquels *The Power Elite*). C'était une vision familière car idéale ; on l'avait vue dans des magazines de design de luxe ; et parce qu'elle était idéale, elle était légèrement différente de la réalité. Le cadre inattendu rendait la différence complète. Derrière le mur de verre et paraissant s'élever du corail gris, il y avait les amandiers, de tous les arbres tropicaux ceux qui ont le plus l'air artificiel, avec leurs feuilles rondes, vertes et cuivrées, disposées symétriquement sur leurs branches horizontales, et entre les feuilles on voyait les hautes falaises irrégulières, le ciel bleu, la mer bleu-vert qui se balançait, limpide.

D'abord une route jamaïquaine tortueuse dans le désordre de la brousse, puis une promenade dans une voiture blanche comique à travers des paysages dessinés et déserts pour arriver à une maison en pierre et en verre avec vue sur la mer en contrebas : c'était comme si on avait quitté la Jamaïque, comme si, pour trouver les Antilles idéales du touriste, il avait fallu quitter les Antilles.

Tout à la sérénité, à la sensation de transition abrupte, je ne m'étais pas étonné que, bien qu'il fît chaud quelques minutes auparavant, il fît maintenant frais ni que, bien que la mer fût agitée, elle ne fît aucun bruit. Je me rendais maintenant compte que la maison était complètement fermée et climatisée.

Je lus la lettre que la réceptionniste m'avait donnée. Elle m'accueillait de manière formelle, me disait comment obtenir ce que je désirais, me demandait de ne pas donner de pourboires, et me donnait le nom de notre gouvernante. Puis je jetai un œil à la liste des clients. Parmi les quelques noms qu'elle comportait je vis ceux d'un Rockefeller et des Diefenbaker.

« Je pense que vous vous plairez ici, dit la gouvernante, Mrs. Williams. Et voilà, ajouta-t-elle, le téléphone. »

Je compris instantanément que c'était l'instrument, la lampe d'Aladin de Frenchman's Cove, dont la Jamaïque tout entière connaissait le pouvoir (« champagne toutes les heures »).

« Tout ce que vous voulez, dit Mrs. Williams, vous prenez le téléphone et vous le demandez. »

Le téléphone était gris, d'une forme que je n'avais jamais vue : il se tenait droit sur une base ronde.

« Et si je veux du champagne ?

— Tout ce que vous voulez. Les gens qui étaient là

avant vous, vous auriez dû les voir boire ! Oh ! Ces Américains savent boire. Vous voulez le champagne maintenant ? »

J'avais besoin de quelque chose de plus fort. « Un petit cognac ? Un whisky ?

— Téléphonez au bar. »

J'hésitai.

« Vous êtes timide. » Mrs. Williams souleva le téléphone gris, fit un bref numéro et dit : « Stokes Hall ici. Mon client voudrait une bouteille de whisky, une bouteille de cognac et du soda. »

Le téléphone émit quelques bruits rauques. Mrs. Williams me le passa.

« Quelle sorte de cognac, monsieur ? » demanda une voix masculine.

Ma réponse fut automatique : je répétai les mots d'une publicité fameuse.

« Dudley est un bon garçon », dit Mrs. Williams.

Je fus soulagé d'apprendre que l'homme au téléphone avait un nom.

On frappa à la porte et Mrs. Williams fit entrer un Européen en tenue de chef cuisinier.

« Bonjour monsieur. » Je n'arrivai pas à localiser son accent. « Qu'est-ce qui vous ferait plaisir pour déjeuner ? » Il sortit un bloc et un crayon.

Il me prit par surprise. Me rappelant seulement à l'instant que je ne mangeais pas de viande, je demandai : « Vous avez des œufs ? »

Le chef n'exprima sa déception qu'en soulevant légèrement le crayon du bloc.

Je regrettai de ne pas avoir prêté plus d'attention aux histoires qu'on m'avait racontées (« tout ce que vous voulez », « caviar au petit déjeuner »).

« Ou du poisson » ? Je n'étais capable de penser à rien d'autre.

Le bloc se rapprocha du crayon. « Un peu de saumon peut-être ?

— Oui, un peu de saumon. »

Je regardai le chef descendre la colline dans sa petite

voiture blanche. Puis une autre voiture gravit la pente et un Jamaïquain en nœud papillon en sortit avec une caisse. « Votre commande, monsieur. » Il semblait extraordinairement content. Avec des gestes légers et agiles il sortit les bouteilles ; et il disparut.

Verre en main, j'explorai. La chambre à coucher prolongeait la maison dans sa largeur ; ses persiennes en verre étaient ombragées par des arbres. La baignoire carrelée, au niveau du sol, avait la taille d'une petite piscine. Et il y avait un cabinet de toilette avec une moquette. Je retournai au salon, fis coulisser la porte de verre et sortis sur la terrasse sur la falaise de corail. Je fus immédiatement conscient de la chaleur, du vent, des bruits : oiseaux, feuilles, la mer en contrebas. Un bateau à rames tanguait dans la baie.

Je m'assis dans un fauteuil bas, remuai mon verre pour entendre le bruit des glaçons ; et, faisant tomber la cendre de ma cigarette dans un cendrier bleu sombre, commençai à lire *The Power Elite*.

Le style de Mr. Wright Mill devient quasi impénétrable quand il est absorbé avec du whisky-soda. Je reposai *The Power Elite* et pris un magazine. C'était un magazine de design de luxe. J'y vis le tapis sur lequel étaient posés mes pieds.

Il y avait quelqu'un à la porte. Mrs. Williams fit entrer deux beaux garçons portant un panier que je jugeai beaucoup trop grand pour ce que j'avais commandé. Prestement ils mirent la table. Puis, cérémonieusement, ils m'invitèrent à m'asseoir. Ils se déplaçaient avec légèreté et leurs gestes — les courbettes, la main tendant le plat — étaient un peu excessifs. Exagérant leur rôle, ils se conduisaient comme des magiciens bienveillants.

Le saumon était garni de caviar.

J'entendis de la musique.

Le plus grand des garçons se tenait, avec son sourire de magicien, à côté de ce que je reconnaissais maintenant pour être une chaîne stéréophonique.

En vingt-quatre heures, mon intérêt pour la nourriture et la boisson disparut. Tout était à l'autre bout du téléphone et il était de mon devoir d'obtenir exactement ce que je voulais. Mais comment pouvais-je être sûr de ce que je voulais *le plus* ? Est-ce qu'un whisky maintenant n'allait pas gâter le goût du vin plus tard ? Est-ce que le vin maintenant n'allait pas m'envoyer au lit pour le reste du précieux après-midi ? Est-ce que je voulais vraiment un soufflé ? Pas une décision qui ne puisse être regrettée. J'abandonnai. Je m'en remis entièrement au chef. Je ne commandai plus un seul repas, et le lendemain je me passai de dîner.

La lutte entre le devoir, qui était de ne rien se refuser, et l'inclination, qui était de ne se préoccuper de rien, était inégale. Le whisky demeura intouché après l'essai du premier jour ; et à la fin de mon séjour je n'avais bu que la moitié de la bouteille de cognac. Toutes les histoires qu'on racontait sur Frenchman's Cove étaient vraies. Mais je ne voulais pas faire du radeau ni du bateau. Je ne pouvais pas être un touriste aux Antilles, pas après le voyage que j'avais fait.

« Vous êtes très calme, me dit Mrs. Williams. Exactement comme les Diefenbaker. »

Pendant sept mois, j'avais parcouru des territoires qui, sans importance si ce n'est pour eux-mêmes, et confrontés à toutes sortes de problèmes, épuisaient leurs énergies en mesquines luttes de pouvoir et à maintenir les préjugés mesquins de sociétés mesquines. J'avais vu combien profondément ancrés, en presque tous les Antillais, riches ou pauvres, étaient les préjugés raciaux ; combien souvent ces préjugés étaient dus au mépris de soi ; et à combien d'actions importantes ils incitaient. Tout le monde parlait de nation ou de nationalisme mais personne n'était prêt à abandonner les privilèges ou même l'isolement de son groupe. Nulle part, excepté peut-être en Guyane britannique, on ne trouvait une philosophie unifiante : il n'y avait que des conflits d'intérêts partiaux. A côté de l'absence d'un sentiment de communauté, il y avait une absence de fierté, et même du cynisme. On s'inquiétait peu, par exemple, de l'immigration antillaise vers la Grande-Bretagne. C'était une affaire de pauvres, c'était une affaire de Noirs, c'était une affaire de Jamaïquains. A un autre niveau, elle était considérée avec un plaisir malicieux comme un moyen d'embêter les Anglais, une forme de vengeance ; et dans ce plaisir ne subsistait aucune pensée pour les émigrants ou la dignité de la nation dont on parlait tant et dont on disait de tous côtés qu'elle « émergeait ». Et la population allait croissant — en trente ans, Trinidad a plus que doublé sa population — et les conflits raciaux allaient s'aggravant dans tous les territoires.

Le Dr Arthur Lewis a fait la distinction entre les leaders « protestataires » et les leaders « créatifs » dans les sociétés coloniales. C'est une distinction dont les Antilles ont encore à peine conscience. Aux Antilles, pourvues d'une classe moyenne importante et de talent en abondance, le leader protestataire est un anachronisme, et un anachronisme dangereux. Pour les masses incultes, promptes à réagir aux incitations raciales, qui prennent un plaisir enfantin aux gestes destructeurs, le leader protestataire sera toujours un héros. Les Antilles ne manqueront jamais de tels leaders, et le danger de la loi du nombre et de l'autoritarisme ne cessera jamais d'être réel. Le paternalisme de la domination coloniale aura été remplacé par la politique sauvage des récompenses et de la vengeance, conditions exemplaires du chaos.

Dans un numéro récent du *Carribean Quarterly*, on trouve un article intitulé « Une théorie d'une petite société », dans lequel le Dr Kenneth Boulding, professeur d'économie à l'Université du Michigan, décrit « le chemin qui mène à la ruine » les petites sociétés.

> La population croît sans entraves, doublant tous les vingt-cinq ans. L'émigration ne peut pas suivre le rythme et, de toute façon, elle écrème la société. Les fermes sont divisées et subdivisées jusqu'à ce que la campagne produise bien plus de gens qu'elle n'en peut contenir et les gens s'entassent dans d'immenses taudis à la porte des villes où sévit le chômage à grande échelle. L'éducation s'écroule sous la pression de la pauvreté et le flot des enfants. La superstition et l'ignorance augmentent, avec la fierté. L'indépendance signifie que chaque groupe de pression doit être concilié, et il y a de moins en moins de discrimination entre les produits de bonne et de mauvaise qualité, qu'il s'agisse de personnes ou de bananes. Ceci se

> conclut par la famine, et l'insurrection. Le régiment décime la foule et établit une dictature militaire. Les investissements et les dons étrangers tarissent ; les îles sont laissées à leur misère et le monde établit de fait un cordon sanitaire autour d'elles. Que le chemin qui mène à la ruine soit un chemin réel, terriblement large et facile d'accès, est prouvé par l'exemple de certaines îles proches qui l'ont emprunté depuis longtemps.

« Si nous le pouvions, écrivit Trollope, c'est volontiers que nous oublierions complètement la Jamaïque. » Les Antilles, il aurait pu dire. Maintenant que l'immigration vers l'Angleterre est contrôlée, un cordon sanitaire d'une certaine sorte a effectivement été établi autour des îles. Le processus d'oubli a commencé. Et les Antilles, préoccupées de leurs querelles intestines, le savent à peine.

Le jour précédant mon départ de Frenchman's Cove, le téléphone, chose inhabituelle, sonna.

« Mr. Naipaul ? Grainger Weston à l'appareil. » La voix était brève, pressée même. « Nous nous demandions si vous voudriez bien passer nous voir ce soir après le dîner. »

Je pris mon dernier dîner et avec une bouteille de château-lafite-rothschild.

Le garçon dit : « A la saison prochaine. »

Les Weston ne vivaient pas à Frenchman's Cove mais à Turtle Cove, à peu de distance de là. Je ne fus pas surpris de découvrir que leur maison était une maison de campagne jamaïquaine à l'ancienne mode, en nul point remarquable, et sans l'air conditionné.

Grainger Weston se révéla être un homme mince au visage fin et ascétique. Je jugeai qu'il avait la trentaine passée. Il portait un short kaki retenu par une ceinture et un T-shirt blanc. Je fus présenté à sa femme et à sa belle-sœur. Nous nous assîmes dehors et parlâmes, surtout de Frenchman's Cove.

Mrs. Weston dit qu'ils étaient toujours intéressés par les réactions de leurs clients. Certains devenaient agités ; d'autres très calmes. Je reconnus les Diefenbaker et moi-même.

On apporta à boire : du ginger ale.

J'offris des cigarettes. Les Weston ne fumaient pas.

Avec quelque hésitation je demandai quels étaient exactement les prix à Frenchman's Cove.

« Je peux vous dire ça, dit Grainger Weston. Mille livres par mois pour deux. »

Deux jours plus tard, j'étais assis dans un Britannia de la BOAC en route pour New York. A côté de moi se trouvait un homme d'affaires bien en chair originaire des Bahamas. A sa boutonnière il portait le bouton des Gédéons, fraternité américaine vouée à la propagation de la Bible. Mon apparence est celle d'un païen. Mon expression est douce, mes manières également ; et durant tout le trajet de Kingston à Nassau je reçus la bonne parole.

Septembre 1960 - Décembre 1961.

TABLE

DANS LA MÊME COLLECTION

Peter Carey, *Oscar et Lucinda*. Traduit de l'anglais (Australie) par Michel Courtois-Fourcy.

Peter Carey, *L'inspectrice*. Traduit de l'anglais (Australie) par Marc Cholodenko.

Albert Drach, *Voyage non sentimental*. Traduit de l'allemand par Colette Kowalski.

William Gaddis, *JR*. Traduit de l'anglais (États-Unis) par Marc Cholodenko.

Eduardo Galeano, *Mémoire du feu,* Tome 1, *Les Naissances,* traduit de l'espagnol par Claude Couffon.

Eduardo Galeano, *Mémoire du feu,* Tome 2, *les visages et les masques,* traduit de l'espagnol par Véra Binard.

Natalia Ginzburg, *Nos années d'hier*. Traduit de l'italien par Adrienne Verdière Le Peletier. Nouvelle édition établie par Nathalie Bauer.

Nadine Gordimer, *Le Safari de votre vie.* Nouvelles traduites de l'anglais (Afrique du Sud) par Pierre Boyer, Julie Damour, Gabrielle Rolin, Antoinette Roubichou-Stretz et Claude Wauthier.

Nadine Gordimer, *Feu le monde bourgeois*. Traduit de l'anglais (Afrique du Sud) par Pierre Boyer.

Allan Gurganus, *Bénie soit l'assurance.* Traduit de l'anglais (États-Unis) par Simone Manceau.

Oscar Hijuelos, *Les Mambo Kings*. Traduit de l'anglais (États-Unis) par Pierre Alien et Jean Clem.

Jerzy Kosinski, *L'Ermite de la 69e Rue*. Traduit de l'anglais (États-Unis) par Fortunato Israël.

Salvatore Mannuzzu, *La Procédure*. Traduit de l'italien par André Maugé.

Valerie Martin, *Mary Reilly*. Traduit de l'anglais (États-Unis) par Annie Saumont.

Jess Mowry, *Hypercool*. Traduit de l'anglais (États-Unis) par Pierre Alien.

Péter Nádas, *La Fin d'un roman de famille*. Traduit du hongrois par Georges Kassai.

V.S. Naipaul, *La Traversée du milieu,* traduit de l'anglais par Marc Cholodenko.

Tim O'Brien. *A la poursuite de Cacciato*. Traduit de l'anglais (États-Unis) par Yvon Bouin.

Tim O'Brien, *A propos de courage*. Traduit de l'anglais (États-Unis) par Jean-Yves Prate. Prix du Meilleur Livre Étranger 1993.

Paul Sayer, *Le Confort de la folie*. Traduit de l'anglais par Bernard Hoepffner.

Donna Tartt, *Le Maître des illusions*. Traduit de l'anglais (États-Unis) par Pierre Alien. Prix du Meilleur Livre Étranger 1994.

Pramoedya Ananta Toer, *Le Fugitif*. Traduit de l'indonésien par François-René Daillie.

Dubravka Ugresic, *L'Offensive du roman-fleuve*. Traduit du serbo-croate par Mireille Robin.

Edith Wharton, *Les Boucanières,* traduit de l'anglais (États-Unis) par Gabrielle Rolin.

Jeanette Winterson, *Écrit sur le corps*. Traduit de l'anglais par Suzanne Mayoux.

Tobias Wolff, *Un mauvais sujet*. Souvenirs d'une enfance. Traduit de l'anglais (États-Unis) par Anouk Neuhoff.

Cet ouvrage a été composé par
Nord Compo à Villeneuve-d'Ascq (Nord)
et imprimé par **Bussière Camedan Imprimeries**
à Saint-Amand-Montrond (Cher)

Achevé d'imprimer le 17 octobre 2001

Imprimé en France

N° d'édition : 1200. N° d'impression : 014694/1.
Dépôt légal : avril 1994.